LES VIVANTS,
LES MORTS
ET LES MARINS

PIA KLEMP

LES VIVANTS, LES MORTS ET LES MARINS

Préface inédite à l'édition française

Traduit de l'allemand
par Céline Maurice

fleuve
ÉDITIONS

Titre original :
Lass uns mit den Toten tanzen

ISBN : 978-2-265-15532-9

Dépôt légal : novembre 2020

L'utopie est à l'horizon.
Je m'approche de deux pas,
elle s'éloigne de deux
et l'horizon en fait dix.
Aussi loin que j'aille,
je ne l'atteindrai jamais.
Alors à quoi sert l'utopie ?
À marcher, justement.

Eduardo Galeano

Aux équipages en mer et sur terre.
À nos invités et à ceux qui le seront.
À tous ceux qui cherchent la liberté.

En Méditerranée, rien de nouveau*[1]

Trois ans et demi après ma première intervention de sauvetage en mer, et un an après la parution de l'édition allemande originale de *Les Vivants, les Morts et les Marins*, c'est toujours la même triste chanson qui résonne aux frontières extérieures de l'Europe. La mort politiquement créée en Méditerranée continue, au même rythme et sans entraves. Chacun des milliers de morts laisse derrière lui un silence assourdissant.

Ceux qui parviennent à atteindre la terre ferme sont systématiquement criminalisés. Et moi et neuf autres membres de l'équipage du *Luventa* risquons toujours vingt ans de prison pour avoir sauvé des gens de la noyade et les avoir emmenés en Europe.

Depuis 2017, nous sommes empêtrés dans une enquête judiciaire kafkaïenne qui laisse présager un procès-spectacle politique en Italie. En se demandant si on l'aurait fait même en étant conscients des conséquences, on pose le doigt sur une blessure béante. Car d'autres n'ont pas le privilège de ce genre d'interrogation. Pour eux, c'est

1. Tous les termes marqués d'un astérisque sont en français dans le texte. *(Toutes les notes sont de la traductrice.)*

une question de vie ou de mort. On ôte ainsi tellement aux acteurs principaux de ce spectacle obscène, les exilés, qu'ils en perdent même la peur. Ce qu'il reste, c'est le courage inébranlable des désespérés. Ils font fi de leur condamnation à mort, fuient la guerre, l'oppression et la faim, sans se soucier que cela viole une loi imbécile ou un traité perfide.

Et nous nous retrouvons ensemble sur nos ponts surchargés, sauvés de la noyade sans autorisation, entrés illégalement, aidés illicitement.

Depuis toujours, la liberté est conquise par des criminels. Un système basé sur la cupidité, la violence et l'obéissance fera toujours usage de la force quand on viendra gratter à sa prétention au pouvoir et à ses remparts.

Mettre mal à l'aise, et se retrouver de ce fait souvent mal à l'aise soi-même, est la seule réponse possible à une réalité brutale. L'emporterons-nous à la fin ? L'avons-nous déjà emporté, partiellement du moins ? Ça n'a pas d'importance. Nous sommes à la poursuite de l'impossible, comme le sont les amants. Notre combat pour l'Utopie est soumis à la même urgence scintillante. Nous ne pouvons pas faire autre chose que continuer. L'alternative ne peut en être une.

Bella ciao !, ainsi commence donc la strophe suivante. Depuis août 2020, mon monstre rose, le *Louise Michel*, sillonne la zone de recherche et sauvetage. Un navire de secours en mer baptisé en l'honneur de la *grande dame** française de l'anarchie. Un bateau plein de révolte et de dévouement, mené par un petit collectif antifasciste, anarcho-féministe, végane, intersectionnel.

La frontière extérieure de l'Europe, la mer Méditerranée, est la frontière la plus mortelle du monde. Tandis que les États européens ordonnent à leurs gardes-côtes d'ignorer les appels de détresse émanant de non-Européens et d'abandonner en mer des gens démunis et désespérés, ce sont encore et toujours des groupes non gouvernementaux qui affrontent cette catastrophe créée et voulue par cette même Union européenne. Le *Louise Michel* répond aux SOS de quiconque est en péril, indépendamment de sa nationalité. Durant sa première mission, le *Louise Michel* a sauvé plus de trois cents personnes. Et nous a sauvés avec. Il ne s'agit pas uniquement de recherche et de sauvetage, mais aussi de solidarité et de résistance. Au rythme des moteurs, accompagnés par les harmonies du vent et le claquement des vagues, portés par le battement de nos cœurs. Une chanson d'amitié, de poésie et de rébellion.

Et maintenant ? L'humanité continue à me pousser au bord du désespoir, mais mon cœur explose de joie à la vue des marginaux, des rêveurs et des combattants qui n'abandonnent jamais. Voilà pourquoi il me faut dédier l'édition française de ce livre à une personne en particulier, ma *grande dame* à moi, Claire.

La révolution est une chanson d'amour qui nous invite à danser sur les ruines de l'Ancien Monde. Vous permettez ?

Pia Klemp
Septembre 2020

Je les trouve plus sympathiques quand les plaies de leurs tortures suppurent encore. Quand ils ont le regard brisé par l'horreur et le visage ratatiné par le calvaire. Ça fait un moment qu'il me fixe depuis le coin sombre et enfumé à côté des machines à sous. Dans l'obscurité, ses yeux jaunis ont un reflet huileux ; un sourire en coin dénué de joie flotte vers moi. *Oui, c'est bon, j'ai compris que je t'intéresse, merci.* Ça m'énerve et je ne suis pas près de me calmer, j'aurai beau soupirer et maudire l'humanité tant que je voudrai. Je me fais mater depuis des années, il y en a un qui va finir par prendre. C'est comme un cheveu sur ma langue que je n'arriverais pas à attraper : cette insistance importune me met les nerfs en pelote. Comme si je n'étais pas déjà assez nerveuse, à quelques jours de la prochaine intervention.

Ma bière est tiède, la table collante et couverte des blessures brunâtres de cigarettes écrasées il y a longtemps. Je suis comme je suis, ce type ne changera pas non plus. Moi dans ma peau tatouée, lui derrière ses cicatrices, marqués tous les deux, surtout à l'intérieur. Il se gratte le ventre, ses yeux sont toujours là. *Fous-moi la paix, mon gars.* Je parviens de justesse à me détourner encore un peu avant de renifler avec mépris et d'aplatir ma clope sur un sous-bock. S'il savait qui je suis. Les yeux mi-clos, je finis ma bière éventée, de la cendre plein les doigts. Je suis vraiment dégueulasse. Je ne sais même pas si c'est un réfugié.

Je repose ma bouteille et essuie consciencieusement mes mains sales sur mon jean crasseux. *Tu parles.* Évidemment que c'en est un. Qu'est-ce qu'il ficherait dans ce trou, sinon ? Et s'il n'en était pas un, quelle différence ça ferait ? Aucune, j'espère. Ou alors je suis une raciste larvée. Possible aussi. Les pattes ramollies de ma chaise en plastique ploient sous mon poids quand je me retourne pour chercher Jeremy du regard. Il n'est toujours pas revenu. Peu importe, il faut encore que j'aille sur Internet. J'extirpe mon téléphone de ma poche.

Une vingtaine d'hommes se prélassent au Lion Bar avec une désinvolture étudiée. Le New Lion Bar. L'ancien est en Libye. Ou plutôt était en Libye, où bien des choses aujourd'hui ne sont plus. On a collé six tables dans la salle basse de plafond, trop petite, trop sombre. Un banc le long du mur, un tapis usé jusqu'à la corde, des fenêtres aveugles, masquées de l'extérieur avec du carton, la plupart fêlées. Je suis la seule femme et personne ici n'est réellement désinvolte. Tous possédés, tous enterrés là.

Le bar est un point de repère louche pour voyageurs à la destination perdue. À part Jeremy, mon quartier-maître, et moi, tous sont des migrants, des réfugiés, ce qu'on appelle des illégaux. Il y a peu de monde parce que la dernière razzia ne remonte pas à longtemps. C'est pas plus mal. Qu'il y ait peu de monde, je veux dire. Je n'aime pas ce boui-boui, un nid de testostérone désœuvrée. Mais Jeremy a besoin d'herbe, et moi, je dois urgemment jeter un coup d'œil à mes e-mails. « *Ey, you* », me murmurent ses yeux, hublots jaunis. Il me drague ou il veut juste me fourguer un truc ?

Je ne sais jamais si je m'énerve trop ou pas assez. Le mieux est de ne pas répondre et de retourner me chercher une bière tiède à 1, 20 euro. Mon esquive le vexe, mais il ne râle pas assez fort pour m'impliquer.

La musique s'est encore arrêtée. La chaîne hi-fi doit être en panne, ou alors personne n'a remarqué que le CD était fini. Seuls les lumières au néon des frigos et les clignotements sans âme d'une guirlande lumineuse s'efforcent de briser la désolation des lieux. Je me faufile près d'un petit groupe, je suis inabordable, un mur. Furieuse comme je le suis contre ce type, je n'ai pas à me forcer beaucoup pour adopter cette attitude. Les jeunes gars parlent fort, on dirait qu'ils ont besoin de hurler leur existence. Un vieux affalé au bout du comptoir hoche la tête sans rien dire et tripote l'étiquette d'une bouteille vide. Ça sent le moisi dans ce bar de marins, un mélange d'émanations aigres, de bière et d'herbe, puanteur d'espoir fermenté. Tout le monde est noir, sauf Jeremy et moi. Et à part Jeremy et moi, tous, ici, se sont fait complètement baiser par la vie. Je retourne à ma place d'un pas traînant et ils continuent à palabrer en faisant mine de ne pas le savoir. C'est seulement pendant les pauses, les silences, que leurs regards se perdent dans les coins morts et coulent dans le néant.

Des gouttes de sueur me chatouillent la lèvre supérieure. Il fait lourd ; même la nuit, la température ne tombe pas en dessous de 28 degrés. Je m'essuie le visage de la main en me demandant si l'un d'entre eux est passé par mon bateau. Si on s'est déjà rencontrés quelque part dans ce grand cirque méditerranéen, si on s'est battus ensemble, à la vie à la mort, même pas pour la justice, dans un combat obscène, juste pour nous sentir encore plus étrangers l'un à l'autre une fois arrivés ici. C'est beaucoup plus facile de sauver la vie de quelqu'un que de s'intéresser à lui pour de bon. Ça, ça n'a jamais été mon fort. Je descends la moitié de ma bière d'un coup, me roule une clope et fais de mon mieux pour ignorer ce qui m'entoure. Je clique dans ma boîte e-mail en louchant vers le Type aux yeux tandis que ma conscience louche vers moi.

— Salut, boss.

Jeremy se laisse tomber sur la chaise en face de moi, tout sourires.

— M'appelle pas boss.

— Désolé, boss. À la tienne.

Je pose mon téléphone dans la petite flaque qui s'est formée autour de ma bouteille de bière, et nous trinquons. Il repousse une mèche noire de son front et s'enfonce dans son siège, l'air satisfait.

— T'en as trouvé ?

— Ben ouais, clair.

Il hoche la tête et retrousse les manches de son t-shirt moulant avec une lenteur étudiée. Il joue les beaux gosses, mais il en a trop vu pour ça. Quelque chose en lui est brisé, ses bracelets tressés et son sourire à la Bon Jovi n'y changeront rien. Des bribes d'arabe, de français et de mauvais anglais bourdonnent dans l'air étouffant du New Lion Bar, mirage d'oasis.

— Super. On y va, alors ?

— Allez, boss, on peut bien en prendre une dernière.

Il regarde sa montre. Je hausse le sourcil gauche.

— C'est ma tournée, déclare-t-il.

Et avant que j'aie le temps de dire quoi que ce soit, il file.

Sur le bateau, c'est mon meilleur ami. L'homme le plus compétent à bord, le plus capable aussi de me comprendre et de me supporter. Et il aime autant que moi les exercices de simulation d'incendie. Personne d'autre que nous ne prend notre terrain de jeu autant au sérieux.

Je conserve précieusement certains souvenirs : dans la soute, alors que nous arrimons des fringues pour nos invités et des centaines de kilos de riz, hilares, je lui raconte que je ne me fais pas assez baiser et lui me rétorque qu'il ne se souvient même pas de ce que ça fait. En même temps, nous discutons de techniques de nœuds comme de vrais marins. Lors d'une tempête phénoménale, nous restons sur le pont avant à nous faire engloutir par les vagues tout en essayant, malgré l'ivresse du moment, de saisir l'ancre qui ballotte méchamment dans l'écubier. J'ignore complètement où il habite, ce qu'il fait dans la vraie vie et s'il aime les bananes. Et je m'en fous.

Jeremy me pose une nouvelle bouteille sous le nez tout en discutant joyeusement avec le Type aux yeux. Je ne sais pas comment il fait ça, où il trouve cet enthousiasme à toute épreuve, comment il se débrouille pour que n'importe qui puisse être son frère, sa sœur. Je finis ma bière entamée, prends de l'autre main mon téléphone, par précaution, et y tapote n'importe quoi. J'ai l'impression de sentir sur moi les regards de tous ces perdus. Ce ne sont pas des perdants, même si la plupart d'entre nous et d'entre eux ne connaissent pas la différence. Mes réflexions sont interrompues par un léger sifflement quand je débouche la bouteille avec mon briquet. *D'accord, j'en bois une dernière, Jeremy.* Je ne suis pas la seule à le faire ; ensemble, chacun de notre côté, nous espérons trouver au fond de notre canette quelque chose qui nous indiquera la sortie du New Lion Bar.

Nous traversons le port de La Valette sur le petit Zodiac pour rejoindre notre mouillage. Cadavres de bateaux en train de rouiller, ravitailleurs offshore flambant neufs, puanteur des bateaux de pêche. Jeremy, tout heureux, fredonne des chants de marins pour se moquer de lui-même.

Moi, je rumine, et le moteur hors-bord nous accompagne de son baryton monotone. Les murs hallucinants, bâtis pendant des siècles de paranoïa autour de la ville, dans la ville et même sur la ville, retiennent le vent à l'extérieur. Dans le port, la mer est d'huile, la lune à son premier quart. C'en serait presque beau. Mais je préférerais ne pas devoir être là.

Des bouteilles en plastique flottent à la dérive et, près du port de plaisance, l'odeur des eaux grises rejetées en douce se mêle aux émanations graisseuses des restaurants hors de prix. Sûrement mélangées à des eaux noires, une fois de plus. Ils nagent donc dans le fric et dans leur propre merde. Je hais les yachts, et les chaînes en or des richards qui cliquettent joyeusement. Personne ne devrait avoir le droit de posséder autant. Ça aussi, il va falloir que je m'en occupe. Il faut que le monde brûle. Et qu'est-ce que je fais ? Depuis des mois, je m'occupe uniquement des réfugiés en Méditerranée. Même pas. Du sauvetage en mer de gens fuyant cette putain de Libye. Je ne me prends plus la tête sur rien d'autre. C'est tellement facile de détourner les yeux du Grand Tout. Assistance de niche plutôt que Nouvel Ordre mondial.

En ce moment, ladite niche s'étend à ma vie entière. Je m'entortille de plus en plus dans cette toile d'araignée collante, jusqu'à m'y enferrer à force de chercher à la fuir. Dire que je voulais juste donner un coup de main, me battre un peu pour les droits de l'homme, détruire un petit bout de la forteresse Europe. Puis recommencer à faire ce qui compte vraiment pour moi. Malheureusement, je ne sais plus trop ce que c'est. En ce moment, ce qui m'émeut d'habitude ne remue plus beaucoup.

Si je canote dans cette saloperie de port, c'est d'ailleurs aussi à cause des yachts. Je me souviens précisément de ce moment d'effarement, à Cannes, où mon regard errait entre les milliards d'euros de chrome poli et l'horizon brumeux. Des milliers de personnes se noient pitoyablement quelques milles marins plus au sud, et eux, ils boivent du champagne à 10 000 euros la bouteille sur leurs ponts en teck. *Santé ! À votre honneur de marin !* Alors je suis allée voir, et une fois de plus, je suis restée coincée. C'est tellement bon de sentir qu'on a besoin de moi. Leur fuite, c'est mon échappatoire, ma manière de ne plus me demander ce que je devrais vraiment faire. Je me suis moi-même dégradée au rang d'outil, et je ne m'en sors plus. Et maintenant, j'ai peur de rater quelque chose. Ou pire encore, qu'il n'y ait rien à rater parce que je suis trop flemmarde pour me lancer. *Ô vous, mes doutes aigres-doux, bande de salopards. Sans vous, je ne serais pas moi.*

Jeremy guide le canot dans le bras obscur du port industriel où notre bateau est amarré. Il est fièrement lové contre le quai, ses mâts dressés solennellement dans le ciel nocturne, et je sens mon cœur fondre. Nous fonçons vers lui sur cette eau sale du port qui a plus à voir avec la mer que je ne veux l'admettre. Il est majestueusement drapé dans l'éclairage de ses ponts, posé là sur le tapis d'eau scintillante, et des ombres spectaculaires s'étendent sur sa superstructure. Certes, ce n'est pas une beauté classique. Des traînées de rouille dégoulinent sur sa peinture bleue comme du maquillage brouillé par les larmes. *It's my party and I cry if I want to.* Ce vieux rafiot se traîne courageusement de mission en mission et supporte en grinçant les maladresses de ses équipages. Sauvetage en mer civil, c'est encore plus aberrant que ça en a l'air.

Je demande à Jeremy, ne mentant qu'à moitié :

— Va jusqu'à l'avant, je veux jeter un coup d'œil à l'écubier.

— Ça marche, boss.

Cet idiot se baisse en se marrant quand j'essaie de l'éclabousser et je ne réussis qu'à me tremper moi-même. Je penche la tête en arrière. C'est grandiose sous sa haute proue, grandiose de voir tant de lui au-dessus de moi. D'ici, il a l'air bien plus gros que depuis la passerelle. Et il me grandit avec lui. Romantisme de matelot ou simple manifestation du combat ? Malgré ce soudain accès de sentimentalisme, j'examine les plaques d'acier avec attention, à la recherche de dommages causés par l'ancre dessaisie pendant la tempête. Une fois satisfaite de ce que j'ai vu, je tapote son flanc bosselé. Quarante ans d'accostage ont laissé des traces. Jeremy sourit et hoche la tête. Lui aussi est fou amoureux. On sait tous les deux que cette passion aveugle est totalement insensée. Mais on a déjà vécu tellement de choses avec ce tas de ferraille. C'est plus qu'un bateau. C'est notre bateau et nous sommes son équipage.

Jeremy dirige le Zodiac vers la poupe. Cordage à la main, je saute à bord et noue l'amarre à un taquet. Sous le toit de bâches, des bidons de chlore et des cuves de toutes les couleurs. Les gilets de sauvetage orange fluo de nos invités sèchent sur un fil, formant une guirlande sarcastique. Nous les appelons nos « invités ». *Bienvenue en Europe. Bienvenue dans les camps surpeuplés, la prostitution, l'impasse. Bienvenue aussi dans nos magnifiques aéroports européens, pour toi, c'est vol retour direct. Ah oui, et désolé de t'avoir oublié aussi longtemps dans ce camp d'internement libyen, c'était pas cool.* J'évalue grossièrement le nombre de gilets qu'il faudra encore laver demain. Il faut aussi mettre au nettoyage les couvertures galeuses. Par moments, l'ironie railleuse de la réalité te déchire comme un loup affamé.

Quelqu'un a encore laissé traîner des canettes de bière vides. Je soupire et les ramasse, avec quelques mégots et des bouts de serre-câble. Le bateau scintille comme un sapin de Noël alors qu'on est reliés au courant de quai qui coûte une fortune. *Putain…* J'aime ces gens de tout mon cœur, mais j'ai parfois envie de leur en coller une. Ils n'apprendront donc jamais ? Je me demande de temps en temps si ma misanthropie est vraiment compatible avec le travail humanitaire.

Les périodes à quai, c'est toujours la merde, et je me sens soudain d'une humeur de chien. Rien de tout ça ne colle à ce monde bien trop réel, pas plus que je ne lui colle moi-même. Il est temps de prendre la mer. On ne peut pas les laisser tout seuls là-bas. Que ce soit des êtres humains ou pas, c'est mon esprit combatif qui prend les commandes, par principe. Lancez les moteurs, larguez les amarres, on y va. Jeremy contrôle le hors-bord pour la énième fois. Il est obsédé par les Zodiac. Les autres aussi, mais lui au moins sait vraiment ce qu'il fait. Pas seulement quand il fonce vers un bateau de réfugiés en train de couler, mais aussi quand il s'agit de les réparer à grand renfort de mastic, de sueur et d'amour. Je le laisse donc tranquille et fume encore une clope sur le pont passerelle. Accoudée au bastingage, je passe le doigt sur une cloque de rouille. Elle éclate et me fixe de ses yeux couleur de cuivre, m'arrachant un petit sourire. *Salut, toi !* J'observe mon bateau d'en haut. On est une équipe, 2 200 chevaux d'amour pur, et on veut y aller.

Ce matin, j'ai mon premier fou rire avant mon premier café. Il y a six nouveaux commentaires sur la « Complaint Board passif-agressif » du carré, et notre mannequin d'essai « un homme à la mer », Bob, élu employé de l'année, prend le petit déjeuner avec nous. Interdiction de raconter ce qui se passe ici. À part ça, c'est chaque jour la même montagne de travail. Répartition des tâches, formation, entretien, provisions, stocks, exercices de sécurité, et il y a toujours un truc de cassé. En ce moment, c'est l'alimentation électrique 110 volts et le compresseur pneumatique. Les pauvres mécanos, en salle des machines, bossent dans un air gluant à 45 °C, lourd de jurons et de vapeurs de carburant. J'essaie d'aider, mais je les encombre plus qu'autre chose. Ça dégouline du plafond. Il faut que je rejoigne le reste du gang.

C'est exténuant de foutre sur l'eau tout ce monde, toutes ces attentes, les miennes et celles des autres, de tout faire entrer dans cette bulle. Il serait plus simple de dompter une meute de chats. Ma seule exigence, c'est que tout marche à la perfection et que chacun sache exactement ce qu'il a à faire. Et toutes les trois semaines, chaque fois qu'un nouvel équipage arrive, on recommence toutes ces salades depuis le début. Un Sisyphe marin. Certains ont déjà participé à nos missions, mais la plupart n'ont pas de véritable expérience de la mer. Un peu de voile le week-end, une sympathie pour les pirates, un intérêt plus ou moins authentique pour les phénomènes météorologiques. En revanche, ils savent tous exactement comment réinventer la roue et quelles règles ils peuvent se permettre d'ignorer. Nous n'avons que trois ou quatre jours au port. Pour être honnête, tout ça ne devrait absolument pas fonctionner. Et pourtant ça marche, le chaos général et la myriade de trucs à faire finissent par s'arranger comme par miracle. Tout à coup, on a un bateau et un équipage prêts à appareiller. Même si je n'arrive plus à déchiffrer que la moitié de la *to-do list* que je me suis gribouillée sur la main et l'avant-bras, ça va aller. Cette saloperie de tuyau hydraulique éclaté m'a donné un sacré boulot, mais elle a aussi noyé dans l'huile le reste de ma liste.

— Ça va où, ça ? demande-t-elle en m'agitant sous le nez une poignée de bracelets en papier autocollants.

C'est pas mon boulot de répertorier nos invités mineurs ou vulnérables. *J'en sais rien, gourdasse !* J'ai déjà oublié son prénom. *Tu es qui, d'ailleurs, et qu'est-ce que tu fiches sur mon bateau ?* Elle me regarde avec un sourire désarmant d'effronterie en se balançant sur place. Derrière elle, Jeremy secoue la tête, horripilé. Nous savons que les nouveaux deviendront vite nos meilleurs amis, et pourtant nous les haïssons à chaque fois. Même lui les considère comme des envahisseurs un peu paumés qui chamboulent le bel ordonnancement établi avec la brigade précédente d'ahuris venus sauver des vies. Je me force à sourire et lui prends le paquet de bracelets. Gourdasse me remercie, attache ses dreadlocks avec une dreadlock et repart. Je crois que c'est elle, ce matin, qui s'est portée volontaire pour nettoyer le siphon sous l'évier. C'était sûrement dégueulasse. Je vais demander à Jeremy où vont ces bracelets, ou bien je vais les poser en douce dans le coin cuisine où on prépare les repas des invités. Otta saura quoi en faire. Otta sait toujours ce genre de choses. Quitte à bouger, j'en profite pour faire un vrai tour d'inspection du bateau, pour voir où on en est et à qui je dois encore souffler dans les bronches.

— Ah, enfin une nouvelle croisière en Méditerranée, s'écrie Hannes alors qu'un brouet d'eau salée et d'excréments humains lui goutte sur la tête.

Le dernier sauvetage a été particulièrement dur. Il y en avait trop, on n'a pas pu faire embarquer tout le monde, loin de là. En cette belle journée ensoleillée à oublier d'urgence, on a atteint nos limites. On aurait préféré atteindre le bord du monde. Il aurait toujours été temps de se demander qui balancer dans les cascades rugissantes, quitte à y sauter nous-mêmes, à fuir cette mare délirante.

La moitié de la nuit et toute la journée suivante à attendre le naufrage, la fin du sauvetage. On ne pouvait rien faire d'autre. Au moins, on avait des gilets pour presque tout le monde, et les Zodiac ronronnaient, en stand-by, au cas où un des bateaux chavirerait. Sous un soleil de plomb, plus de mille cinq cents personnes attendaient, assises dans leur pisse et leur dégueulis, que les navires de guerre européens et les garde-côtes daignent s'intéresser à elles. À la fin, tous ceux qui ne s'étaient pas noyés avant la tombée de la nuit ont pu être sauvés.

La puanteur ne partira pas, même avec du chlore. Hannes, Jeremy et Otta soulèvent les énormes sacs d'une centaine de gilets chacun jusqu'au toit de la passerelle. Otta et Jeremy tirent, Hannes pousse par en dessous. Apparemment, personne n'a pensé à nettoyer les sacs, ça dégouline et ça ruisselle sur Hannes qui crache et qui tousse. Otta n'en peut plus et éclate d'un rire brutal. Jeremy se force à rester de bonne humeur : « Ne lâche pas ! » Il veut en finir, il sait que nous devons en finir, mais il sait aussi que ce délire n'est supportable qu'avec une bonne dose d'humour hystérique. Sauf que même son humour est épuisé. Son aumône généreuse est son quotidien, et comme il est tout le temps là, il peut se passer de ce pétage de plombs et continuer à bosser.

Les nouveaux arpentent le bateau, les yeux écarquillés, se perdant plusieurs fois sur et entre les ponts. *Ah, ta cabine est à bâbord, derrière le carré. Le mieux, c'est de passer par le pont exposé à côté de la trappe de secours de la salle du propulseur d'étrave. Non, avant la cambuse, au milieu du bateau.* Ha, ha. Il faut déjà qu'ils s'habituent à ce labyrinthe, me dis-je en essayant de me mettre à leur place. Puis je m'étonne une fois de plus que personne n'écoute ni ne prenne dix minutes pour étudier au calme le plan du bateau. Ça ne doit pourtant pas être si embrouillé que ça, il n'y a pas la place de se perdre. Mais finalement, c'est le côté comprimé des lieux qui complique tout.

Otta explique à la nouvelle équipe comment on fait monter les invités à bord et où on les entasse.

— Ici, ils passent des Zodiac au bateau, faites gaffe à ce qu'ils ne glissent pas entre les deux ! Et là, ajoute-t-elle en s'écartant d'un pas, un des toubibs procède au triage.

— Comment ils décident qui va à l'infirmerie et qui n'y va pas ? demande Gourdasse en tripotant sa tignasse.

— Tu vas mourir dans l'heure ? Infirmerie. Tu en as pour plus longtemps que ça ? Le pont, précise Otta avec un geste d'excuse.

Puis elle poursuit tranquillement :

— Jonas, voilà ton boulot : ici, tu les palpes à la recherche de drogues, de cigarettes, tout ça.

— Et d'armes ? demande-t-il.

Les bras ballants, il entortille l'ourlet de son t-shirt.

— On n'en a encore jamais eu, mais oui, enlève-leur aussi leurs armes, répond Otta avec un soupir charitable.

— Moi, palper quelqu'un pour trouver de la drogue, c'est du délire, commente Jonas en gloussant, mal à l'aise.

Il balance ses maigres bras comme s'il avait appris à remuer dans un théâtre de Guignol. Tout le monde rit, avec lui et de lui. Otta explique en détail le déroulement des opérations et chacun se fait peu à peu une idée de ce à quoi pourraient ressembler les semaines à venir. Paradoxalement, la folie devient plus supportable quand on saisit toute son ampleur. On décide que l'impossible est précisément ce qu'on va accomplir.

Un ramassis de hippies, de punks, de redresseurs de torts et de combattants aux tatouages et coiffures bizarroïdes grouille sur le bateau. De jeunes amitiés sont scellées à la sueur, lien du sang de la classe ouvrière. Ils bossent comme des fous, le faisant leur bateau pour ce laps de temps. Comme si tout ça était un concours d'excellence, c'est le meilleur équipage du monde qui se met en place.

Lyn, matelot deuxième classe, emmène Alva et Jonas graisser le moindre boulon de notre rafiot rongé par la rouille. Accablé de chaleur, il enlève son t-shirt crasseux. Le topless va à l'encontre de notre code de conduite, mais les 38 °C à l'ombre et ses plaquettes de chocolat m'inspirent la clémence ; je ne dis rien. Otta range la cuisine des invités et s'assure que nous avons embarqué assez de couches et de cachets désinfectants pour la vaisselle. L'air est lourd de tension et d'odeur de diesel ; est-ce de l'impatience ? Et serait-elle permise ? Tom charge un radeau de sauvetage avec la grue. Putain de bordel de merde ! Personne ne porte de casque ni de chaussures renforcées, et un bout pour guider ne serait pas du luxe non plus. Le treuil couine bruyamment, le radeau se balance et cogne contre la cabine des toilettes des invités, sur le pont. Tom est exactement le genre de type à qui on ne peut rien dire, et surtout pas quand on est une femme, apparemment. Je hurle : « STOP ! » Encore un coup, un peu moins fort, contre les toilettes, et le calme se fait enfin. Il me regarde comme si je venais de chier sur son gâteau d'anniversaire. Tom est vexé. En théorie, je ne peux pas le lui reprocher. En théorie. En pratique, et parce que j'aime tellement ça, j'explique pour la soixante-dixième fois comment on sécurise tout ce bazar. L'équipage est moyennement ravi. Ce genre d'annonces soulève rarement l'enthousiasme chez une telle troupe d'anars. Pourtant, Jonas distribue consciencieusement les casques puis enfile le sien à l'envers, exprès. Brave garçon.

— Si tu le dis, réplique Tom, pincé, osant presque rouler des yeux.

Les omniprésentes consignes de sécurité retardent et énervent. J'ai assez d'impatience pour tout le monde à bord, et quand le soleil brille de cette lumière dorée, on pourrait se croire invincibles. Mais on ne peut pas se permettre cette insouciance, toute séduisante qu'elle puisse paraître au milieu des cadavres flottants.

Je réplique, impassible et menaçante :

— Oui, je le dis.

Ne va pas croire que ça m'amuse toujours d'être responsable de tout, ici. Le problème pour nous deux, c'est que j'ai fait ça plus souvent que lui et que j'ai plus d'expérience. Je scelle ma victoire en m'allumant une nouvelle cigarette. Et Tom comprend que le chef ici, c'est moi, même si j'ai des nichons. Ou il fait semblant. Les autres, au moins, ont l'air contents que quelqu'un cherche à leur éviter de finir écrabouillés. Peut-être qu'ils trouvent juste cool les casques à jugulaire. Jeremy se fiche de moi quand personne ne regarde puis retourne à son épissure d'haussière. Je lui balance mon mètre pliant. Juste par amour, rien d'autre.

J'en grille une à la proue. Les mouettes engueulent les vagues et je les envie. Parfois, il faut que je m'éloigne des gens pour les apprécier. Ils n'y peuvent rien si je ne comprends pas ce que je fous là. Le mieux, ce serait qu'on n'ait pas besoin de moi. L'impression stupide que presque personne ne peut ou ne veut assumer mon travail me fait bourdonner les oreilles. Et pourtant, le plus dur dans mon boulot n'est pas le travail en lui-même, c'est le simple fait qu'il faut que quelqu'un s'en charge.

Tom est un emmerdeur, mais ça ne fait rien. Il y en a toujours un, et à la fin je l'aimerai aussi, je le sais bien. Notre classe de mer avec ces marginaux fait de nous de sacrés matadors, que nous le voulions ou non. Tant d'inspirations, tant de motivations, tant d'abîmes différents. Je me penche par-dessus le bastingage et balance mes cendres dans l'eau saumâtre qui continue à clapoter, indifférente. Ce sont des gens bien. Où sont-ils le reste du temps et que ferait-on sans eux ? Beaucoup prennent leurs congés annuels d'un coup, certains vivent d'allocations pour pouvoir s'engager, quelques-uns sont en arrêt maladie. Peu d'entre eux ont une vie normale à laquelle ils doivent présenter des excuses pour nous rejoindre dans la zone de recherche et sauvetage. Un échantillon de la crème de la crème de l'humanité, sur ce pont repeint à la va-vite et dans mon cœur. *Crew love is true love*. Et même eux, ils arrivent à me casser les couilles. Je recrache la fumée par le nez et souris de mon arrogance délirante.

Je descends en douce de la bière fraîche dans la salle des machines, même si je raconte aux autres qu'on ne doit pas boire en travaillant. Les consignes de sécurité, tout ça. J'en ouvre une avec Greg, notre deuxième mécanicien. Ici, en bas, c'est freestyle.

— Alors, ça roule ?

Il tripote sa barbe rousse et fronce les sourcils.

— Pas terrible… Il y a toujours de l'huile dans le liquide de refroidissement. Et le roulement à billes du compresseur est fichu.

Il soupire et geint comme si les pièces déglinguées des machines lui faisaient mal physiquement. *Alright*. Je m'en roule une autre, je connais la suite. Je pousse Greg et son quintal vers le conduit d'aération pour pouvoir allumer ma clope puis demande du coin des lèvres :

— Bon, alors on saborde le rafiot ?

Il ne m'écoute même plus, tout occupé qu'il est par la fin du monde imminente :

— Si l'autre compresseur pneumatique nous lâche, si les deux machines sont fichues, on ne pourra plus rien faire. On se retrouvera à la dérive pour toujours, et si le vent tourne, on dérivera vers la Libye.

Même s'il râle, ça fait du bien de discuter bidouille technique.

— Vous pouvez pas réparer le roulement à billes vous-mêmes ? Alors il faudra le donner à l'atelier. Et le troisième compresseur ? Je croyais qu'il lui fallait juste un nouveau joint de culasse. Tu as demandé à Ben pour le relais ?

Sur son visage, un flot d'orgueil le dispute à une vague d'auto-apitoiement. Au moment où je me dis que ce déséquilibre va le faire disjoncter, il renifle avec arrogance. J'avale une gorgée de bière et dissimule un petit sourire derrière ma canette. Je l'ai chopé par le bout de sa fierté rien qu'en prononçant le mot « atelier ».

Greg redresse les épaules.

— Non, non. On peut très bien le faire nous-mêmes. J'ai pas besoin d'atelier pour ça. Le joint arrive demain. T'inquiète pas. Tout est sous contrôle.

Je resserre les doigts sur l'aluminium de ma canette, savoure le léger claquement, puis j'en remets une couche :

— Et le liquide de refroidissement ?

— Bah, ce sera pas un problème.

Il s'allume une clope à son tour. Touché, coulé. Je suis puéricultrice, pas capitaine.

— Et toi, comment ça va ? demande-t-il un peu gauchement.

— Je suis venue me cacher. Et boire une bière.

Je lève ma canette et conclus avec délices :

— Complètement asociale, je sais.

Je m'appuie contre lui. Toute la mauvaise conscience du monde n'est rien face au chatouillement dans ma gorge d'une lampée de bière bon marché.

— Tu crois que ça fait de toi un trou du cul ? demande-t-il.

— C'est peut-être un peu exagéré…

— Eh ben, tu vois. Tu connais les règles. Règle numéro un : Fais ce que tu veux. Règle numéro deux : Ne sois pas un trou du cul. Tu t'en sors vraiment bien. Si tu ne te vides pas la tête une fois de temps en temps, on peut tous aller se rhabiller.

Il frotte pensivement ses gigantesques paluches sur son bleu de travail graisseux. Même si je l'ai soudoyé avec la bibine, j'accepte son absolution. Il connaît ça : il faut parfois se dérober face au poids de ses responsabilités, les laisser flotter un instant près de soi. Nous voici donc à nous congratuler mutuellement pour finalement nous réconforter nous-mêmes. Après avoir contrôlé les quantités de gasoil et de lubrifiant, je remonte.

La journée nous déboule dessus et écrase nos belles paroles dans la réalité. La canicule nous laisse à peine la place de penser. Je fais cinq choses à la fois, puis vient enfin l'heure d'un meeting où je n'ai qu'à réciter un de mes petits discours bien rodés. Pendant l'*anti-piracy briefing*, je m'écoute expliquer comment barricader les ponts intérieurs, nous enfermer dans la salle des machines et prendre de là le contrôle du bateau. Je me fourre vite deux biscuits dans la bouche avant de me lancer dans une brève description des milices de la Méditerranée centrale. Pourquoi est-ce que je sais des trucs pareils ? *Si seulement tu avais fait de vraies études*, me souffle à l'oreille une méchante petite voix.

— S'ils nous abordent et qu'on ne peut pas s'enfermer, vous ne faites rien du tout. Il ne faut surtout pas que ça dégénère ! C'est moi qui m'occupe d'eux. Et même s'ils me gueulent dessus ou qu'ils m'agitent leurs MG à la con sous le nez, vous n'essayez surtout pas d'intervenir. Quoi qu'ils fassent, restez calmes. Ça ne doit pas partir en vrille. Si vous restez plantés derrière moi à leur faire les gros yeux, ça ne fera sûrement qu'aggraver les choses. Ce genre de trucs marche aux manifs antifachos, mais pas ici.

Je marque une pause pour les laisser digérer mes paroles et attrape encore un biscuit dans le paquet plein de miettes. Une drôle de consternation refoulée flotte dans l'air.

— Ils sont plus nerveux que nous, dis-je sans savoir si c'est une bonne chose.

Face à moi, un mur de visages fatigués. Fatigués de voir à quel point le système est hideux et sans âme. Aujourd'hui, on n'a encore eu qu'une demi-heure pour déjeuner parce qu'on a dû parler de la récupération des corps et des interrogatoires de police. J'ai besoin de plus de café et de toute leur attention. *Vámonos amigos*, il faut intégrer tout ça, sans peur, mais avec prudence.

— Parfois, ils montent juste à bord parce qu'ils veulent du café et du chocolat. Je vous jure que ça arrive. (Courte pause.) Le plus important dans ce cas-là, c'est de ne surtout pas leur donner le chocolat végane. Sinon, je pète les plombs et j'avorte la mission sur-le-champ !

— T'es vraiment dingue, lance Hannes en se marrant.

Certains des nouveaux ont besoin d'une minute pour trier le vrai du faux. Lyn secoue la tête en souriant et me fait un clin d'œil. *Quoi ?* Pourquoi il me sourit comme ça ? Il flirte ou quoi ? Je croyais qu'une femme en position d'autorité devenait automatiquement androgyne et sexuellement invisible. Et pourtant, il continue à me regarder avec son petit air. *Houla*. Je me lisse discrètement les sourcils du bout du doigt.

— La pompe à incendie marche beaucoup mieux depuis qu'on a gratté les moules qui avaient poussé sur la prise d'eau de mer, constate Jeremy, satisfait de la pression d'eau des lances.

Nous donnons nos instructions à la nouvelle *fire fighting team*. Certains ne savent même pas utiliser un simple extincteur. Ça promet.

— Si on ne peut pas se servir de la *main service pump* parce que la salle des machines est en flammes ou un truc comme ça, on balance la pompe à incendie de secours en poussant cette soupape, là, dis-je comme si c'était la chose la plus normale au monde.

— *What could possibly go wrong?* lance Hannes d'un ton exagérément enjoué en ouvrant les mains d'un air interrogateur.

— Euh, on peut inonder la salle des machines et tout le monde meurt, objecte Greg, agacé.

Un silence embarrassé fond sur l'équipage. Je lui renvoie :

— Règle numéro deux : Ne sois pas un trou du cul.

— OK, c'est bon. Personne ne meurt, rétorque-t-il en guise d'excuse.

— Merci.

Hannes applaudit :

— Super, c'est d'accord. Alors on peut se passer des instructions et aller nous bourrer la gueule.

Greg brandit vers lui sa hache d'incendie :

— La règle numéro deux est valable pour toi aussi, mon gars.

On passe à l'exercice. Le déroulement des lances est une catastrophe : personne ne les attrape dans le bon sens. Jonas ouvre l'hydrant avant que la tête de buse n'ait été fixée. Alva est super motivée ; c'est son truc, d'être super motivée. Elle n'est ni médecin ni navigatrice, elle donne un coup de main là où on a besoin d'elle. On dirait que sa propre intelligence lui court après en permanence, comme un maître stressé derrière un jeune chien. Elle n'est sûrement pas idiote, elle a juste l'air d'avoir du mal à réfléchir avant d'agir. Quand quelqu'un réussit enfin à défaire les coudes de la lance, elle observe le raccord avec curiosité. Trempée comme une soupe, elle est encore en train de décider si elle va hurler de colère ou de rire quand Ben lance depuis le pont :

— Les gilets de sauvetage sont arrivés !

Tout le monde se précipite et nous plante là, Jeremy et moi, avec notre exercice. Bon, eh bien, on cramera tous, voilà. Je lui tends la main :

— Viens, on finira plus tard. Il faut embarquer le barda.

— Tout ça parce que ces connards ont tout fait flamber…, grogne-t-il avant de trottiner vers le pont arrière.

Il a raison. Si le navire de guerre allemand n'avait pas carbonisé nos gilets de sauvetage après les avoir enlevés à nos invités, on ne serait pas à la traîne comme ça. Il faudra que quelqu'un m'explique pourquoi le matériel de sauvetage doit être incendié sous prétexte de protection des frontières. *Sept cents gilets de sauvetage, ça coûte des sous, chère Union européenne*. Merci en tout cas pour l'astuce avec le bidon d'essence.

Une fois de plus, c'est Otta qui est la première au camion de livraison. En voyant l'espace de chargement qui déborde d'orange fluo, elle propose :

— On fait la chaîne !

— La chaîne ! lance Jeremy au groupe.

Pour rigoler, je hurle à Hannes, qui n'est qu'à un mètre de moi : « Allez hop, la chaîne ! » et lui envoie un paquet de gilets à la tête. Il le rejette avec un *move* de ninja.

— La chaîne !

L'ordre se répand sur le bateau sur un ton bien trop impérieux. Tout le monde se marre et Alva entonne :

— *Chain, chain, chaaain…*

— *Chaaain of fools*, poursuivent les autres.

Les paquets volent de main en main et disparaissent dans notre bateau. Le bateau où nos vies vont s'entasser durant les trois semaines à venir, où on roule de sa couchette à son poste, où on est à la fois homme de ménage et pompière, et où au milieu de tout ça, on sauve des vies humaines. Ces réalités ont leur place sur cet amas d'acier, seules l'intimité et les erreurs n'en ont pas. Alors que le livreur attend encore une signature, dans nos têtes, nous sommes déjà en mission, nous mettons les Zodiac à l'eau, luttons contre le mal de mer et les gouvernements, hissons des corps à bord ; nous nous prenons des vagues et des destinées en pleine figure, nous nous disputons avec des milices, et moi, je regarde les oiseaux avec mélancolie. Le courage et la bêtise sont dangereusement proches l'un de l'autre. Je marmonne la suite de la chanson d'Aretha : « *One of these mornings, the chain is gonna break. But up until the day, I'm gonna take all I can take, oh hey.* »

Ça finira par arriver. Saloperie de statistiques. Pas à mon équipage, j'espère. *Nope.* Mon équipage, il ne peut rien lui arriver. Basta.

Exténués, mais avec la tranquille certitude d'être les plus cool, nous dînons sur le pont. Entre le cliquètement des couverts et les craquements métalliques des canettes de bière écrasées, nous écoutons religieusement le dernier briefing du jour, *crowd management*. Le bassin portuaire jette une lumière de bronze sur nos visages huileux. Quelqu'un s'est donné la peine de décorer la table avec un bouquet de persil à moitié desséché dans un pot en plastique. J'arrache des feuilles du bout des doigts, parce qu'il y a des choses qu'on est obligé de toucher. Et lorsque la boule de feu autour de laquelle nous tournons si inconsciemment coule lentement vers l'ouest, toute rougeoyante, nous nous étirons avec des soupirs d'aise.

Pendant que nous avalons des informations et des lentilles, Ben trimballe à bord deux palettes de bière qu'on lui arrache joyeusement des mains. On se fiche qu'elles soient tièdes. Je crois qu'il ne s'est pas senti aussi utile de toute la journée. Il est toujours sur le bateau, assure la logistique, l'organisation générale, tout. Occupé et préoccupé en permanence. Le pauvre homme porte le monde sur ses épaules, et comme il n'a toujours pas capté que c'est un don et pas une malédiction, il sourit à peine et parle à voix basse.

Jonas et Tom sont défoncés depuis un moment, mais ont encore assez de concentration pour trier les nouveaux gilets de sauvetage. Il faut retirer les sifflets. Personne n'a envie de se coltiner un concert strident de centaines d'instruments en plastique. Otta passe devant eux en allant aux toilettes et leur lance après un coup d'œil critique :

— N'oubliez pas de marquer le nom dessus !

— Quoi ? Je peux pas savoir comment s'appelle le type qui mettra ce gilet, proteste Jonas, l'œil vitreux, en reprenant une bouffée de son joint.

— Le nom du bateau, crétin, précise Otta en rigolant.

Le soleil couchant maltais crame le peu de sens commun qui nous restait dans le crâne.

Je me force à traîner avec la troupe. Les mécaniciens se prélassent dans le fouillis des amarres en bombant le torse, se vautrant encore un peu dans la satisfaction de la tâche accomplie avant d'aller prendre une douche.

Ils ont bien mérité leur verbiage de coquelets. De petits groupes se forment ici et là, accoudés au bastingage, assis en vagues cercles, en ordre dispersé, mais tout de même proches. Et comme toujours, les conversations roulent sur les expériences vécues, le professionnalisme, et sur tout ce que chacun a accompli en cette journée mémorable. Les lèvres humides, chacun assure les autres de sa compétence, comme si on jouait aux chaises musicales du jargon *Search-and-Rescue*. Comme s'ils devaient encore lutter pour obtenir le job, chacun s'efforce d'être le meilleur.

La psychologie du faire-connaissance me met les nerfs à rude épreuve. J'aimerais bien sauter quelques étapes, connaître déjà tout le monde, mais je dois supporter ce bavardage qui efface mes derniers élans poétiques. J'aimerais me jeter par terre pour me tortiller dans la crasse, et pourtant, je passe la soirée à me trémousser comme une sauvage. *Oui, oui, super intéressant, hm hm.* Ils affichent tous un sourire Ultra Brite et une attention pitoyable, ils veulent tous qu'on les encourage. Chaque mot de ce pépiage creux m'arrache un éclat d'âme, et pourtant, le charisme s'écoule de mes pores. *Lever de rideau ! Tout le monde en piste !* Prudent contact physique par-ci, petit rire forcé par-là, et quelques anecdotes pour faire bonne mesure. *Blablabla.* Je saute d'une conversation à l'autre, impatiente que cette danse se termine, impatiente d'avoir besoin d'eux comme eux ont besoin de moi maintenant. La seule chose qui me fait tenir, c'est de voir Lyn accrocher des gilets de sauvetage aux éclairages de pont pour tamiser un peu la lumière, et de l'imaginer en train de me doigter. Comme s'il lisait dans mes pensées, il vient vers moi d'un pas traînant, mais en gardant les mains dans ses poches.

— Francis vérifie le matériel d'escalade pour la vigie.

— Qui ça ?

— Francis.

— Qui ?

Mais qui laisse monter sur mon bateau tous ces gens que je ne connais pas ?

— Celle avec les dreads ! précise-t-il, stupéfait de mon ignorance.

— Ah, Gourdasse !

Mais si, je la connais !

— Comment ?

— Non, rien.

Je toussote et fais mine de noter quelque chose dans mon carnet. Concentration, madame le capitaine, tu n'es pas obligée de dévoiler comme ça ton côté sociophobe. Je veux du sexe. Lui, non : il repart au petit trot vers l'intérieur du bateau. Je fais la moue en tentant d'ignorer le petit coup porté à mon ego et la sécheresse de ma flore vaginale. Bon, alors c'est reparti pour le bavardage.

Ils ont de la chance que Greg m'offre du rhum. Miguel, notre journaliste de bord, s'efforce de se faire apprécier de tous. Il lèche des culs à droite et à gauche en essayant d'être le plus cool possible, mais ses simagrées lui donnent l'air aussi naturel qu'un nudiste se baladant en plein centre-ville. Avec un sourire plein de dents, il me demande, comme si sa question était particulièrement originale :

— Pourquoi tu fais tout ça ?

Une vague d'accablement infinie me submerge. *Yo, yo, yo, qu'est-ce que je fous là ?*

— J'ai besoin d'une photo avec un bébé nègre dans les bras pour ma page Facebook.

Incapable d'en dire plus, je finis mon rhum. Son sourire lisse s'éteint progressivement, il termine bouche bée. Francis est la première à éclater de rire, et Jeremy me rebalance le mètre pliant.

Je pouffe puis agite l'index sous le nez de Miguel :

— Ne me cite pas !

Ben me lance un coup d'œil réprobateur et secoue la tête d'un air sévère. Il ne trouve pas ça marrant, évidemment. Mais comment supporter autrement ces conneries autosatisfaites de *White Hero* ? Lui a peur de la presse, comme toujours. Que veut-il que je fasse ? Je ne vais quand même pas fermer ma gueule pendant trois semaines. Miguel reprend :

— Tu es aussi partie en mer avec des protecteurs de baleines, non ?

J'entends la glace craquer en dessous de moi.

— Oui. Protection des mers. Je le fais toujours, d'ailleurs.

Ça veut dire quoi, « tu as participé » ? J'imagine que l'agressivité de ma réaction vient de ma honte larvée de ne plus être impliquée dans ces campagnes en ce moment.

— Oh, lâche-t-il avant d'essayer de réajuster ses vérités, mais ça, ici, c'est quand même autre chose, non ?

Tout ce qu'il attend de moi, c'est que je lui confirme que nos expéditions de sauvetage constituent l'alpha et l'oméga de toute action. L'impression me gagne qu'il se fout de la tronche des activistes environnementaux, et je me sens sortir les griffes :

— Hein ? Mais qu'est-ce que tu racontes comme conneries ? Comme s'il fallait choisir entre la peste et le choléra. C'est n'importe quoi.

Je réussis à ne pas cracher à ses pieds. J'ai fait des progrès en diplomatie. Le malaise s'étend sur ses traits, passe du coin de ses lèvres à ses yeux. Il ne reste plus rien de mon charme.

— J'ai assez de place dans le cœur et dans la tête pour m'inquiéter de plus d'une injustice à la fois.

Autoritaire, péremptoire, parfaite. Je pourrais faire imprimer ça sur ma carte de visite. Je me passe la main dans les cheveux, mes beaux cheveux brillants de capitaine végane. C'est mon territoire, ici.

Je ne comprendrai jamais pourquoi tout le monde trouve plus cool de sauver des gens que de protéger la nature. *Vous avez quand même capté sur quelle planète tous ces gens formidables sont obligés de vivre, non ?* Mais peut-être que je suis juste en colère parce que c'est vrai : ça fait une éternité que je n'ai rien fait pour la protection de l'environnement ou les droits des animaux. Qu'est-ce que je fous là ? Je plonge les yeux dans mon verre vide. Je veux encore du rhum.

Je reste là, butée, et Lyn vient s'asseoir près de moi. Si près que j'en palpite. Sans me regarder, il s'adresse à Miguel :

— On ne peut pas compenser une injustice en en combattant une autre. Ça n'aiderait que ceux qui les créent, ces injustices.

Et il me sourit. Mon espoir de me faire baiser remonte en flèche. La conversation devient trop compliquée pour Miguel, qui se tourne vers Hannes :

— Et toi, ton poste à bord, c'est quoi ?

— Mon boulot, c'est de faire des blagues à deux balles quand je suis nerveux. Ce qui est le cas environ 99 % du temps. Et au besoin, je suis aussi médecin.

*

* *

Ça klaxonne sur le quai. Je me retourne sur ma couchette, entortillée dans mon drap taché. TUT, TUT, TUUUT. Et merde. J'ouvre le rideau et regarde par le hublot, les yeux encroûtés de sommeil. La lumière du matin passe en douceur par la vitre rayée. La pénombre bleutée de l'aube n'a pas tout à fait disparu et les moineaux sautillent dans les mauvaises herbes qui ont percé le béton autour des bittes d'amarrage. Il est trop tôt pour une idylle portuaire ; le camion de livraison de nos provisions est là. J'attrape ma montre sur l'étagère. 6 h 19. Cinq heures de sommeil. Je me lève en soupirant, me cogne l'orteil contre le rebord de ma couchette et enfile je ne sais quoi pris au hasard dans un tas de fringues, par terre. Pourvu que ce ne soit pas une taie d'oreiller.

Jeremy est déjà sur le pont, l'air bien réveillé. On devrait aller secouer les autres pour qu'ils nous aident à tout porter, mais, bercés par le silence matinal, nous savourons encore un peu ce moment de fraîcheur, rien que pour nous deux. Le livreur non plus n'est pas bavard. Il sort de son camion six europalettes chargées de cartons. Il faut qu'on recompte tout en comparant avec notre commande. Alors que mon cerveau est sur le point de se faner face à cette tâche abrutissante, Ben surgit au petit trot avec son regard de chien battu.

— Salut, gémit-il en enfonçant les mains dans ses poches. Eh ben, il est pas en retard…

— Ne sois donc pas si triste !

Je me force à sourire. Je ne veux pas le brusquer, je veux qu'il se sente bien. C'est un des meilleurs d'entre nous.

— Bon, bon, ça va, marmonne-t-il.

Puis il grommelle encore je ne sais quoi et disparaît sur le bateau, l'épaule basse. Je gronde. Jeremy sourit sans cesser de compter. La coupée grince et Lyn surgit avec trois tasses ; avec un bref hochement de tête, il nous en tend deux et donne la troisième au livreur debout près de son camion, son carnet à la main. Je signe le bon de livraison. Face à l'immense montagne de sacs, boîtes de conserve, cartons et bouteilles, je m'étire et inspire l'air velouté, histoire de gagner du temps avant d'aller chercher les autres.

— Boss ?

— Oui.

— Tu t'es attaché les cheveux avec du serre-câble ?

Je touche ma tête pour vérifier.

— Oui.

— Je t'aime, boss.

Jeremy aime tout ce qui est pratique.

— Je sais.

Le camion repart et Lyn va réveiller le reste de l'équipage. Morose, je balance un coup de pied dans un carton de viande. Qui est-ce qui a encore commandé ça ? Ô inlassable production de masse qui emballe chaque muscle dans son bout de plastique individuel. Ça me fout la gerbe. La pureté du jour naissant se dissout, humiliée et avilie, dans les méandres de mon cerveau. Ben revient et me prend le bon de livraison, qu'il enfonce dans sa poche.

— C'est toi qui as commandé ça ?

Je flanque encore un coup de pied dans la caisse, les narines dilatées. Je veux qu'il le voie. Il avoue d'un ton geignard :

— Ben oui…

Comme s'il avait plus de raisons de se plaindre que ce qui gît là-dedans, mort, et dont les fluides corporels en train de décongeler traversent le carton gris comme des coulées de pisse.

— Ça va pas, non ?

Je serre les dents et Ben se lamente :

— C'est déjà assez dur pour tout le monde. Si en plus on commence à leur imposer des restrictions alimentaires, ils vont se dégonfler.

— Tu te fous de ma gueule ? Il faut encore qu'on en discute ? Qu'est-ce que je dis : il n'y a pas de discussion. Pas question d'embarquer cette saloperie de barbaque à deux balles et de fromage en plastique.

Jeremy remonte ses lunettes de soleil sur son front et se met au travail. Il a entendu ça assez souvent. Sauf que lui, en plus, il a compris.

— C'est bien beau d'être végane, tente encore Ben, mais c'est pas notre mission en ce moment. Il faut que l'équipage se sente bien. Tu dois comprendre ça aussi.

— Que dalle. *There is no right way of doing the wrong thing, baby.* Je te demande pas d'être le saint sauveur du règne animal, juste de ne pas te rendre complice de l'exploitation, la torture et la mort d'animaux. C'est compatible avec ta mission, ça ?

— Mais les gens veulent…

— Les gens. Tu leur as parlé ? Si on leur explique pourquoi on n'embarque pas cette merde, ils comprendront. Combien tu crois qu'il y a de petits éleveurs, parmi ceux qu'on va tirer de là, qui partent justement à cause de ces saletés bon marché subventionnées par l'Union européenne, et que tu as achetées ?

Lyn est revenu et me regarde d'un air indéfinissable. Il saisit une première pile de cartons. Quelques silhouettes ensommeillées descendent du bateau d'un pas mal assuré et l'imitent, non sans se demander pourquoi on parle d'eux de si bon matin.

— Si l'équipage est prêt à risquer de se faire kidnapper par je ne sais quelle milice décérébrée, ils pourront aussi se passer de viande pendant trois semaines.

— Allez…

Ben se tortille comme un asticot en jetant des coups d'œil nerveux autour de lui. Mais avant 8 heures du matin, un sujet pareil n'intéresse personne.

— Désolée. Compréhension degré zéro. C'est complètement asocial, voilà.

Je mets fin à la conversation en déchirant la Cellophane de la palette la plus proche de moi. Si j'en dis plus, je vais déclencher l'engueulade du siècle. Je le sais et je ne le veux pas. Je le veux, en fait, mais il vaut mieux pas.

Nous sommes maintenant assez pour former une chaîne et embarquer peu à peu la montagne de vivres. Le soleil se réveille aussi. Ben pince les lèvres et me regarde, plein d'espoir : on est encore potes ? Je soupire. Qu'est-ce que je peux faire ? Puis il me tend un carton de charcuterie et me revoilà toute seule :

— Tes cadavres, tu peux te les porter toi-même.

J'attrape un sac de lentilles et vais me mettre entre Tom et Francis. Pendant un moment, nous bossons en silence. Seul un soupir provoqué par un carton plus lourd que prévu interrompt de temps à autre notre labeur de fourmis ; une sueur salée dégouline sur nos tempes. Quand je me retourne pour attraper une nouvelle boîte, Francis me demande, candide :

— Pourquoi tu es végane ?

Je lui prends les pâtes des mains sans savoir si elle veut juste papoter ou se lancer dans une discussion honnête sur les principes politiques et éthiques. Sa question à la fois réfléchie et naïve me fait hésiter, et je me décide finalement pour une réponse tout aussi complexe :

— Par intelligence.

Je trimballe toute la matinée mon humeur semi-dépressive. À l'ombre du grand guindeau, je sirote mon café refroidi et me roule une clope. Jusqu'où puis-je aller sans me rendre coupable d'autre chose ? Je n'irais pas sauver des thons sur un bateau facho. J'ai la cervelle qui fait des nœuds, se bloque et s'étrangle. Ça m'afflige de laisser aux gens une éternité pour ce qui devrait durer juste le temps de dire « Brocoli » ou « Non, merci », mais ne pas le faire serait insupportable. Je n'arrive même plus à mettre la main sur mes propres principes. Ils volettent autour de moi comme des mouches horripilantes, impossibles à ignorer, mais trop diffus pour se laisser saisir. Et il y a toujours quelqu'un de très malin pour dire que les compromis, c'est génial. Ils ne m'ont pourtant pas apporté grand-chose, jusqu'ici. Et encore moins aux noyés, aux oppressés, aux massacrés.

J'écrase ma cigarette sur le pont en sachant que ça briserait le cœur de Jeremy de voir ça. Il faut veiller à ne pas laisser tous ces nobles principes nous pousser dans le gouffre de la folie. Alors je reste là bêtement, à traîner des pieds en regardant l'abîme. Je glisse mon filtre jauni dans ma poche et saute en marche du manège de mes pensées. Et alors que même les pavillons des autres navires du port pendent mollement dans l'air immobile, je me redresse. *Bye-bye scrupules moraux, je vais vite sauver deux ou trois vies.* Les autres.

Au cours de la journée, nos listes raccourcissent et nos sourires se font plus larges, mais aussi plus tendus. Le Zodiac part pour un dernier exercice dans le port, et chacun se comporte comme s'il savait exactement ce qu'il était en train de faire. On lève l'ancre demain. Aucun de nous ne sait s'il faut espérer une action de sauvetage. Ce serait quand même bien si on n'avait rien à faire, si personne n'avait besoin de nous, non ? Sauf pour Miguel ; pour lui, ce serait naze. Il s'est excusé de sa question et je peux de nouveau compatir à son sort.

Un discret espoir d'héroïsme est clairement perceptible chez certains, ceux qui affirment trop souvent que ce n'est pas pour ça qu'ils sont là. *Peu importe.* Ça me va bien de dire ça, moi qui fais le voyage en permanence. J'ai réussi à ravaler ma haine végane pour le moment ; je ne sais pas si c'est une bonne chose, mais rien ici ne marche sans un *crew love* authentique, et aujourd'hui, notre bicoque a besoin de paix. Tout le bordel émotionnel doit être tissé bien serré pour pouvoir nous porter durant le chahut impatient des prochains jours et les gros emmerdements potentiels.

Salma, notre chef mécanicien, et moi, traînons sur le chantier naval. Il est déjà plus de 23 heures, mais nous avons besoin de ressortir. Nous suivons nos ombres interminables que dessinent puis effacent les projecteurs dans les rues nocturnes écrasées de chaleur. Une dernière soirée à terre, une dernière tentative de faire entrer notre monde dans l'hémisphère inexploré de l'aventure à venir. Quand nous bifurquons dans la ruelle obscure qui traverse l'ancienne zone industrielle, nous redevenons enfin des gamines. Deux enfants qui se demandent, les yeux écarquillés, comment elles ont pu se retrouver à porter de telles responsabilités. Où sont les adultes ? Nous faisons tout ça sans la moindre surveillance. Personne ne regarde, et c'est bien le problème.

Côte à côte, nous avançons sur l'asphalte éclaté, dépassons des vitres brisées et des murs délabrés. La lumière jaunâtre des lampadaires transforme ce coin oublié de la ville en un décor de cinéma où nous pouvons être qui nous voulons. Pas une âme humaine, pas un figurant ne vient s'égarer ici, juste une meute de chiens errants et la saleté accumulée dans les recoins envahis d'herbes sauvages. Salma et moi papotons au milieu de tout ça en évitant soigneusement de nous demander comment nous pouvons être si détendues. Sans nous concerter, nous tournons à gauche vers l'épicerie de nuit, pas vers le New Lion Bar.

— Saloperie de Beyrouth 2.0, dit-elle en commentant ce décor postapocalyptique. On ne pourrait pas aller sur un quai plus joli ? Avec des palmiers ou je ne sais quoi ? Où on pourrait se balader sans couteau dans la poche ?

Je suis de son avis, mais ne peux réagir qu'en blaguant :

— Ouais, t'as raison, on n'a qu'à se faire embaucher sur un yacht. Ils nous fileront des beaux uniformes tout blancs.

— Et on fera briller des chromes toute la journée, et on aura des coiffures !

— Un rêve !

Un cauchemar, on le sait toutes les deux. Pourtant, c'est vrai, nous passons bien trop de temps dans des ports pouilleux, sur des quais déserts en béton poussiéreux et acier glacial. Une fois de plus, enlever les culasses, faire la vidange, remplir un formulaire d'appareillage. Un sourire débile aux lèvres, nous nous laissons déchirer, écraser, épuiser par ce pensum. Une maladie nerveuse faite de pétages de plombs, de surmenage et de rires, oh, tant de rires. Je ne compte plus le nombre de fois où j'ai pris la mer avec Salma. Pour les animaux maîtres des océans, pour les lépreux anonymes du capitalisme, pour un thé dans la hune, pour nous. En mer, personne ne peut nous nuire. Je vois Salma émerger à 5 heures de la salle des machines, pendant mon quart, pour qu'on boive un café avec l'aurore. Le vent nous passe ses doigts froids dans les cheveux et emporte nos soucis. Nos pieds se balancent au-dessus des vagues et Salma me parle de son cours de soufflerie de verre à Venise…

Plus qu'une nuit et nous serons de retour à ce qui est notre place. Jusque-là, nous traitons notre mal de terre à coups de placébos faits de fantasmes urbains, tâchons de goûter la liberté continentale, faisons trois quarts d'heure de bus pour manger une glace et regarder la mer sous un autre angle, nous mêlons aux touristes en jubilant qu'ils ignorent qui nous sommes. Ou bien, comme maintenant, nous passons devant le site d'incinération d'animaux, nous évadons de nos rôles et nous consacrons, impatientes, à notre sororité.

Je me plains :

— Je ne sais même pas s'il me drague. Pourquoi il ne peut pas être clair ?

— Ça ne donnera rien, de toute façon, réplique-t-elle avec conviction.

— Quoi ? Merci !

Le rire de Salma résonne comme des clochettes de cristal :

— Tu sais bien : *We can not have nice things.*

C'est aussi ce qu'elle a dit le jour où, sur un autre bateau, on s'est fait dégrader. Juste parce qu'on est des femmes et que des hommes avaient *enfin !* le temps de reprendre notre job en main. Nous avions été aux commandes durant des semaines, rafistolé le rafiot de partout, mis la paperasse en ordre et préparé la cale sèche ; et puis, juste avant le moment tant attendu auquel le Synchrolift devait soulever le bateau hors de l'eau, nous avons été remplacées. Comme le truc de la nappe sur une table dressée, sauf que là, c'était toute notre carrière qui se brisait.

— Oui, je sais.

Je ne peux pourtant pas m'empêcher de lui flanquer une bourrade. La puanteur grumeleuse des carcasses rôties flotte dans l'air, il vaut mieux regarder par terre et ne pas respirer par le nez.

— Tu crois qu'il aurait les couilles de faire du rentre-dedans à son capitaine ?

— C'est bien le problème, je n'ai pas encore eu l'occasion d'examiner ses organes génitaux.

Ni lui les miens, bordel.

— Tu parles d'une mission humanitaire ! Mensonges, tout ça ! Me voilà, j'en ai besoin d'urgence, et personne ne fait rien.

— Le droit de la femme à l'orgasme multiple ?

— Ben ouais, quoi, dis-je, têtue, avant de marmonner : *Can not have nice things*.

Nous achetons de la bière et du tabac puis rejoignons l'ancien terrain de sport où nous prenons nos aises sur les tribunes abandonnées, pieds sur un dossier devant nous, tête rejetée en arrière. Le clair de lune baigne la terre battue d'un scintillement gris argenté ambroisien qui fait vibrer l'âme. Je roule des clopes, Salma tire deux canettes de son sac.

— Je capte vraiment pas pourquoi deux poupées super-canons comme nous ont tant de mal à se faire sauter, lâche Salma en gloussant.

— Pourquoi il y a plus de matière que d'antimatière ? Personne ne le sait non plus, et la question est pourtant plus simple.

Nous trinquons et je confirme :

— On est vraiment canons.

— C'est juste con qu'on sache aussi réparer un générateur.

— Et ouvrir les pots de confiture toutes seules.

— Pas sexy pour deux ronds.

Elle rigole, mais la frustration qu'implique sa constatation est audible. Au bout de quelques bières et après une bonne quantité de blagues idiotes, le silence s'installe. Nous nous connaissons assez bien pour ça, mais ce n'est pas le bon moment. Je lance donc :

— Passe-moi encore une bière.

Elle me tend une bouteille et s'assure :

— T'as vraiment envie d'y aller ?

— Évidemment !

C'est même vrai, et j'ajoute :

— J'ai juste aucune envie de me faire arrêter en Italie. Ils sont vraiment super-pénibles.

J'avale une grosse gorgée. Salma claque de la langue pour confirmer, sauf qu'elle sait aussi bien que moi que ce qui se passe en Italie n'a finalement aucune importance. Ça fait partie de tout le cinéma. Depuis des semaines, la politique et les médias rabâchent que nous sommes des trafiquants d'êtres humains, et même responsables des morts en Méditerranée. Des criminels. C'est trop absurde pour être dangereux. C'est comme l'herpès. Soit il s'endort avant qu'il arrive quoi que ce soit, soit il explose. Et ça, il ne peut le faire qu'en révélant sa face hideuse au grand jour, à la vue de tous.

— Tu crois qu'il y aura de la pizza, en tôle ?

— Si je me fais embarquer, je veux de la *farinata*. Ça, ça vaudrait le coup.

— C'est vrai. Je viens avec toi, alors.

— Ça marche, Chief.

— Ça marche, Captain.

Nous trinquons, et je vois alors seulement qu'elle s'est verni les ongles. Rouge sang pour une soirée à l'écart avec moi. Ça m'attendrit. Voilà notre échauffement avant le prochain numéro que personne ne veut voir. Nous le jouerons pour nous-mêmes et pour le monde. Nous le ferons sans nous plaindre, devant un public hélas stupide et plein d'aveugles à qui nous balançons les tomates pourries de la vérité. *Paf !* Comment ne pas mourir d'envie d'y aller ?

*

* *

Dernier contrôle des températures des machines, bonne distance entre la poupe et le quai, retour barre à zéro. *Ça marche*. L'écouteur de la radio est lové dans ma main gauche. C'est encore meilleur que le moment juste avant de sauter du plongeoir de dix mètres. La magie de la physique fait retentir ma voix métallique en FM :

— Pont, pont de passerelle, larguez la garde.

Une brise légère fait doucement bruire les papiers sur la table à cartes. Derrière la console de commandes, Miguel sautille sur la pointe des pieds pour prendre de meilleures photos. Alva se mordille la lèvre inférieure, par précaution. Personne n'ose rien dire. De grands yeux débordants d'expectative me fixent.

— *Copy*. Amarres larguées, crépite la voix de Jeremy en retour.

Depuis la passerelle, je le regarde donner ses instructions à son équipe, à la proue. Tout le monde veut bien faire, personne ne sait vraiment comment s'y prendre. Tous ont la gueule fendue d'un grand sourire. L'équipage pont est nettement plus détendu que ma troupe de la passerelle, hautement concentrée et peut-être un tant soit peu dépassée par les événements. Ils dansent entre le guindeau et les bollards. C'est le show de l'année, leur show. Il faut dire que tout ce cinéma maritime a du chien. Ben lève le lourd œil de l'amarre par-dessus la bitte, sur le quai, et l'équipage pont hisse à bord l'haussière dégoulinante.

— Passerelle, pont. Amarres larguées.

Je ne peux pas m'empêcher de vérifier moi-même, y compris à l'arrière. C'est vrai, tout va bien. Je marmonne :

— Bon, c'est parti.

Je tourne la barre, embraye, et nous quittons le quai au ralenti. Les machines vrombissent de basses sourdes et les vibrations nous transpercent. Je me surprends à me sentir libre. Une fois de plus, mon malheureux second ne peut rien faire, parce que Otta est là et que je préfère lui expliquer des trucs à elle qu'à lui. Je ne veux pas être sa baby-sitter ou sa coach. S'il veut être second, il n'a qu'à se lancer. *Je veux bien te montrer comment on pilote ce bateau, mais je ne donne pas de cours d'affirmation de soi.* Dieu merci, il a ses ongles à ronger.

J'ordonne :

— Moteur tribord en avant lente, bâbord débrayé, barre 15 degrés à gauche.

Puis je laisse la barre à Otta pour qu'elle s'amuse un peu et je vais en fumer une.

— Je peux ? demande Eric d'un air espiègle, la main déjà sur la poignée.

— Yeeessss !

Je l'encourage, moi-même très remontée. Il tire de toutes ses forces et notre corne de brume résonne dans le port. Sur les ponts extérieurs, le reste de la bande pousse des cris de joie. Jeremy brandit le poing gauche en l'air, il est sérieux. Sur le quai, Ben agite la main et, de mon point de vue du moins, ses soucis rapetissent. Quand notre bateau passe l'angle à une vitesse de quatre nœuds, le soleil nous éblouit et nous voyons défiler La Valette, silencieuse. Je prends une grosse bouffée de ma clope, parce que tout est plus intense que d'habitude. Les liens de l'univers se resserrent un peu, la tension électrique monte d'un cran.

Je demande à Eric :

— Tu mets de la musique ?

Quand les premières notes de OutKast coulent à travers les amplis, j'explose presque de joie :

— Roooaaadtrip !

— ROADTRIP ! hurle Otta, et même Eric a l'œil humide.

Nous contournons le môle et sortons du bassin portuaire plein de pisse. Eric prend enfin son quart, et je demande à Otta si elle veut hisser les pavillons.

— Lesquels ?

— *Alpha Charlie Alpha Bravo.*

J'ai répondu avec un sourire. Elle réfléchit un instant puis son visage s'illumine :

— *ACAB !* Et comment que je veux !

Elle se met au travail en sautillant, et moi, je me détache du monde. La mer s'ouvre devant nous. *Bye-bye le peuple, bye-bye les règlements révoltants.* À partir de maintenant, nous sommes notre propre planète et nous flottons, libérés du théâtre de la société. Une chance que cette prison dorée ait de l'élan. Autosuffisants, autodéterminés, presque comme si on était libres. Jeremy rejoint la passerelle et me lance un high five. *À notre retour en mer* – c'est un rien trop kitch pour être dit à voix haute. On s'envoie un clin d'œil en nous moquant de nous-mêmes, incapables que nous sommes de faire face aux grands sentiments, nous trouvant même ridicules de les éprouver. Il me donne un coup de poing, je lui en rends un, et nous nous chamaillons encore un moment avant de tomber enfin dans les bras l'un de l'autre.

De timides banderoles de cirrus ornent le ciel pâle, la mer bleu sombre éclabousse la coque tandis que les premiers puffins décrivent des cercles acrobatiques autour de nous. Cinq mouettes criaillent, autoritaires ; elles ne comprennent pas que nous ne sommes pas des pêcheurs. Les vagues font maintenant deux mètres de haut et la mer se déchaîne de plus en plus. Assez pour une toute petite sensation de nature sauvage.

Deux millions et demi de kilomètres carrés de Méditerranée. Le bateau s'y balance dignement de gauche à droite et de droite à gauche. Ça ne lui fait rien, à moi non plus. L'air est si pur qu'il s'infiltre jusqu'aux moindres alvéoles. Je remplis mes poumons et sens l'oxygène pénétrer dans chacune de mes putains de cellules. Je fais passer le poids de mon corps d'un pied sur l'autre et surfe sur mon bateau avec le mouvement des vagues, m'imaginant que c'est moi qui le repousse dans l'eau par la force de mes muscles. Rien n'a encore dégringolé des étagères, seules quelques portes claquent. Ça suffit à changer notre rafiot en un vaisseau fantôme qui me rend vivante.

Eric corrige des cartes nautiques. Un crayon bien taillé roule, têtu, jusqu'au bord de la table. Je le rattrape et lui confectionne un petit drapeau en Scotch pour empêcher d'autres escapades. Eric est absorbé par sa tâche. Jamais personne n'a dessiné de nouveau câble sous-marin avec une telle exactitude. La carte, c'est son jardin de sable japonais. Observer ses mouvements lents et minutieux m'apaise. Je devrais davantage éprouver la noblesse de l'art de la navigation, travailler méticuleusement, ou au moins essayer. *Si, si !* J'aime beaucoup les cartes nautiques. La richesse de leurs détails touche mon sens esthétique, elles sont indéniablement utiles, et je suis chaque fois enchantée par la facilité avec laquelle elles se replient. C'est autre chose que des vulgaires modes d'emploi. Pourtant, je n'ai pas la moindre envie de me soumettre à leur fonctionnalité. Je n'ai jamais succombé au culte transcendant qui entoure le monde de la marine, son inviolabilité idéalisée, comme s'il existait une confrérie secrète de matelots *illuminatis*. Je n'ai pas non plus besoin de connaître tous les putains de nœuds du monde. Trois suffisent, le reste, c'est de la frime. Heureusement qu'Eric ne sait pas que c'est moi qui ai fait la tache de café sur la Sicile.

Greg arrive à la passerelle en marmonnant des jurons inaudibles puis se fige :

— Où est-ce qu'ils sont tous passés ?

Je lui lance joyeusement :

— Excusés pour cause de gros temps !

Un narcissisme enfantin surmonte ma compassion :

— J'adore quand le mal de mer envoie tout le monde dégueuler et qu'on a la paix un moment.

— Oui, je sais. Les conduits sont déjà bouchés.

Il y en a un qui n'a pas écouté les consignes et qui a vomi dans un lavabo. Les vieux tuyaux n'en peuvent plus, la rouille et quarante ans de teigne les ont rendus trop étroits. J'éclate de rire.

— C'est toujours la même chose !

Greg rigole aussi, mais pas tout de suite. Salma secoue la tête, incrédule, et sirote son thé vert. Elle va devoir démonter tout ce bazar et souffler dans les tuyaux pour les déboucher. Un vrai boulot de merde.

Je fais ma ronde. C'est fou : c'est mon bateau et tout le monde me regarde comme si je savais tout. Et c'est vrai, je sais tout. En mer, il n'y a pas de doutes. Il faut resserrer les sangles du Zodiac. Lyn vient donner un coup de main. Son sourire me tue, et en plus, il commente ma manœuvre d'appareillage : « Super boulot, capitaine. » Je suis sur un petit nuage. Debout au bastingage, nous regardons la mer et ses poissons volants. Sous le vent, nous discutons d'autres bateaux, d'autres vies et d'autres missions. Pourquoi on appelle ça « mission », au fait ? Ça me fait toujours penser à des catholiques colonialistes fous. Puis il me plante là d'un coup :

— Bon, assez bavassé.

Bavassé ? Ça va pas, non ? Éberluée, je le regarde disparaître sur le pont avant. Quel abruti. Je descends en salle des machines pour voir si tout va bien et si l'averse de dégueulis est terminée. Le calme qui règne sur le bateau, dans les coursives désertes et le carré délaissé, contraste avec le tumulte de la semaine précédente. L'absence de l'équipage prend plus de place que le seul espace tridimensionnel. C'est plus vide qu'un bateau vide. Qu'ils roupillent tout leur saoul, ils l'ont bien mérité. Je remonte à la passerelle, apporte du thé et du chocolat à Eric, et regarde la mer un moment. Hannes me rejoint, les joues blêmes et un pansement de Scopoderm derrière une oreille, contre la nausée.

— Voici ma première mauvaise idée de la journée, déclare-t-il.

Il s'assied dans l'encadrement de la porte, une tasse de café à la main. Une fine couche de sueur couvre son nez. Il prend une petite gorgée du liquide brûlant, grimace et fixe l'horizon. Il lutte pour savourer le breuvage, a l'air d'y arriver. Les premiers jours, le café ne plaît à personne.

— OK. Et voilà la deuxième mauvaise idée.

Il se tourne pour se mettre à l'abri du vent, allume une cigarette, inspire profondément et vire au vert. Vraiment vert. Il continue à fumer, obstiné. Puis il secoue la tête d'un air résigné, se lève et vomit.

*

* *

Je prends mon quart à 3 h 45. La lune est si claire qu'elle change les vagues timides en vif-argent. Je n'ai pas dormi, mais je m'en fiche. Substituer le sexe au sommeil ne me pose aucun problème. Je ne sais pas comment c'est arrivé, mais j'ai passé la moitié de la nuit à baiser. Avec Lyn. Partout, des mains, des jambes, l'odeur des sexes, un souffle chaud sur la peau. Désir, ravissement pour moi et ma chatte. Acrobaties de corps heureux doucement bercés par la mer. C'était génial. Je fais craquer les jointures de mes doigts, repue, tandis que lui continue à dormir au chaud dans ma couchette.

Les matelots de quart se relaient et Eric va se coucher à son tour. Je tripote tous les instruments, règle tout à mon goût et pose les pieds sur la console. Le ciel étoilé infini me rend merveilleusement petite. Quand, des heures plus tard, le soleil fait prudemment couler ses premières notes orangées à la surface de l'eau, le monde est parfait et je suis emplie de reconnaissance : « Bon sang, qu'est-ce que c'est beau ! » Jonas hausse les épaules, pas intéressé pour un rond. Je ne comprends pas qu'il ne voie pas la magie élyséenne de la mer ; pour le punir, je lui explique le radar. Puis je lis mes e-mails. Ben m'écrit d'arrêter de jurer à la passerelle parce que les Italiens y ont vraisemblablement collé des micros, et aussi parce que nous enregistrons tout nous-mêmes. Comment je suis censée faire ça ? Il faudrait que je me coupe la langue. Si je ne jure pas, je parle trois fois moins. Heureusement, je réussis à être plus intriguée par cette instruction que par le fait d'avoir une double Stasi à bord.

— Viens en Méditerranée, qu'ils disaient. Ce sera marrant, qu'ils disaient. Le capitaine fait ce qu'il veut, qu'ils disaient.

Je ricane, parce que malgré tout, je comprends.

Ce matin, la majeure partie de l'équipage émerge de son trou, et nous reprenons l'entraînement. Par chance, j'ai gardé ma bonne humeur de la nuit. Nous mettons les chaloupes à l'eau pour la première fois en pleine mer, et tout le monde fait tout de travers. On dirait presque qu'ils se sont donné le mot pour ne rien appliquer de ce qu'on leur a expliqué et montré. Une cacophonie écervelée de dilettantisme. Habituellement, à ce stade, je laisse faire, pour que les différentes équipes se mettent au diapason. Mais aujourd'hui, j'ai beaucoup de mal à ne pas les engueuler tous, tout de suite. Sur le pont, on papote au lieu de se concentrer sur les bouts, et la radio de la passerelle n'émet que des blagues et des bribes de bavardage incompréhensibles. Greg ne trouve pas de meilleur moment pour annoncer qu'il ne faut pas jeter le papier dans la cuvette des toilettes. Ma carotide vibre, à deux doigts d'exploser. Je coupe court à l'entraînement et rassemble tout le monde sur le pont des embarcations pour comprendre ce qui cloche. Agacement général. Jeremy en a marre aussi, mais au moins, il est énervé par les autres, avec moi.

— Tom, qu'est-ce qui s'est passé ? On a frôlé la catastrophe avec la grue. Pourquoi tu ne dis rien quand tu as besoin d'aide ?

— Je suis un gars du Nord. Je n'aime pas parler de mes sentiments, rétorque-t-il avec un rictus arrogant.

Si tu me sors encore un commentaire sarcastique, je te fous mon poing dans la gueule. Ne pas me prendre au sérieux n'est pas une option pour toi, espèce de naze. Je n'ai quand même pas tant de mal que ça à jouer mon rôle de cheffe.

Je l'engueule, et les autres avec :

— Non, mais tu délires ! On est sur une énorme machine, là, et c'est pas parce que le soleil brille qu'on fait ce qu'on veut, ni que ça fera moins mal de se prendre une putain de chaloupe en pleine tête. Je suis pas là pour vous gâcher le plaisir, mais il faut d'abord que vous captiez les règles du jeu. On n'est pas *La Croisière s'amuse* en route pour repêcher quelques naufragés vite fait bien fait. Il faut d'abord apprendre à ne pas nous tuer mutuellement.

Hochements de têtes embarrassés, regards baissés. On recommence. Je n'ai jamais vu une chaloupe être mise à l'eau avec une telle élégance. Jeremy est heureux, et le revoilà, le meilleur équipage du monde.

Nous patrouillons à quatorze milles de la côte libyenne. Aller, retour, est, ouest... Toute la journée, nous cherchons des bateaux. Je fixe le radar en modifiant sans cesse les réglages pour ne rien rater. Dès qu'il fait jour, cinq personnes armées de jumelles scrutent la mer en permanence pour trouver ceux qui savent mieux ce qu'ils fuient que ce qu'ils cherchent. Nous distinguons les contours des immeubles bombardés de Tripoli, et à part ça, rien que de l'eau. Pas facile de rester concentré. La mer est si paisible, le ciel si resplendissant qu'on en oublie vite que là-bas, des gens meurent. Par milliers. Nous nous relayons en nous rappelant mutuellement l'impression que ça fait de voir un minuscule point, à l'horizon, se transformer en canot pneumatique en perdition avec cent cinquante personnes à bord.

Trois jours durant, il ne se passe rien. Attendre est plus pénible qu'agir. Au moins, j'ai le cul et les regards de Lyn qui me déshabillent même à la passerelle. Il fait une chaleur étouffante, pas un souffle de vent ne trouble le désert aquatique. Sur le pont arrière, Otta et Greg ont changé un radeau de sauvetage désaffecté en pataugeoire. L'eau est si chaude qu'on ne remarquerait rien si tout le monde y pissait en même temps. Je vais faire un tour à la cambuse pour voir si le cuistot est encore en vie. Il faudrait être un miracle médical sur pattes pour ne pas choper le mal de mer en faisant frire des oignons dans cette pièce étouffante. Au lieu du chef, je trouve Lyn debout devant le frigo, toujours nauséeux après ces journées houleuses.

Il tient à la main un paquet de saucisses dégoulinant que quelqu'un a oublié là.

— C'est vraiment dégueulasse, cette viande, dit-il, l'air écœuré, avant de balancer le tout à la poubelle.

Avec un mélange de dégoût et de joie, je lui demande s'il est végétarien. Il a l'air un peu perplexe, comme s'il ne s'était encore jamais posé la question.

— J'imagine que oui. Mais je trouve surtout qu'il faut manger des produits régionaux et pas de saloperies de monoculture modifiée génétiquement.

Je ne poursuis pas, pour m'éviter une réponse que je n'ai pas envie d'entendre, et me réjouis de ce qu'il a à offrir. Il n'y a plus bien loin jusqu'au véganisme… Oui, il m'arrive d'être naïve. Je ne me fais pas d'illusions : si je lui balançais à la tête ma tirade révoltée habituelle, on en resterait là tout de suite. C'est pourtant le seul rôle que je joue à la perfection. J'en ai essayé d'autres, mais au bout du compte, il n'y a qu'un tiroir qui convienne vraiment à chacun. Comme un acteur frustré à qui on propose toujours le même personnage. C'est le même laïus à chaque fois, mais au moins, c'est le mien. Craignant pour notre flirt, je mets mon discours en réserve pour qu'on puisse continuer nos galipettes.

*

* *

Peu après le début de mon premier quart, j'ai deux petits échos sur mon radar, sans les *bip bip bip* qu'ils font toujours à la télé. Ça pourrait être des bateaux, des balises de filets illégaux, des ordures. La nuit dernière, j'ai poursuivi pendant une heure un bidon en plastique à la dérive. Quoi que ce soit, c'est à huit milles de nous.

Ça me laisse amplement le temps de prendre un café et d'aller chier.

Vers 5 heures, je fais une nouvelle tournée de contrôle sur le bateau. Avec les premiers rayons du soleil, une poignée de lève-tôt malgré eux commencent leur surveillance. Le vent de la course est chargé des espoirs et des peurs des exilés ; il n'a aucun scrupule à nous en souffler la responsabilité en pleine figure. Une cloche de concentration et d'attention englobe le bateau. Nous sommes conscients de ce qui peut nous attendre là-bas, que nous risquons d'être bientôt confrontés à tout et n'importe quoi – la mort, la joie, le malheur pur, les milices libyennes. Et à l'incontournable et odieux mélange de capitalisme impérialiste et de néocolonialisme européen.

Alva propose du café à tout le monde. Peu après, j'envoie Jonas secouer les derniers dormeurs. Je suis maintenant sûre d'avoir trouvé des bateaux. L'un s'éloigne de la côte en un zigzag désespéré à une lenteur effarante de trois nœuds. L'autre est à la dérive. L'équipage pont a préparé la chaloupe en un rien de temps, tout le monde est sur le qui-vive. *Here we go again!* Je m'allume une clope tandis que le disque solaire émerge enfin dans toute sa splendeur au-dessus de l'horizon.

L'opération se passe bien. Les unes après les autres, nous tirons cent quarante personnes d'un bateau pneumatique et quatre-vingts d'une embarcation en bois. Pas de mort. Par groupes de dix, nous les emmenons en chaloupe jusqu'au bateau. Visages hâves, soulagement, incertitude, effondrement total. Ils lavent le mélange irritant d'essence et d'eau salée de leur peau brûlée. La plupart n'ont rien d'autre sur eux que leur short. Nous les répartissons sur les ponts, distribuons de l'eau et des couvertures de survie. *Oui, on va en Europe. Non, pas de Libye.* On ne peut rien faire de plus pour le moment.

Et puis il en arrive de plus en plus, ça ne s'arrête plus. À 11 heures, treize bateaux nous entourent. Treize bateaux d'environ cent cinquante personnes chacun. Cette réalité est complètement grotesque. D'autres bateaux d'ONG se dirigent vers nous pour aider. Eux aussi distribuent des gilets de sauvetage, soignent les blessés graves, évacuent. Un navire de guerre allemand vient se poser au milieu de tout ça. Qu'est-ce qu'il fait là ? Rien. Même les rafiots des gardes-côtes italiens ne sont pas là, eux dont les noms commencent tous par CP, ce qui fait d'eux des *Charlie Papa* pour l'alphabet radio. Depuis des mois, les navires gouvernementaux déplacent leurs cabales toujours plus au nord pour ne surtout pas risquer de trouver quelqu'un par inadvertance.

Encore un bateau gonflable qu'un boudin crevé menace de faire chavirer. Notre Zodiac s'en approche, équipé de tout ce que nous avons de flottant, et nous essayons de rassurer les passagers. Si la panique éclate, tout est perdu. Soudain, un autre bateau chavire, tout près. Des dizaines de personnes tombent à l'eau et s'épuisent à se débattre. Ils ne savent pas nager, et même s'ils savaient, ils seraient trop faibles pour tenir. Le second Zodiac fonce, tire les naufragés de l'eau et calme ceux encore cramponnés à ce qui reste de leur embarcation toujours surpeuplée. Les femmes de l'épave en train de couler se mettent à chanter. Le navire de guerre allemand me signale qu'ils ne peuvent pas nous aider, leur équipage Zodiac est en train de prendre son goûter. *Ah oui, bien sûr, dans ce cas.* Loi de protection des travailleurs, un truc comme ça.

Le bateau est si délabré que nous n'avons plus le temps de transférer les gens par petits groupes dans notre Zodiac. Je dois m'approcher davantage et me placer latéralement. C'est exactement ce que nous voulions ne pas faire, trop dangereux, trop incontrôlable. On s'en fout ; avec notre tribu, tout est possible, même ça. Je manœuvre et ils grimpent directement à bord, les uns après les autres. Notre bateau est tellement surchargé que nous devons veiller à répartir les poids. Jeremy et Otta tendent les mains et hissent les naufragés sur le pont. Le centre de coordination de sauvetage maritime, à Rome, ne cesse de me demander combien de migrants j'ai à bord et d'où ils viennent. Comme si j'avais le temps pour ces conneries. Je me penche par la fenêtre de la passerelle, et soudain, sans avertissement, une marée humaine envahit notre bateau, une avalanche hurlante de corps qui se déverse à bord par-dessus le franc-bord. Cent personnes en douze secondes. Appels, cris, et aucun silence abrupt, j'espère, de quelqu'un qui se serait fait piétiner. *Fuck fuck fuck!* Alors seulement, je vois que leur canot vient de couler d'un coup, comme ça. Il flotte encore un peu juste sous la surface comme pour nous narguer. Jeremy lève les yeux vers moi depuis le pont, lui aussi effaré par ce qu'il vient de se produire. Je regarde autour de moi. Nos invités sont choqués mais calmes. Nous aussi. Nous n'avons pas chaviré. Je reprends mon souffle, sens mon cœur se remettre à battre et lance à Jeremy par radio : « *Boarding completed.* » Il jette un coup d'œil ahuri à sa radio, puis vers moi, et nous éclatons de rire. En de tels moments, il n'y a rien de mieux à faire.

Otta patauge sur le canot en train de couler, le tâte des pieds à la recherche de cadavres. Elle avance prudemment au milieu de fringues et de bidons d'essence flottants. Tout ça, maintenant, c'est des ordures, le bateau lui-même et tout ce qui est encore dessus. À la fin, seule la pourriture reste dans cette mer. C'est insoutenable. Nous continuons à faire ce que nous pouvons. Un bateau de gardes-côtes italiens nous rejoint. Avant de prendre qui que ce soit à leur bord, ils fichent le feu à un canot en bois vide à pas même trente mètres de notre proue. J'ai la tête qui se secoue toute seule.

À la fin de la journée, nous avons près de quatre cents invités à bord. Nous en remorquons certains dans des radeaux de sauvetage – pas assez de place sur le pont. Sur chacun des radeaux puant le PVC moisi, nous postons un membre d'équipage armé d'une lampe et du fol espoir que tout le monde survive. Chaque seconde passée dans ces lugubres piscines gonflables est un calvaire. Je ne sais pas comment ils font. Finalement, ce sont peut-être des héros, tout simplement. Rome promet de nous envoyer de l'aide, des bateaux de gardes-côtes qui emmèneront les gens en Italie. Mais comme toujours, ils ne nous disent pas quand. Ça fait vingt heures que l'équipage est en service ininterrompu. Et nos invités ? Ils viennent de subir des mois de fuite et de tortures, et d'y survivre. Nous ne nous plaignons pas, reconnaissants de ne même pas pouvoir imaginer ce qu'ils ont vu.

Je fais ma ronde d'inspection sur le pont, cherchant où poser les pieds au milieu de tous ces nouveaux amis. Quelqu'un a capté que je suis le capitaine et la nouvelle se répand comme une traînée de poudre. La plupart des femmes m'adressent de grands sourires, les hommes sont perplexes, certains secouent la tête, effarés. À cause de tous mes tatouages, de mes fringues, ou parce que je n'ai pas de pénis ? Je l'ignore. Mais en sourire fait du bien à tout le monde, ne serait-ce que pour un instant. En une telle journée, le sexisme me remonte le moral.

L'amusement de nos invités est de courte durée ; dans leurs têtes et leurs yeux défilent des scènes situées quelque part entre abîmes sans fond et épuisement absolu. Certains portent la main à la bouche pour signifier qu'ils ont faim. Il va falloir attendre. Plus personne ne parle. On n'entend plus que le grondement des moteurs et le bruissement des couvertures de survie dorées dans le vent. Et puis il y a la puanteur. L'odeur de la pisse, de la merde et du vomi, et l'odeur de la peur, de la peur et du désespoir. Ça se sent. Je ne le savais pas, avant. On le sent aussi sur soi-même. Un film d'humanité lugubre se dépose partout, impossible à laver. Le monde est maudit et injuste.

L'équipage mange et fume en cachette des invités. Nous préparons des tonnes de couscous et Otta fait du thé sucré, *cheap calories* à distribuer rapidement. C'est tout ce que nous pouvons faire. L'équipage répartit la nourriture dans de la vaisselle en carton en veillant à ce que chacun soit servi. Les plus faibles, recroquevillés dans les recoins, sont ceux qu'on rate le plus facilement. Aujourd'hui, nos invités font systématiquement passer les assiettes et les gobelets avant de se rassasier eux-mêmes. Eric me raconte, les larmes aux yeux, qu'ils se partagent la seule paire de tongs à bord pour ne pas devoir entrer pieds nus dans les toilettes.

À la passerelle, je parlemente avec l'administration. Il est impossible de compter nos invités avec exactitude, mais le centre de coordination de sauvetage maritime ne s'intéresse qu'aux chiffres. Ils ne nous disent pas quand nous pourrons transférer tout le monde. Je ne peux pas avancer plus vite qu'un nœud, nous sommes trop chargés, le bateau est trop bas sur l'eau. Dieu merci, la mer est toujours miséricordieusement calme. Nous canotons sur un champ de bataille de bateaux à moitié coulés, de radeaux, de fringues à la dérive et de gilets de sauvetage. La mer d'huile, le soleil éclatant et les oiseaux qui virevoltent librement donnent au décor une touche surréaliste. Le Zodiac repart à la recherche de cadavres, et en trouve. La plupart coulent et restent au fond ; la mer se moque bien des passeports, elle accueille tout le monde sans préjugés. Tout ce que nous pouvons faire, c'est examiner les corps à la recherche de signes distinctifs, leur enfiler un gilet de sauvetage et signaler leur position. Évidemment, ni militaires ni gardes-côtes ne viendront les repêcher. Un cadavre noir, ça n'intéresse personne. La dernière chose que nous pouvons faire pour eux, c'est les changer en un numéro dans le système. Sinon, ils ne seraient même plus cela, ils disparaîtraient complètement, n'auraient jamais été là.

Salma retourne un corps de plus pour prendre des photos de sa dentition, pour l'identification. Un faux mouvement déclenche l'alarme de son gilet de sauvetage. Hannes roule des yeux et râle : « Il pourrait pas décrocher, non ? Comment veut-on que je travaille dans ces conditions ? » Jeremy en pisse presque de rire. Seul un humour morbide permet de supporter tant de morts et de détresse.

Sur le pont, il n'y a que la réalité, plus qu'on en voudrait. Les enfants, je les évite, ils me fichent la trouille. Je ne suis déjà pas douée avec les gamins riches, *alors qu'est-ce que je pourrais bien vous dire à vous ? C'est vous qui devriez me raconter la vie. Vous en avez vu bien plus que moi, sans filtre. Et puis vous êtes bruyants et je ne vous comprends pas.* De toute façon, je suis juste venue vérifier si tout va bien. Contrôle des règles de sécurité, rien de plus. Il faut que je file d'ici, je suis dépassée par mes émotions. *Bye-bye.* Je ne peux pas être responsable de tout. Le reste de l'équipage est plus doué que moi. Ils passent beaucoup de temps avec ceux qui veulent parler, jouent de la guitare, il y en a même qui dansent. Un de nous pleure parfois, bouleversé par ce qu'il a entendu.

Lyn, qui a vraiment assuré pendant le sauvetage, s'occupe maintenant de nos invités avec dévouement. Alors qu'il distribue des couvertures supplémentaires pour la nuit, son regard à la fois nerveux et plein d'énergie tressaille face à mon expression. J'arrête de respirer pour ne pas gâcher ce moment. Son regard croise le mien et j'y vois tout et rien, une sauvagerie timide, pas agressive. L'espace d'une seconde, une fenêtre s'ouvre vers un autre monde, trop brièvement pour dire si ce qu'il y a derrière est menaçant ou attirant. Je voudrais m'y jeter, mais l'instant s'évanouit déjà, son regard se tourne vers plus important. Dans mon égocentrisme, j'envie ce qui attire son œil et son attention. Ça me déchire ; ça, et mon étroitesse d'esprit.

Puis le téléphone satellite sonne. Pourvu que ce soit Rome avec des réponses positives, que nous puissions enfin rapprocher un peu tous ces gens de leur but, les sortir de ces limbes flottants.

— *Yes?*

La réponse vient, énergique, dans un anglais maladroit teinté d'un fort accent arabe :

— *I want to speak to the captain.*

— *This is the captain speaking, sir.*

Silence confus. La combinaison de ma voix et de mon grade provoque souvent ça. Il ne sait pas comment répondre, notamment sur la forme.

— *Ah… my lady captain.*

Je fais un énorme effort pour ne pas éclater de rire. *My Lady Captain* ? C'est quoi, un film médiéval ? Mais il reprend déjà :

— *You stop taking migrants! Migrants go to Libya.*

Ben voyons.

— *Sir, who is speaking there?*

— *This is Libyan Coast Guard Navy… my lady captain.*

— *Sir, according to international law and the Law of the Sea I would commit a crime if I did that.*

Il durcit le ton :

— *You bring migrants here!*

— *That's a negative, sir.*

Il s'énerve :

— *This is an order from Libyan Coast Guard Navy!*

Je réagis tranquillement :

— *Sir, I am not under command of Libyan Coast Guard Navy.*

— *I am the Commander of the Sea!* me corrige-t-il.

C'est ça, et moi je suis le maître de l'univers.

— *Please, don't call this number again*, dis-je avant de raccrocher en secouant la tête.

Il n'y a que les hommes pour inventer des trucs pareils, me dis-je en observant cette mascarade dans le miroir de mon antisexisme. Tom arrive à la passerelle en vacillant ; hagard, il réussit pourtant à être marrant :

— Tiens, tu papotes encore avec tes potes les passeurs ?

— Yep. J'ai commandé un chargement d'Arabes. C'est chiant, à la longue, ces Subsahariens.

— On va se faire un paquet de fric. 5 000 euros par tête. C'est marqué dans le journal.

Ils ont de ces idées. La créativité des journaleux n'a pas de limites.

— *I am the captain and I have nothing to do with this!* m'exclamé-je à l'intention des micros de la passerelle, et nous éclatons de rire.

Puis nous discutons de l'idée de lire à voix haute un dictionnaire de mots étrangers. Juste pour qu'un pauvre gars d'un quelconque poste de contrôle italien soit obligé de tout traduire. À cet instant, un nouvel appel de détresse arrive et efface de nos tronches les sourires débiles. Trois bateaux sont partis de Zuwara la nuit dernière. Trop loin pour nous, et il n'y a personne d'autre dans les environs. Les militaires n'iront certainement pas. Ils sont trop occupés à protéger les frontières de l'Europe. De quoi, personne ne le sait vraiment.

Il est plus de minuit quand nous transférons nos invités sur deux bateaux de gardes-côtes italiens. Un des capitaines refuse de les embarquer avec leurs gilets de sauvetage, arguant que les leur enlever représente trop de travail. Le premier bateau se range en parallèle du nôtre, à bâbord. La lumière crue des projecteurs inonde tous les ponts, chassant la nuit noire. Ce fragment de désastre politique est pour l'instant le nombril de notre monde, il occulte le reste de la catastrophe.

— *Avanti migranti !* beugle un des gardes-côtes derrière son masque de protection, et les premières personnes sont tirées sur le navire avec rudesse. *Comme des bêtes*, même moi, je le pense instinctivement ; quelle tristesse. Comme si les animaux méritaient ça davantage. Comme si qui que ce soit méritait ça. On pousse et on rudoie, du mépris dans les yeux, le tout souligné de hurlements qui n'ont jamais aidé personne. J'ai l'impression d'être face à une rampe de sélection. Nous croisons les regards affolés de nos amis que nous ne reverrons sans doute jamais et qui nous envoient quelques baisers en guise d'adieu. Une amère sensation de trahison nous envahit. Je refuse de penser aux camps dans lesquels ils vont se retrouver. Ils ne sont pas libres, et ne le seront pas avant longtemps. Même le soupçon d'autodétermination ressenti à notre bord ne trompe pas. Je suis seule à la passerelle quand une jeune Sénégalaise surgit à la porte. Sans oser entrer, elle me demande une serviette hygiénique avec une timidité perdue. Je parle trop mal français pour lui expliquer que je ne peux pas sortir d'ici, que je suis à la radio et que je dois manœuvrer le bateau. Je marmonne, bégaie et lève les mains en un geste d'excuse, mais la honte qui émane de tout son être me brise le cœur. Je cours au carré et attrape un rouleau d'essuie-tout. Pas le temps de chercher mieux. Elle me lance un sourire épuisé, mais sincère : « *Thank you, sister.* » Qu'elle soit reconnaissante de ne pas tout souiller de sang pendant le voyage me désespère. *Sœur.*

Nos ponts se vident rapidement, le second bateau nous accoste. Depuis l'aileron, je vérifie que nous sommes bien en position, et je découvre deux gamins blottis sous une couverture, dans les bras l'un de l'autre. Le plus petit parle au plus grand d'une voix douce, lui murmure à l'oreille des paroles de réconfort et lui caresse les cheveux. Forcée de les interrompre, je m'agenouille :

— Tout va bien ? Il faut descendre, maintenant. Vous allez en Italie.

— Il a peur, répond le petit sans détour.

D'une voix retenue, il explique que le grand a une psychose. Il est ratatiné de terreur, persuadé que sur l'autre bateau, il va se faire dévorer. Il n'a malheureusement pas tout à fait tort. J'appelle Hannes par radio pour qu'il dise au médecin italien de ne pas secouer ce pauvre gosse.

— C'est ton frère ?

— Non. Je l'ai trouvé dans la rue au Mali. Je ne pouvais pas le laisser là, alors je l'ai emmené.

Je n'ose pas dire ce que je pense. *Tu as embarqué un tel boulet dans ta fuite ?* Je me sens honteusement petite à côté de lui, et prie les dieux auxquels je ne crois pas d'avoir un jour un fragment de sa grandeur.

Puis c'est fini. Retour à la case départ. Les feux arrière des navires des gardes-côtes s'effacent lentement tandis qu'ils avancent vers le nord, chargés de tous ces rêves et de tous ces espoirs. Nous sommes tous sur le pont, dégrisés et exténués. Personne n'a dormi plus de trois heures au cours des deux derniers jours. Aucune sensation de réussite, jamais. Il y a bien trop de choses qui clochent pour ça. Nous passons encore deux heures à nettoyer le plus gros, sans savoir quand surviendra la prochaine opération. Les gilets de sauvetage puent la misère même après avoir été passés au chlore. Caparaçonné comme un astronaute, Jeremy nettoie la cabine de toilettes à la lance à incendie. À la proue, on empile une montagne de couvertures sûrement infestées de gale et qu'on risque de devoir réutiliser telles quelles. Je m'assure de l'état de fatigue d'Eric et lui demande s'il peut veiller encore quelques heures. Puis je vais me coucher et sombre dans un néant salvateur avant même d'avoir fermé les yeux.

Quatre heures plus tard, nous sommes de nouveau en patrouille et cherchons l'aiguille dans la botte de foin en feu. Alva observe la mer infinie, furieuse :

— Cette saloperie de flotte où tout le monde se noie.

— La mer est belle. Ne laisse pas tout ça te le faire oublier.

Curieusement, je prends comme une attaque personnelle l'idée de rejeter la faute sur ces masses d'eau qui, depuis des millénaires, ne font rien d'autre qu'être parfaites. Ce matin-là, je sens peser sur mes épaules la responsabilité du bateau, de l'équipage et de ceux qui ont besoin de notre solidarité. Si tout se passe bien, c'est que l'équipage assure, quand ça foire, c'est ma faute. *Voilà un fait.* Je sens la rage en moi, dans le monde, contre le monde. C'est uniquement pour ça que je suis devenue capitaine. Non pas parce que je veux absolument être le chef, mais parce que ça m'énerve de voir *qui* est le chef. Une motivation issue d'une négation. *Putain, c'est ça, ma devise ?*

Nous longeons toujours la frontière territoriale de la Libye. Une frontière inventée par l'homme et qui, dans tout son ridicule accablant, décide pour beaucoup entre la liberté et la mort. Nous canotons de droite à gauche, deux cents milles vers l'est jusqu'au golfe de Syrte puis retour vers l'ouest jusqu'à la frontière tunisienne. Ces derniers jours, les violentes attaques de gardes-côtes libyens contre des bateaux d'ONG se sont multipliées, et nous n'entrons plus dans la zone des vingt-quatre milles à moins qu'il y ait là quelqu'un à secourir. Décision de l'association. Trop de menaces, trop de coups de feu. Je préférerais retourner jusqu'à la zone des douze milles, la limite des eaux territoriales, pour récupérer les bateaux le plus tôt possible. Une part de moi non négligeable, têtue comme une mule, refuse de se laisser intimider par ces salopards de miliciens. *Il ferait beau voir !* proteste au fond de moi une voix de grand-mère obstinée. Puis je me souviens que ce n'est pas mon bateau et que je ne peux pas prendre cette décision pour moi, que je la prends pour tout l'équipage. Le luxe de l'individualisme m'est interdit, nous est interdit à tous. Liberté de décision, goût du risque et responsabilité multipliés par vingt-deux. Seul un fou arrogant aurait la présomption d'assumer tout ça en cavalier seul.

De là où nous sommes, toutes les vagues se ressemblent, quel que soit le degré de longitude où nous croisons. C'est d'autant plus vrai pour ceux qui sont dans les canots. Autour d'eux, il n'y a que de l'eau. Quand l'appel de détresse retentit sur le vieux boîtier Inmarsat, tout le monde sursaute, comme toujours. L'alarme résonne sur plusieurs appareils à la fois et cinq écrans différents clignotent, surexcités. J'enfonce la touche F10 plusieurs fois, bêtement et plus fort que nécessaire, acceptant ainsi l'appel. Le chaos technique s'apaise. Cette explosion d'alarmes est d'une ironie amère : presque personne ne s'intéresse aux naufragés dans cette partie du monde. La mer autour de nous est horriblement déserte, presque personne ne les cherche. Nous renforçons les frontières extérieures de l'Union européenne à grand renfort d'ignorance et d'une surestimation de soi inflationniste. « Politique migratoire », c'est l'élégant cache-misère de la sélection fascistoïde opérée par ceux qui ont le droit de vivre. Comme on se sent à l'aise caché derrière cette fausse étiquette de lâcheté ! *À bas les pauvres ! Vive l'Europe !* J'arrache le fin papier de la vieille imprimante dont l'écriture bitmap pixélisée rappelle un engin d'un autre siècle, une technologie qui devait exister bien avant le fax. Eric monte l'escalier quatre à quatre et se cogne la tête, une fois de plus. Son 1,90 mètre n'est pas fait pour ce bateau. Nous grimaçons tous les deux à sa douleur puis je lis :

— *Von Italian Coast Guard... rubber boat, 1,3 meter length, grey, with two people, started from Tripolis at 2300UTC, latest received position at 0100UTC blablabla..., all ships in the area are requested* et ainsi de suite.

— Quoi ? Deux personnes ? s'étonne Eric.

— Bizarre.

Je cherche la position sur la carte électronique en tripotant ma lèvre inférieure :

— Ils sont peut-être déjà sortis de la zone des douze milles.

Nous établissons rapidement le rayon dans lequel pourrait se trouver l'embarcation, prenons le vent et les vagues en compte dans nos calculs et partons à leur recherche. Je fixe le radar comme une possédée, modifiant sans arrêt les réglages pour que rien, proche ou lointain, ne nous échappe. Les autres braquent leurs jumelles dans toutes les directions avec la même obstination. Au bout de deux heures, les conversations reprennent, nous osons de nouveau respirer. De nos jours, il est normal que deux personnes soient perdues en pleine Méditerranée sur leur canot gonflable. Pas assez de carburant, pas de compas, aucune idée de rien. C'est ça, le pire : constater que c'est normal. Je me fais une queue-de-cheval, que j'aie au moins les cheveux en ordre alors que le monde sombre dans le chaos. Nous nous enfonçons plus avant dans la zone des vingt-quatre milles, vers le sud.

Le soir, nous recevons un appel libérateur de Rome : les gardes-côtes italiens ont trouvé le bateau. Si je comprends bien les hurlements à l'autre bout de la ligne, ils veulent nous remettre les deux hommes. Je ne comprends pas pourquoi on nous traite comme des trafiquants d'êtres humains avant de nous demander de prendre en charge des gens ramassés par les gardes-côtes. L'absurdité est vite relativisée, ici. Le coup de fil est, comme souvent, une épreuve pour mes nerfs. Je déteste téléphoner, peu importe à qui. Pour couronner le tout, l'officier de service à Rome braille dans le combiné comme une mémé qui croit devoir hurler pour couvrir la distance. J'en perçois presque ses postillons. Pour le meilleur ou pour le pire, le système satellite ne diffuse que des bribes de ses glapissements.

— *Sir. I need you to talk more slow, please.*

Il passe en *fortissimo*.

— *Sir, I cannot understand you.*

Il augmente encore le volume et est en plus incapable de s'accorder au décalage temporel de la transmission.

— *Sir... Sir? Sir!*

Je raccroche et envoie un e-mail à Rome. Au moins, la réponse ne me cassera pas les oreilles, et nous gagnons ainsi un peu de temps pour réfléchir.

— T'en penses quoi, boss ? demande Jeremy.

Il retrousse ses manches sur ses biceps renversants. Bizarre que ce type génial ne me branche pas. Je devrais être folle amoureuse de lui. Bizarre aussi de penser ça dans un moment pareil.

— Pfff. Aucune idée.

Voilà ma conclusion hautement professionnelle. Je ne connais pas non plus les règles de ce drôle de jeu, je ne sais même pas comment ça a pu devenir un jeu, quand ils nous harcèlent et quand ils veulent travailler avec nous. Tom signale que les gardes-côtes ont vingt-quatre heures pour amener leurs passagers à terre.

— Je crois, en tout cas.

Ce serait une explication. Autant que nous sachions, le CP941 est actuellement le seul bateau gouvernemental de la zone de recherche et de sauvetage. Les invités pourraient rester plus longtemps que ça à notre bord, le *Charlie Papa* n'aurait pas à retourner en Italie et pourrait rester avec nous dans la zone de recherche. Jusqu'ici, ça se tient. Ou non. J'ai les idées qui tournent en rond. Comme personne n'en sait rien, nous décidons finalement de prendre en charge les deux hommes et soutirons à Rome la promesse qu'un *Charlie Papa* plus petit et plus rapide reviendra bientôt les chercher pour les emmener en Italie. Le rendez-vous avec le gros CP941 est fixé pour dans deux heures. Un rendez-vous... Je prends conscience de n'avoir encore jamais vécu de rencontre méritant ce nom. Je ne connais que ces putains de réunions avec l'armée et les gardes-côtes en Méditerranée. Quelque chose est allé de travers. Au lieu de jolies chaises en fer forgé, de verres de vin capiteux et de pieds qui s'effleurent sous une table, je communique par radio avec des types en uniforme en ayant toutes les peines du monde à empêcher mon majeur de se dresser. Un rendez-vous de ce genre ne tombe même pas dans la catégorie « romantisme de marins ». Avec l'impression de m'être fait avoir, je me marre. Je ne suis vraiment pas faite pour être une princesse.

L'après-midi, nous accueillons nos deux invités dans notre royaume flottant.

*

* *

Alva arrive du pont arrière, toute dégoulinante dans son bikini :

— Firas et Saad peuvent venir se baigner avec nous ?

Elle s'essore les cheveux. À la voir plantée là, la tête penchée, on pourrait se croire en train de passer une belle journée à la piscine en plein air. Le Zodiac est à l'eau et traîne derrière lui les Centifloats, ces longs boudins de secours orange, tandis que l'équipage tente de s'y accrocher en criant de joie. Jeremy arrive même à s'y mettre debout. Arrêt baignade : il ne se passera plus rien aujourd'hui dans la zone de recherche. Les gouttes d'eau volent en scintillant comme des galaxies lointaines.

— Oh, dis-je.

Je me demande si notre devoir de vigilance prime ou si je serais dégueulasse de les priver de ce plaisir. S'il arrivait quelque chose, si on se retrouvait avec deux noyés pour avoir invité des rescapés à faire du banana-boat, ce serait la fin.

— Euh, je crois qu'il vaut mieux pas. Désolée.

Saad et Firas comprennent notre embarras. Ils agitent la main vers les activistes baigneurs depuis la proue, contents de les voir s'amuser dans l'eau cristalline, et applaudissent quand quelqu'un plonge du pont passerelle. La lumière écrasante de la fin d'après-midi trace dans le ciel des filaments bleus, roses et LSD.

Saad et Firas sont en forme. Syriens tous les deux, ils ont longtemps travaillé à Tripoli. L'un est médecin, l'autre ingénieur. Quand ça n'a plus été, ils se sont acheté un bateau pneumatique et un téléphone satellite, ont calculé leur route avec le GPS de leurs portables et se sont lancés avec leurs valises bien empaquetées. Firas est environné d'une aura de timidité, on le croirait prêt à fuir même des choses inoffensives. Il semble être le type d'homme à ne pas oser entrer dans un restaurant plein pour demander une table à un serveur affairé. Saad, lui, aime amuser les foules, raconter des histoires et faire des selfies. Il est tout juste assez imbu de lui-même pour que ce soit encore sympathique.

La situation est troublante pour tout le monde. Firas et Saad aimeraient bien savoir quand ils pourront débarquer, et en même temps, ils s'en fichent un peu. Le principal, c'est de ne plus être en Libye. Ça tire de nouveau dans tous les coins, disent-ils, l'air embarrassé. Nous demandons à Rome quand les garde-côtes viendront les récupérer sans savoir si, pour nous, c'est bizarre de les laisser se balader comme ça sur tout le bateau. Ça pourrait devenir problématique si nous avions soudain davantage d'invités et qu'ils perdaient du même coup leurs maigres privilèges. On en parle. Pas d'inquiétude, ils comprennent. Nous aussi, peu à peu. Nous sommes rarement confrontés d'aussi près à l'humanité de nos invités, au fait qu'ils soient des gens normaux et que nous ne soyons pas obligés de nous en tenir obstinément aux règles prévues pour trois cents passagers. Pas pour deux, avec qui on préfère jouer aux échecs au carré en mangeant du chocolat.

Lyn accroche la guirlande lumineuse sur le pont arrière. Les fesses posées sur des gilets de sauvetage, nous dînons sous les étoiles. En cet instant de dérive, nous nous sentons déconnectés des frontières et des nations. Même l'atmosphère semble se dissoudre pour faire de nous un élément du firmament. Il y a ici un petit groupe de gens venus d'un peu partout qui savourent la réalité de ce moment passé ensemble tout en discutant de navigation astronomique. Saad a une application pour ça sur son portable. La finitude de l'instant n'entame pas son enthousiasme. L'espace d'une seconde, il m'est même permis de croire de nouveau en l'humanité. C'est déjà ça.

Nous avons arrêté d'appeler Rome toutes les heures pour obtenir des informations sur le *shuttle* de nos deux nouveaux compagnons. On pourrait aussi bien les enrôler. Je me contente d'un coup de fil une fois de temps en temps, pour qu'ils ne nous oublient pas complètement, et nous continuons à suivre notre schéma de recherche en faisant de mauvaises blagues ; Firas et Saad insistent pour nous faire la cuisine. Lyn me rend toujours dingue. Je suis tellement gaga que je ne sais plus si je me suis jamais sentie aussi désirée et comprise. Hier, il m'a dit qu'il était anarchiste, et j'ai presque pété les plombs. Il a aussi dit être amoureux de moi, et je me suis décomposée en toutes mes molécules bourdonnantes. Quand je le vois refaire méticuleusement le moindre nœud et râler quand l'extrémité du bout de la corde se retrouve à l'intérieur de son nœud de chaise, un raz-de-marée d'hormones de bonheur me fait presque tourner de l'œil. *Vive la chimie !*

Assis sur le pont avant rugueux, nous nous demandons s'il serait de mauvais goût de jouer au jeu de l'assassin tant que nos invités sont à bord.

— Et si on le rebaptisait « jeu de la cuillère » ? dis-je avec un rictus, étrangement intimidée.

Il m'envoie cet éclatant sourire de gamin qui fait presque descendre ma petite culotte toute seule puis m'embrasse en public pour la première fois. Les vagues claquent contre la proue, mon cœur s'affole de bonheur paniqué, et je suis incapable de savoir comment je trouve tout ça.

— C'est pour ça que c'est toi, le capitaine, dit-il pour me féliciter de ce maigre éclair de génie.

Au fond de moi, l'humilité et l'euphorie dansent un pogo.

Avec Saad et Firas à bord, j'évite d'utiliser l'alarme générale pour réunir l'équipage. Parcourir le bateau en frappant gentiment à chaque porte prend un peu plus de temps, mais c'est tout de même moins traumatisant. Ça me paraît approprié. Nous nous retrouvons à la passerelle et établissons les règles.

— Chacun tire un nom au sort, celui de la personne qu'il ou elle doit tu… euh… attraper. En lui tapotant l'épaule gauche avec une cuillère. Aucun témoin ne doit rester en vie.

Otta et Jeremy, qui connaissent le jeu, se jettent des coups d'œil conspirateurs. Souriants jusqu'aux oreilles, ils échafaudent déjà des tactiques de victoire.

— Quand vous touchez quelqu'un avec votre cuillère, vous prenez le papier de votre victime : c'est votre cible suivante.

Tout le monde semble avoir compris.

— OK. Alors on tire les noms au sort. Après, chacun a deux minutes pour se trouver une cuillère. Quand la corne de brume résonne, c'est parti !

Tous se précipitent vers le chapeau aux petits papiers, puis nous nous éparpillons sur le bateau en galopant comme des gamins. Saad et Firas sont de la partie. Depuis la passerelle, j'entends des craquements et des cliquètements dans la cuisine. Alva hurle, Francis se tord de rire. Jeremy et Otta ont sûrement forgé dès le début une alliance assassine. Au bout de cinq minutes à peine, Alva se traîne jusqu'à la passerelle et avoue, surexcitée, mais heureuse :

— Je suis morte.

Elle tire de la corne de brume un long et grave hululement, et je transmets par radio la sinistre nouvelle. C'est la règle.

— *Attention, all crew, Alva is dead. I repeat. Alva is dead.*

Des cris de joie retentissent sur tous les ponts et une voix démoniaque réplique par radio :

— *I know what you did last mission... boss.*

Nous nous amusons comme des petits fous à ce jeu d'enfant macabre et j'oublie vite que nous l'avons rebaptisé « jeu de la cuillère », et pourquoi. De plus en plus de monde rejoint la passerelle dans l'espoir de trouver refuge au milieu des autres survivants. Jonas a piqué toutes les cuillères et les louches de la cambuse et les porte à sa ceinture, tellement excité que ses bras tressautent en tous sens, l'air encore plus désarticulé que d'habitude. Même ce bref temps passé en mer, loin des téléphones portables, des bars et de la télé, ouvre les portes aux petits délices de nos âmes perdues. Pris d'une excitation enfantine, le cœur battant, nous nous jetons dans des jeux fantastiques et virevoltons dans tous les coins, effarouchés comme des chauves-souris en pleine lumière.

Du boucan dans l'escalier. Jeremy surgit au galop à la passerelle et bouscule dans sa fuite tout ce qui se trouve sur son passage. Poursuivi par Saad, qui brandit une petite cuillère menaçante au-dessus de sa tête, il redisparaît aussi sec par la porte. Soudain, Salma s'exclame :

— Tout le monde ferme les yeux !

Puis elle tapote l'épaule d'un Greg bluffé.

— Tu es mort ! s'écrie-t-elle joyeusement.

— Non ! Francis et Tom sont encore en vie, j'ai des témoins ! proteste Greg.

— Mais ils avaient les yeux fermés et ils n'ont rien vu ! rétorque-t-elle en se frottant les mains, victorieuse.

Je meurs en essayant de toucher Hannes, gâchant le moment de surprise en lui tapant sur l'épaule droite avec mon arme. Moins de quatre heures plus tard, seul Jeremy a survécu, et même les morts sont heureux.

*

* *

L'appel de Rome arrive enfin, au bout de deux jours. Cette fois, c'est une voix aimable, assez douce, au fort accent italien. Je suis toujours heureuse quand un employé du centre de coordination de sauvetage maritime maîtrise au moins des rudiments d'anglais.

— *Madam. You have to bring the migrants to Lampedusa.*

Mes entrailles se crispent. *Bande de salopards.* Ils me foutent la gerbe.

— *Sir. I have been promised a shuttle by the Italian Coast Guard for the migrants.*

Migrants. Je grimace de m'entendre adopter son jargon. Mais je crains qu'il ne comprenne plus de qui je parle si je transforme en êtres humains les *migrants* de ses statistiques.

— *But it's not possible, madam.*

J'essaie de trouver en moi une voix qui ne déborde pas de haine et d'agressivité :

— *Sir, I am not willing to leave the SAR-zone for all these days. There is no other asset in the area.*

— *Madam, we know that.*

— *Sir! I request a rendez-vous with a* Charlie Papa, *as it was agreed upon.*

Il éloigne le combiné de son oreille et discute en italien avec quelqu'un. Je ne comprends pas un mot de ce qu'il dit, mais je les imagine dans leur central plein d'écrans et de téléphones. Dans ma tête, il y a toujours là une lumière diffuse, l'odeur d'espresso et de cigarettes, une photocopieuse qui ronronne dans un coin et les crissements de leurs chemises blanches. Puis il revient au fil :

— *Madam, I will call you back.*

Je gonfle les joues. Et merde. Ça sent pas bon. En plus, avec des rescapés à bord, on se retrouve plus ou moins à la merci de leur régime inhumain. Personne ne sait exactement dans quelle mesure. Les auteurs des lois maritimes se sont bien gardés d'être précis sur ce point. Dans cette Europe, le fait que nous soyons seuls dans le secteur de recherche n'est pas un argument. Il ne s'agit pas de sauver des gens, il s'agit de ne pas voir que des gens meurent. Une fois de plus, je sens monter ma colère face à cette absence totale de scrupules, ma colère d'être obligée de voir les formalités l'emporter sur la raison et la dignité humaine. Je me roule en boule sur la moquette usée et râpeuse et essaie de dormir en attendant le prochain appel. Je pense à ceux qui, sous la même lune, sont transférés d'un bateau à un autre sous la menace d'une arme.

Tout ce que nous obtenons pendant la nuit est la promesse qu'un *Charlie Papa* nous retrouvera à mi-distance de Lampedusa. À contrecœur, je mets le cap sur le nord. Firas et Saad sont heureux qu'il se passe enfin quelque chose. Pour eux, ce séjour à bord doit de plus en plus ressembler à un pont infini dans le *limbus puerorum* entre leur vie d'avant et celle d'après la fuite, un pont traversant des abîmes incompréhensibles même pour qui y a plongé les yeux. Se doutent-ils que d'innombrables pas tout aussi pénibles et grinçants les attendent encore sur la terre ferme ? L'équipage est las de tous ces obstacles. Jeremy récure le bateau avec un zèle dont se moquerait même une femme de ménage maniaque. Salma est à la passerelle, maussade, et poignarde le monde de l'éclat glacé de ses yeux. Nous savons tous que, cette nuit, la météo est idéale pour la mise à l'eau de canots, que les vagues ne les renverront pas directement sur la rive, ne les feront pas chavirer. Et nous savons aussi que nous ne pourrons pas les sauver, forcés que nous sommes à ce tango insensé. Le dégoût me submerge. Je vois le pouvoir politique et l'arbitraire fondre sur nous, envahir tout l'espace où il n'y avait déjà pas assez de place pour la liberté et la justice.

Faute de mieux, on met Feine Sahne Fischfilets[1] à fond sur tout le bateau, et Tom fait une dernière série de selfies avec Firas et Saad. Firas demande à être pris en photo à la barre. Moi qui veux détruire le système, tout ce que j'arrive à faire, c'est rallumer la cafetière. Salma me serre maladroitement dans ses bras : « Quelle bande de merdeux. » Et le monde va tout de suite un peu mieux.

Hannes fume comme un pompier, ça ne le fait plus vomir, maintenant, et vient me faire signer les *medical reports* de nos invités.

— Merci, lui dis-je.

Je suis certaine que les gardes-côtes s'en débarrasseront sans y jeter un œil. Nous en conservons une copie et en donnons une à Firas et Saad pour qu'ils la gardent sur eux.

— Comment ça va ? demande Hannes, mi-ami, mi-médecin.

1. Groupe de punk allemand politiquement engagé.

— Je suis furieuse. Ça me fait gerber qu'ils nous parlent comme ça, à Rome, et qu'on soit en plus obligés de leur obéir.

— Je crois qu'à Rome aussi, ça leur fout parfois les boules de devoir faire tout ça.

On dirait qu'il essaie de me réconcilier avec le sort de tous.

Je sais bien qu'ils sont sous pression, que ce ne sont pas les officiers qui décident, mais les politiciens, tout en haut. Hannes continue sa recherche d'humanité :

— Je pense que c'est dur pour eux aussi de savoir qu'il y a tant d'appels de détresse et de voir combien d'entre eux ne sont jamais retrouvés. Ou les gardes-côtes italiens. Eux aussi, ça fait des années qu'ils repêchent des cadavres en mer. Ils voient la même merde que nous, mais ils sont obligés de faire ce qu'on leur dit, et personne ne les aide avec le bordel que ça fout dans leur tête.

Oui, oui. Bien sûr qu'au bout du compte, ce sont des hommes et des femmes qui en souffrent sûrement, eux aussi. Une petite partie de moi lui donne raison. Mais l'autre partie a accès à mes cordes vocales :

— Mais alors un jour ou l'autre, on peut, on doit arrêter de se contenter d'être un rouage du système, refuser un ordre au lieu d'obéir aveuglément ! Ils ont cette liberté, et c'est là qu'est la responsabilité ! Sinon, tu deviens un trou du cul.

Hannes hoche la tête, mais je le trouve encore trop compréhensif. Il se prend la cendre de sa cigarette dans l'œil et se gratte du poing. Bien fait.

— Oui, mais quand tu as une famille et une maison à rembourser… Tu te retrouves coincé là-dedans.

Je m'échauffe, enragée :

— Putain, Hannes ! Si on va par là, on n'en sortira jamais ! Ouais, tout le monde est en cage. La cage des gardes-côtes, de la société, la cage de la persécution ou de la fuite. Où que tu ailles, on est tous en cage. Et on fait quoi ? On se débrouille pour s'y mettre à l'aise, tout au plus pour tordre quelques barreaux. Mais pourquoi elle existe, cette putain de cage ? Il faut écraser le système qui la fabrique. Et on n'y arrivera pas en restant dedans.

Hannes termine sa cigarette et me demande, amusé :

— On s'y prend comment, alors ?

— Café et anarchie. Et des clopes, je réponds en lui soufflant ma fumée à la figure.

— Et de la bière ?

— Oui, la bière, ça marche aussi. Mais pas trop.

— OK, alors j'en suis.

Hannes en est de toute façon. C'est pour ça qu'il peut bien s'adonner un moment à une compréhension qui relativise. Ça ne dure jamais longtemps ; il y a si peu à comprendre que c'en est déprimant. Comme pour confirmer ma thèse, le téléphone sonne. Rome au bout du fil. CQFD. C'est de nouveau l'officier à la voix flûtée ; lui, au moins, on le comprend.

— *Sir… eh… madam.*

Je me doute déjà qu'il va m'annoncer l'annulation de notre rendez-vous. Mais il arrive à me surprendre en m'annonçant qu'un bateau en bois avec soixante personnes à bord vient de quitter la Tunisie en direction de Lampedusa. Il faut qu'on le cherche.

— *I will send you the instructions, madam. Please check your e-mail.*

Je raccroche, un peu perplexe. De quelles instructions parle-t-il ? D'habitude, on nous donne juste la dernière position connue et on nous laisse agir. Et d'habitude, on doit demander cinq fois avant de pouvoir espérer recevoir quoi que ce soit de Rome sous forme écrite. Je me gratte la tête et mes yeux trébuchent sur l'Inmarsat avant même que mon cerveau comprenne pourquoi. Rien ne bipe, rien ne clignote.

— *What the fuck*...

Je pince les lèvres et enfonce tous les boutons possibles et imaginables. Le boîtier reste silencieux.

— Ils n'ont pas envoyé d'appel de détresse officiel, dis-je, plus pour moi que pour Hannes.

Il ne trouve pas d'autre réponse qu'un reniflement désemparé.

*

* *

Le cap est ajusté et j'ai du mal à suivre. L'équipage est de bonne humeur : apparemment, l'Italie s'est roulée elle-même dans la farine et nous pouvons enfin faire ce pour quoi nous sommes venus. Même Saad et Firas participent, pleins d'élan, et s'arment de jumelles. Quelque chose en moi m'interdit de me réjouir, mais je ne sais pas encore quoi. Ce fatras de catastrophe politique, de fonctionnaires en folie et de naufragés en perdition, avec un bateau plein d'anarcho-hippies au milieu, perturbe toute pensée rationnelle.

L'e-mail surgit dans la boîte de réception et je me demande laquelle, de Rome ou de moi, est devenue folle. Ils nous ont envoyé un schéma de recherche. Une première. Mais c'est le schéma le plus mal foutu que j'aie vu de toute ma carrière en zone de recherche et sauvetage. Bref. À quoi bon avoir des compétences techniques si ce n'est pas moi qui tiens la barre. J'imprime la pièce jointe et me penche sur la table à cartes jusqu'à en avoir des bleus aux coudes. Je recompte tout trois fois. Malheureusement, le résultat reste le même : la trajectoire de recherche n'a aucun sens. Tout ce qu'elle indique, c'est que les coordonnées se trouvent quelque part entre Lampedusa et la Tunisie. Mais les intervalles sont bien trop serrés, comme si nous ne pouvions trouver le bateau qu'en passant dessus les yeux bandés. Ni les courants, ni les vents, ni la propulsion du bateau elle-même n'ont été pris en compte. Il nous faudrait trois jours pour parcourir toute la trame. Ils sont malades ou ils le font exprès ? J'hésite entre le rire et les larmes ; par précaution, je consulte le manuel officiel de recherche et sauvetage. Et voilà : la trame de recherche est complètement fausse. À moins d'être un hélicoptère. Je demande à Otta et Eric de vérifier mes résultats. C'est si absurde que je prie intérieurement pour avoir commis une erreur. Négatif. Je rappelle Rome et ça empire.

— *Madam, you have to follow the orders.*

— *Sir. The orders don't make any sense.*

Il refuse de discuter et je deviens teigneuse :

— *Sir! What ist the official SAR-case number for this boat?*

— *Madam, you will receive this later.*

— *Why is there no official distress call via Inmarsat?*

— *You will receive information later, madam. I can not give you more information at this point. Please continue the search.*

Nous savons que nous sommes en train de nous faire avoir, mais nous ne savons pas comment. Et les soixante personnes peut-être vraiment à la dérive n'y peuvent rien si Rome n'attribue pas de saleté de numéro à leur cas. Nous nous mettons donc à sillonner la zone, envoyant même le Zodiac pour couvrir plus de surface et ne pas y passer trois jours. À peine vingt minutes plus tard, Rome rappelle et ordonne de le faire revenir. Ils exigent que nous parcourions toute leur trame grotesque avec le bateau. Des rides de colère se creusent sur mon front. J'envoie des messages à tous les navires des environs – personne n'a vu le bateau, personne n'a entendu d'appel de détresse. Je me tapote la tempe avec ma radio pour essayer d'y comprendre quelque chose. En vain. Nous maintenons ce cap imbécile avec le bateau, mais laissons quand même le Zodiac à l'eau jusqu'au coucher du soleil. Il fonce au loin dans l'espoir de trouver enfin le canot et de mettre fin à ce cinéma. Puis nous apprenons qu'un avion civil de recherche vient d'être interdit de décollage. *Pourquoi ? Parce que.* Toutes les trois minutes, un membre de l'équipage monte à la passerelle pour demander s'il y a du nouveau.

— Que dalle. Toujours la même merde.

Quand Jeremy hisse le Zodiac avec la grue, plus personne ne rigole. Seul Hannes balance à la tête de Francis des boulettes de papier faites de sacs à vomi. En retour, elle l'éclabousse avec le tuyau d'arrosage au lieu de rincer le Zodiac de l'eau salée qui le ronge. Une fois tout remis en ordre, nous nous retrouvons à la passerelle. La nouveauté, c'est qu'il n'y a rien de nouveau. Et que ça sent le roussi :

— Soit c'est de l'abus de pouvoir et ils nous font tourner en rond pour nous faire chier. Soit c'est de la non-assistance à personnes en danger et ils ne veulent pas qu'on trouve le bateau.

— Bien pervers l'un et l'autre, commente Jeremy.

Il ne m'appelle même plus boss.

Miguel veut faire une interview, ça fera peut-être l'objet d'une brève. Je vois bien qu'il n'a lui-même pas beaucoup d'espoir qu'un journal s'intéresse à notre histoire. Saad et Firas refusent d'être photographiés et je ne peux pas le leur reprocher. Je ne m'en sors pas. Nous faisons tout ce que nous pouvons pour aider, pour rien. Miguel braque son appareil photo sur moi et je tripote les boutons de la console : les rédactions adorent ce genre d'images. Puis je me bricole un regard grave et me concentre pour ne pas jurer. Ce n'est pas l'exercice que je réussis le mieux.

Nous appelons Rome toutes les heures. Quel est le numéro de cas ? Pourquoi l'appel de détresse n'a-t-il pas été transmis à tous les bateaux ? Envoyez-moi enfin un *Charlie Papa* pour nos invités. Rien ne bouge, et je m'énerve. Jonas apporte des crêpes à la passerelle. Sur la mienne, il a dessiné un visage grimaçant à la sauce au chocolat. *Best crew ever.*

Les ponts vibrent et le vieux moteur gronde ; nous sommes seuls face à cette responsabilité dont les maillons s'emmêlent en une inextricable pelote de combativité. On sent parfois les fils se tendre et trembler lorsqu'on tente de se libérer, qu'on veut être faible et naïf, juste un instant, qu'on n'en peut plus. Mais une fois qu'on a vu et compris l'état dans lequel se trouve ce monde détraqué, seule reste l'action. Notre soif de liberté nous y contraint.

Notre mission est la rébellion enflammée qui monte du cadavre pourri d'une société jadis promesse de justice. Notre engagement est un dernier sursaut d'humanité de ce zombie qui a trahi ses valeurs et s'est trahi lui-même. Les graisses fermentées de sa décomposition deviennent l'huile jetée sur notre feu. La déchéance de l'humain nous fait avancer, que nous le voulions ou non.

Les exigences et la réalité du monde occidental sont en tel décalage qu'ici, à notre avant-poste flottant de la raison, nous ne pouvons plus nous dresser que contre le mal, pas pour le bien. Et tout en menant ce combat du refus, nous savons qu'il y a encore tant de choses que nous voulons, que nous devons faire. Nous ne nous laissons pas arrêter par la question de savoir quand et comment notre utopie deviendra réalité. *Onward and upward.* Nos cœurs battent, infatigables et pleins d'amour, et nos poings se lèvent contre le fascisme.

Une journée et une nuit passent. Nous remplissons les heures interminables de solidarité et d'amitié. L'univers affiche une indifférence perfide face à la précarité de notre situation et de la leur. Le bateau est introuvable, les coups de fil à Rome sont des sketchs absurdes où tout le monde parle et personne n'écoute.

Alors que nous errons vers le nord à une lenteur infinie, les lumières des bateaux de pêche se multiplient à l'horizon. Aucune vie ne leur échapperait, à eux, ni celle des derniers bancs de poissons de cette mer à l'agonie, ni celle des soixante personnes qui tentent de ne pas subir le même sort. Otta remplit toutes les heures le journal de bord, comme il se doit, et se prend la tête sur la direction des vagues, comme toujours. La faible lueur de la lampe rouge au-dessus de la table à cartes jette des ombres douces sur son visage. L'espace d'un instant, je vois en elle le symbole embryonnaire d'un mouvement dans l'attente de la perte des eaux, d'un accouchement douloureux, promesse de renouveau. Au même moment, le compas satellite se met à couiner parce qu'il a une fois de plus perdu le signal. Je passe au gyrocompas, et Otta, de vision, redevient être humain.

L'absurdité de la situation est démoralisante. Quand je pense au temps et à l'énergie que nous devons investir pour sauver quelques vies, je perds tout espoir de sauver le monde. Quand aurons-nous enfin le temps pour ça ? Je remonte les genoux, enfouie dans mon fauteuil de capitaine bien trop grand et que je remplis pourtant avec une facilité étonnante, et me laisse bercer par ce délire.

Un nouvel appel arrive à 20 heures. Le grand final de cette farce s'annonce déjà dans la fosse d'orchestre.

On nous ordonne de nous diriger vers Lampedusa, un bateau de gardes-côtes viendra à notre rencontre pour emmener Firas et Saad à terre. Il ne veut pas ou ne peut pas me dire ce qu'il en est du bateau tunisien.

— *I have no information to share with you, madam.*

Encore trois heures avant notre rendez-vous. Une légère brise de soulagement souffle dans les coursives et les cabines. Nous pourrons bientôt retourner en zone de recherche. La question du radeau continue pourtant à nous tourmenter. Je tripote le radar pour tâcher de découvrir le *Charlie Papa* en route vers nous, mais à part une série d'échos mouvants de la mauvaise taille et un énorme machin statique qui doit être une ferme piscicole ou un pétrolier en rade, rien ne bouge sur l'écran cathodique. Quand Rome rappelle pour me dire que les garde-côtes doivent d'abord aller aider un bateau de pêche au nord de l'île avant de faire le *shuttle*, je me marre. Quelle connerie ! Ils ont six *Charlie Papa* au port. L'équipage n'a sans doute aucune envie de ressortir si tard. Je les comprends, mais c'est leur putain de boulot. Et nous, on doit continuer à avancer, à nous faire manipuler comme des pantins et à griller avec le carburant l'argent de nos donateurs. Mal à l'aise, je passe en vitesse minimale, ce qui me vaut sur-le-champ un nouvel appel. Ils nous surveillent de près, notre SIA transmet automatiquement les données de notre bateau. Je revois le bureau enfumé. Et je ne comprends malheureusement que trop bien pourquoi ils nous considèrent comme des ennemis. Voilà où nous en sommes dans cet assemblage d'États mort-né.

Une heure plus tard, le *Charlie Papa* a un prétendu problème de moteur, et je ne peux pas m'empêcher de demander à l'officier du centre de coordination de sauvetage maritime s'il se fout de ma gueule. Il ne daigne pas me répondre.

À minuit, il ne s'est toujours rien passé. Nous avançons au ralenti et attendons. Il y a un truc qui cloche. Je porte prudemment la main à ma gorge et sens presque le nœud coulant en train de s'y serrer.

Soudain, des projecteurs déchirent l'obscurité de tous les côtés. Des gyrophares bleus clignotent nerveusement et sans rythme à travers la nuit. Quatre *Charlie Papa* surgissent ensemble du néant, dont le gros CP941 qui nous a remis Firas et Saad. Ce n'était pas une ferme piscicole ni un navire à l'ancre, c'était un piège. Un commandant italien braille sur le canal 16 tandis que les gardes-côtes armés jusqu'aux dents apparaissent et disparaissent sur les ponts au rythme de ces éclairages de sapin de Noël. Une lanterne magique de la décadence morale.

— *THIS IS ITALIAN COAST GUARD SPEAKING!*

Je suis sidérée. Sidérée de ce qui se passe ici et sidérée de ne pas avoir davantage écouté mon intuition. Et je ne comprends toujours pas tout. Je martèle l'accoudoir du bout des doigts en me mordillant la langue. Toute la troupe accourt à la passerelle pour savoir ce qui se passe. Firas et Saad, avec leurs questions, se font tout petits derrière Jeremy.

Je résume la situation, étonnée de la fierté et du sarcasme qui teintent encore ma voix :

— Je crois qu'on s'est fait baiser.

— C'est normal, ça ? demande Saad en regardant dehors.

Tout le monde secoue la tête en silence, même Firas.

— On fait quoi, maintenant, boss ?

Je déglutis ; d'habitude, Jeremy sait toujours ce qu'il faut faire, c'est juste mon grade imbécile qui me met en tête de la chaîne de décision. Une position où je ne m'y connais toujours pas très bien.

— *Let's dance.*

C'est tout ce que je trouve à répondre. Je carre les épaules pour me grandir et réplique par radio :

— *Italian Coast Guard, this is the captain speaking.*

— *THIS IS ITALIAN COAST GUARD. YOU ORDER IS TO GO INTO LAMPEDUSA HARBOUR.*

Je roule des yeux et inspire un bon coup.

— *Negative, sir. We have orders from Rome to transfer the migrants at sea.*

Je suis énergique, peut-être justement parce que je sais que nous avons perdu cette bataille. Greg me fixe, les yeux écarquillés. Il n'oserait pas répondre sur ce ton à des gens en uniforme, et il est manifestement en train de se demander s'il trouve ça insultant, insensé ou cool. La société grave la lâcheté profondément en nous, tout le monde ne peut pas ignorer les démangeaisons de la cicatrice.

Hurlement agressif en retour :

— *CAPTAIN! THIS IS ITALIAN COAST GUARD! THIS IS AN ORDER! YOU GO TO LAMPEDUSA HARBOR!*

Je réfléchis un instant et scrute l'équipage en quête de réconfort. Lyn croise mon regard et articule un *I love you* silencieux. Avec un hochement de tête et un clin d'œil espiègle, Jeremy me donne tout le soutien qu'il me fallait encore. Je réponds en souriant :

— *Copy that, sir. We send our RHIB with the migrants into port.*

Je suis nerveuse. Seuls les bips habituels des appareils percent le silence de mort qui règne à la passerelle. Je crois que Greg risque de tomber dans les pommes d'une seconde à l'autre. Eric appelle Rome, mais tout ce qu'on lui dit, c'est que la garde côtière a pris le commandement. Il lui semble que l'officier avait un soupçon de mauvaise conscience dans la voix. *Tu parles, tu l'as pris en flagrant délit, c'est tout.* Je ne suis plus que mépris. Les *Charlie Papa* s'approchent encore, moins de vingt mètres d'eau nous séparent. La radio crache :

— *THIS IS AN ORDER! YOU COME WITH THE SHIP INTO HARBOUR! NOW!*

Nous n'avons plus le choix. C'est une sensation révoltante.

— On fait quoi ? ose demander Francis.

Je réponds, déçue par moi-même :

— Si on ne veut pas qu'ils passent à l'abordage, on obéit.

— *Fuck.*

— Yep.

— On est tous dans le même bateau, ajoute Hannes, et Jonas glousse comme un gamin.

Je dirige le bateau vers l'entrée du port. Jeremy et Otta se préparent à l'accostage. Alva ferme les portes des cabines et Tom y colle des étiquettes à nos noms pour empêcher qu'on les fouille. Pris d'un désespoir las, nous tâchons de nous préparer à l'imprévisible. Nos carapaces de convictions sont bien arrimées et resteront inviolables. Les *Charlie Papa* nous suivent de près, les guignols en uniforme sur le pont avec leurs mitrailleuses toujours en travers de la poitrine. Ils croient vraiment qu'on va essayer de s'enfuir avec nos huit nœuds de vitesse de pointe ? Disparaître pour toujours dans les eaux internationales ? Otta vient se mettre tout près de moi, nos bras s'effleurent, et elle me demande si elle doit ramener les pavillons ACAB.

— Pas question, dis-je aussitôt sans même y réfléchir.

On garde tout de même un soupçon de dignité rebelle. *Fuck it.* Salma a un claquement de langue satisfait.

Quand nous arrivons en vue du quai, le spectacle qui s'offre à nous est digne d'un plateau de cinéma. Des projecteurs partout, ça grouille de gardes-côtes et de policiers, il y a même une troupe de flics anti-émeutes et ce qui ressemble à l'équipe CSI de Lampedusa. *Vous faites de beaux figurants.* Le plus dérangeant, toutefois, c'est la meute de journalistes massée derrière le ruban de démarcation. Que savent-ils que nous ignorons ?

À minuit et demi, les amarres sont fixées et l'équipage briefé : il n'y a qu'une réponse correcte aux questions des autorités. *Ask the fucking captain.* C'est là la partie la moins glorieuse de mon boulot, me dis-je, déconfite, en espérant que ce *fucking captain* saura quoi faire. Francis et Lyn font glisser la coupée jusqu'au quai et restent sur le pont, comme convenu, pour que personne ne monte à bord sans y avoir été invité.

Le capo des gardes-côtes arrive sur le ponton dans son bel uniforme blanc et je le rejoins sur l'embarcadère en vieilles baskets, short et t-shirt délavé. Il redresse son képi et demande, d'un ton froid et méprisant, à voir le capitaine.

Je le déçois :

— *I am the captain.*

Je me garde bien d'ajouter *sir*. Il cherche vainement à masquer son incrédulité et me dévisage d'un air perplexe. Je réplique en grimaçant un sourire puis l'invite à bord avec ses deux Oompa-Loompas afin que nous puissions discuter à l'abri des flashs. Et parce que dans son port, il a le droit de faire ce qu'il veut. Une fois sur le pont, le capo affiche une jovialité déconcertante. Il continue à nous assurer que tout ce cinéma est parfaitement normal. Il enlève son képi à la con, c'est déjà ça. Nous insistons pour que quelqu'un s'occupe d'abord de nos invités. Le médecin de service, un des Oompa-Loompas, roule des yeux d'un air théâtral quand Hannes le conduit à notre infirmerie. Comme si la discrétion était une obligation déplaisante de son travail.

Pas même dix minutes plus tard, ils reviennent sur le pont. Firas et Saad observent, craintifs et pleins d'espoir, le spectacle éblouissant qui se joue à terre. Au moins, la Croix-Rouge est là, ainsi qu'une petite ONG locale qui vient s'assurer du respect de quelques-uns des droits des demandeurs d'asile. Firas et Saad prennent congé de nous avec des accolades maladroites et des paroles de remerciements, sous les yeux des gardes-côtes embarrassés. Puis ils descendent la coupée avec leurs petites valises bien propres. Firas se retourne une dernière fois, remonte le col de sa veste et nous adresse un signe de tête. J'espère qu'ils sont prêts à affronter ce qui les attend. Et nous aussi.

Résolue, je demande au capo :

— *What is next?*

Il veut contrôler les passeports de l'équipage.

— *After that we can leave?*

— *Yes, yes.*

À la passerelle pleine à craquer, il examine les papiers d'identité et les compare à notre liste d'équipage et aux visages de tous ces gens formidables. En pensées, je suis toujours avec Firas et Saad. Quand le capo constate que non seulement le capitaine, mais aussi le chef mécanicien est dépourvu de pénis, il semble au bord de la crise cardiaque. Salma savoure son embarras. Son visage est un sublime masque de grandeur coulé dans l'azote le plus pur. J'aime cette femme.

Évidemment, nous ne sommes pas autorisés à appareiller. *Ben voyons.*

— *We need to do interviews with the crew, capitana*, nous explique-t-il d'une voix dégoulinante de regret, comme si tout cela n'était pas sa faute et qu'il ne l'avait pas su à l'avance.

J'exige une clarification :

— *Interview or interrogation?*

— *Interview.*

Il me sourit non-stop. Je commence à craindre qu'il soit en train de flirter avec moi.

— *So, it's voluntary...*

— *No!* me rabroue-t-il brusquement.

Pas le genre à aimer qu'on le remette en question, se moque une petite voix en moi.

— *If you don't do it, you can not leave.*

OK. Il ne flirte pas.

Les « interviews » attendront demain, il est plus de 3 heures. À 7 heures, on viendra nous chercher, Miguel, Eric et moi. Je me demande un instant si je ne ferais pas mieux de rentrer chez moi. Ils peuvent aller se faire foutre avec leurs emmerdements officiels. Me lever aussi tôt pour ça, non merci. Puis ça me revient : je ne suis pas du genre à avoir un chez-moi.

Le capo et ses sbires quittent le navire. Je fais un dernier tour sur le pont pour contrôler les amarres et respirer. Les moteurs sont éteints, le bateau est à quai, immobile comme un chien fatigué. En face de nous, les bouts et les mousquetons des voiliers de plaisance cliquettent frénétiquement contre les mâts, *gling, gling, gling*, comme s'ils tenaient un discours. Il ne reste qu'une poignée de gardes-côtes sur la jetée, et le ruban de démarcation derrière lequel les journalistes s'agglutinaient peu avant flotte au vent. Un murmure semble monter de partout : *Le système est foutu. Il faut s'en débarrasser.* Jeremy pose les coudes sur mes épaules et nous nous imprégnons ensemble de ce décor irréel.

— Comme si sauver des gens de la noyade était la pire chose qu'on puisse faire, dis-je. Ils ne devraient pas plutôt nous organiser une parade ?

— Boss, tu mérites toutes les parades du monde.
— Je déteste les parades.
— Je sais bien, boss.

Jeremy va monter la garde toute la nuit pour que personne ne vienne sur le pont en douce. Otta lui tiendra compagnie. Je franchis la lourde trappe pour rejoindre les entrailles du bateau, toujours sans la moindre idée de ce que toutes ces chicaneries peuvent signifier. Je m'allonge tout habillée sur ma couchette et m'endors. Je ne sais pas où est Lyn. Pas avec moi, en tout cas. *Pah.*

*
* *

À 9 heures, nous sommes toujours dans l'austère salle d'attente du poste de garde côtière. Le crépi s'effrite mollement des murs, les chaises en plastique grincent au moindre mouvement, et je suis heureuse que Jonas ait préparé une nouvelle ration de crêpes pour le petit déjeuner. Miguel est furieux, blessé dans sa souveraineté de journaliste. Eric, comme toujours, fait profil bas. Quant à moi, je suis exténuée et très lasse. Nous parlons peu, et juste de futilités. De temps en temps, un garde-côte passe devant la porte. L'un nous propose de l'eau, l'autre se contente de regards méprisants. C'est bien que le capo, au moins, ait pu finir sa nuit, me dis-je quand je suis enfin appelée pour être entendue.

Un garde-côte moyennement grincheux me conduit dans une autre pièce à l'aménagement presque aussi sinistre. C'est assommant, à la longue, toute cette médiocrité poisseuse. Des tables toutes simples, disposées comme à l'école, quelques chaises, pas en plastique, c'est déjà ça, un calendrier de dauphins au mur (la semaine prochaine, c'est l'anniversaire de Martha) et quelques piles de paperasse désordonnées. Et puis ces trois hommes, alignés par ordre de taille derrière un vieil ordinateur. Je me demande brièvement si, avant, on fabriquait vraiment ces bécanes en beige, ou si le plastique se décolore au fil des années. Les trois pantins se présentent avec une grande amabilité. Le plus grand, il a des boucles noires luisantes, ne cesse de cligner de l'œil à mon intention tout en se penchant au-dessus de la table, au point de faillir renverser la tasse de café avec son ventre. S'ils ne remballent pas leur *machismo* vite fait, je me coupe les nichons et je les leur enfonce dans la gorge.

Avant de commencer, j'exige d'avoir par écrit leurs noms et grades. Le petit gros de droite, qui s'est fièrement présenté comme l'interprète, prend l'air ahuri, comme s'il trouvait inapproprié de ma part de faire usage de mes droits. L'air buté, il note tout, les lèvres luisantes de bave, geint derrière ses bajoues graisseuses et fait glisser le feuillet vers moi avec un rictus.

Je rêve, là ?

— *Polizia di stato ?*

J'ai posé la question d'un ton sec. Il y a anguille sous roche. Le bouclé à l'œil qui tressaute est même chef de la police nationale. *Ha !* Le combat contre la mafia est gagné, pour qu'il ait le temps de s'occuper de petits jeux comme ça ? Je me redresse et enfile ma cuirasse. Autant me lancer :

— Pourquoi pas la garde côtière ?

Je comprends vite qu'ici, on ne répondra pas à mes questions. Ça plaît bien au petit gros. Le chef continue à débiter ses flatteries mielleuses. Le troisième, au milieu, tape au fur et à mesure le procès-verbal avec une lourdeur effarante, deux doigts tournant en rond au-dessus du clavier comme des busards aveugles. Alors que je n'ai rien à dire qu'ils ne sauraient déjà et que je décris exclusivement les négligences de Rome, l'interrogatoire dure plus de deux heures. Très lasse, je répète encore et encore que les deux Syriens nous ont été remis par les gardes-côtes. Le papelard qu'on me donne à la fin ne fait même pas une page ; il ne comporte que l'en-tête et mes coordonnées personnelles. Je me renfonce dans mon siège avec une joie mauvaise. Cette petite partie, au moins, semble plus minante pour eux que pour moi.

On me ramène au bateau en voiture sur une route sinueuse. Je regarde par la fenêtre, muette. La petite ville méridionale inondée de soleil me refuse ses charmes comme je lui refuse les miens. Miguel et Eric sont encore au poste, ils s'en sortiront bien sans moi. Quand nous arrivons au quai, le capo m'annonce qu'il emmènera plus tard d'autres membres d'équipage se faire interroger. Je ne pose plus de questions, tout ça est trop ridicule, mais il m'assure de lui-même qu'après ça, nous pourrons appareiller. Je ne crois plus en rien, désormais, et me contente de me rouler une clope.

Il sort un mouchoir de sa poche poitrine et essuie son front humide sans oser me regarder en face. Il n'est pas à son aise non plus. Ou peut-être est-il juste vexé de devoir jouer les chauffeurs pour la police nationale aux sombres uniformes tape-à-l'œil, de conduire les membres de l'équipage du bateau au poste et retour. Il fait une chaleur infernale et une moiteur dégoulinante. Dans l'air immobile, leurs épaisses chemises de coton collent au dos des gardes-côtes. Je tiraille sur mon t-shirt déformé, plutôt contente. Ça vous apprendra à vous déguiser comme ça, bande de bouffons.

De retour face à l'équipage, je suis bien plus tendue que face aux flics. La ventilation du carré ne peut pas grand-chose contre la canicule. Épuisés, mais indomptés, cramponnés à leurs tasses de café et leurs bouteilles d'eau, ils trouvent tout aussi merdique que moi d'être bousculés ainsi et rabaissés au rang de solliciteurs. Pour ne pas plomber l'ambiance, j'essaie de prétendre avoir tout sous contrôle. Aberrant numéro de funambule durant lequel je sens l'espace vide sous mes pieds chaque fois que je vacille. Je leur raconte ce qui s'est passé au poste puis finis par avouer qu'ici, nous ne contrôlons rien, que nous ne pouvons rien contrôler. Nous répétons donc encore notre rôle : ne rien dire, ne pas se montrer exagérément désagréable, et ne rien laisser passer du tout. Je ne me fais pas de souci. Il me semble que tout le monde, sur ce rafiot, a déjà eu suffisamment de contact avec la police pour connaître ce petit jeu.

— Si tout va bien, nous pourrons appareiller ce soir même, ce qui nous ramènerait en zone de recherche la nuit suivante. La météo est toujours super.

L'équipage sait aussi bien que moi que nous ne pouvons décider de rien. Nous discutons avec animation de ce qui est en train de nous arriver et faisons des blagues pourries en nous demandant si les cellules seront réparties de la même manière que nos cabines. Lyn m'embrasse, et ça aussi, c'est super.

Soudain, Jeremy interrompt les bavardages et désigne le quai à travers le hublot.

— Euh, boss...

J'analyse :

— Et merde. Jeremy, Otta, vous venez avec moi. Les autres, vous restez là pour le moment.

L'armada de la veille au grand complet se répand sur la jetée comme un nuage de sauterelles. Trois fourgonnettes de police nationale, les gardes-côtes, une brigade canine, des flics anti-émeute, et évidemment des représentants de la presse italienne. Encore plus de flics s'extirpent de quatre voitures de patrouille avant de rentrer leur chemise dans leur pantalon. Le petit interprète grassouillet porte maintenant non seulement un gilet pare-balles frappé du mot POLIZIA, mais aussi un gros flingue dans un holster. C'est lui que je déteste le plus, je ne sais pas pourquoi. Le capo et le chef à bouclettes de la police nationale bombent le torse en essayant tous les deux de s'affirmer comme mâle dominant. L'un, tout en blanc, lisse le revers de sa veste, l'autre, tout en noir, ajuste son képi à rebord doré. Le quai grouille d'uniformes et des petites gens qui s'y cachent. Je cligne des yeux au soleil en espérant qu'il fera rôtir ce grand délire, avale encore une grosse gorgée d'eau puis me dirige vers la coupée. L'air mi-impressionné, mi-amoureux, le chef accepte ma poignée de main ferme en clignant toujours de l'œil. Je lutte contre toutes les bonnes manières que m'a apprises ma mère afin de ne pas lui sourire. Quand je l'emporte contre ces automatismes maudits, je me sens tout de suite mieux.

Je m'adresse au capo :

— Que se passe-t-il ici ?

Sans rien dire, il désigne le grand chef, qui me remet aussitôt un paquet de feuilles agrafées. Je lis la première page, les lèvres serrées. Ensuite, je dévisage avec presque 1 312 tonnes de mépris le chef puis le capo, qui ne veut ni ne peut soutenir mon regard. À l'arrière-plan grondent le brouhaha des policiers et un monde qui a basculé dans la folie.

— Un ordre de perquisition ?

— *Yes*, *capitana*, confirme le capo tandis que le petit gros hoche la tête frénétiquement.

— Et pourquoi ?

— Soupçon de détention illégale d'armes.

Je rigole. Quels salopards. Je hausse les sourcils et déclare :

— Vous attendez qu'on ait un avocat à bord. Personne ne monte seul sur le bateau. Personne.

Le gros traduit. Stupéfait par la retenue de ma réaction, le bouclé me lance un grand sourire, sans doute pour me témoigner son respect. Je préférerais qu'il respecte notre travail.

— Vous avez vingt minutes pour faire venir un avocat, après ça, on commence, annonce l'interprète.

— C'est une blague ?

Je ne connais pas suffisamment le droit italien pour savoir s'ils peuvent vraiment faire ça. En revanche, maudit soit Dieu, je sais très bien que le droit empêche rarement la police de faire quoi que ce soit. C'est alors que Jeremy vient à la rescousse. Comment il fait son compte, à chaque fois ? Il est accompagné d'un jeune punk qui travaille pour la petite ONG locale venue assister à l'arrivée de Firas et Saad. Il tripote le piercing de sa lèvre, manifestement mal à l'aise au milieu de cette racaille. Puis il nous explique que, la veille déjà, ils se sont doutés que quelque chose ne tournait pas rond. Avons-nous besoin d'aide ? Nous nous voyons pour la première fois de nos vies, mais il nous promet son soutien. À ma grande surprise, il hoche la tête avec assurance quand je lui demande s'il peut nous trouver un avocat. Les gens comme Antonio, et la certitude qu'ils existent partout, sont des joyaux scintillants dans cet énorme tas de merde.

Ils forment quatre groupes de perquisition composés de policiers et de gardes-côtes, chacun accompagné d'un membre de notre équipage. Lyn organise la répartition et rappelle en permanence à tout le monde ce qu'on ne doit pas les laisser faire. En l'espace de quelques minutes, ils dépiautent la passerelle et balancent nos affaires au bas des étagères et des placards. Comme s'il y avait jamais eu d'armes à bord. Les autres disparaissent à l'infirmerie et comptent des médicaments qui ne sont même pas au registre des stupéfiants, pas plus en Italie qu'ailleurs. C'est un chaos écœurant, et je m'interdis toute émotivité tandis qu'ils souillent notre navire avec leurs doigts gantés et l'excitation de l'autorité. Antonio a bel et bien dégoté en une demi-heure une avocate, en fait venue passer ses vacances à Lampedusa. Alors que nous épluchons l'ordre de perquisition, une policière me beugle dessus, souffle sur une mèche de cheveux couleur aubergine qui lui tombe sur le front et me brandit un boîtier en plastique plein de poudre blanche sous le nez.

— *What is this?*

Je la regarde avec pitié.

— De la vitamine C. C'est marqué dessus…

Elle me jette un coup d'œil assassin, renifle et repart maltraiter mon bateau.

L'ordre de perquisition n'a été signé que la veille. Au moins, nous savons maintenant que le bateau tunisien n'a jamais existé ; tout ça n'était qu'une tactique perverse pour nous endormir jusqu'à ce que ce putain de papelard soit tamponné et que la troupe galeuse arrive en avion de Rome et de Sicile. Malgré notre situation lamentable, une parcelle héroïque de mon esprit est un instant reconnaissante et heureuse qu'il n'y ait pas eu soixante personnes de plus en détresse. Notre avocate, Chiara, m'explique que l'ordre de perquisition leur permet même de fouiller les espaces privés. Je lui demande de dire au capo que cela ne peut se produire qu'en sa présence à elle et celle de l'occupant de la cabine concernée. Otta réussit à débarquer son journal intime juste à temps. Jeremy ne lâche pas les flics d'une semelle et explose presque d'un mélange de fierté indestructible et de refus total du système. Nous parvenons parfois à marmonner des *motherfuckers* et à nous serrer les mains avec tendresse. Plus que jamais, nous devenons le tas de redresseurs de torts flottants le plus raffiné et le plus uni que le monde ait vu. C'est alors que j'entends Lyn protester à haute et intelligible voix :

— Pas sans l'équipage ! Pas sans l'avocate !

J'attrape Chiara par le bras et nous dévalons l'escalier. La policière aubergine veut commencer sans nous la fouille des cabines. Je me plante devant la porte de Tom et lui explique ce qui a été conclu avec le capo, sans me donner la peine de préciser que c'est aussi notre putain de droit.

— Le capo, c'est moi ! beugle-t-elle.

Lady, j'y peux rien si trois unités différentes ont été envoyées ici. Elle ne me laisse pas répondre et continue à s'échauffer :

— Je suis pas le capo parce que j'ai pas de barbe, c'est ça ?

T'es complètement idiote ? Je fais la moue, incrédule, et désigne mon propre visage :

— *Sono la capitana !* Sans barbe.

Elle la ferme enfin et attend Tom, qui prend tout son temps.

Eric et Miguel ont quitté le poste, mais ne sont pas autorisés à monter à bord. Ils nous passent des glaces par-dessus le bastingage et nous les dégustons sous le nez des flics sur le pont ondulant de chaleur. Dans les cornets, sous les boules crémeuses, ils ont glissé des bouts de papier avec de petits dessins et des messages. Mes préférés sont les éternels slogans rebelles : *Still not loving the police*, *Fuck charity – love solidarity* ou encore *No borders, no nations.* Quitte à couler, autant le faire avec style.

La perquisition est en cours depuis cinq heures. Salma est partout à la fois et m'aide à ne pas perdre la vision d'ensemble. Elle ne dit pas un mot, secoue la tête en permanence et essaie de comprendre ce que les flics racontent en italien. Alors que je m'apprête à lui demander s'il y a du nouveau, l'interprète surgit dans mon dos en trottinant et lance :

— *Miss!*

— *Capitana*, dis-je en m'arrêtant.

Il ne supporte pas l'idée que je ne me décompose pas de crainte et de respect, ou que je n'aie pas au moins la décence de me jeter dans la poussière face à lui et à son insigne. C'est donc avec un plaisir manifeste qu'il m'annonce :

— L'ordre de saisie du bateau arrive dans quelques heures.

Je ne me donne pas la peine de répondre. Ou alors, j'en reste sans voix. Tout se fige. J'entends se briser avec fracas ma conviction qu'ils voulaient juste nous éloigner de la zone de recherche pendant trois ou quatre jours. Ces salopards jouent un jeu bien plus énorme, un jeu qui va coûter plus que les vies d'une seule journée de sauvetage. Le petit gros fiche le camp.

— *Can not have nice things*, souffle Salma.

Elle s'est matérialisée près de moi comme par enchantement.

— *Can not have nice things.*

Je confirme d'une voix blanche et nous nous prenons les mains. Nous ne pouvons pas nous autoriser plus que ce bref moment d'amitié, il faut que je trouve l'avocate.

Le soleil descend lourdement, emportant nos derniers espoirs derrière l'horizon. La nouvelle se répand aussi vite que la consternation. Tom engueule un garde-côte à l'air penaud :

— Tu as tout vu, là-bas ! Tu as vu combien de gens meurent ! Comment tu crois qu'on se sent, maintenant que vous nous prenez notre bateau ?

J'adorerais tabasser le garde-côte avec lui, mais ce serait sans doute une satisfaction de très courte durée. Je dis donc à Tom de la fermer et fous dehors le pantin entré dans le carré sans être accompagné d'un membre d'équipage. Puis je m'excuse auprès de Tom. Pas possible de satisfaire tout le monde, en ce moment. Même les discussions de l'avocate avec les plantons virent aux hurlements. Ils semblent sur le point de se sauter à la gorge. Si j'avais de l'argent, je miserais tout sur Chiara, avec ses petites dents pointues.

Le chaos se poursuit pendant la nuit. Ils saisissent téléphones et ordinateurs portables, désossent tout et démontent même le revêtement du plafond. Les couches de matériel isolant pendouillent tristement entre les panneaux restés en place, dévoilant l'armature d'acier qui se retrouve dénudée comme les côtes d'un cadavre dépecé, sauf que son cœur bat toujours.

Quand l'acte de saisie arrive, vers 21 heures, l'équipage doit quitter le navire. Le truc fait quatre cents pages. Voilà qui met les choses définitivement au clair : le piège et la saisie étaient prévus de longue date. Tout s'est déroulé suivant le scénario du parquet, sur la base d'événements fictifs, de faits imaginaires. Salma et moi restons à bord. Antonio emmène l'équipage je ne sais où. Une chance que nous n'ayons pas à chercher nous-mêmes où dormir. Ou est-ce l'un de nous qui s'en est occupé ? Je ne capte plus que les discussions avec les flics et les tentatives désespérées de notre avocate de sauver ce qui peut encore l'être – ce qui n'est pas grand-chose.

*

* *

Ils n'ont pas trouvé d'armes, évidemment. Ce n'est pas ça qu'ils voulaient. Les accusations de l'acte de saisie sont bien plus graves. *Complicité d'immigration illégale.* Trafic d'êtres humains.

Les derniers flics et gardes-côtes descendent du bateau. Le matin, Salma avait éteint l'air climatisé avec un charmant sourire diabolique avant d'y apposer un panneau « En panne ». J'ignore lesquels d'entre eux sont juste épuisés par cette journée de canicule et lesquels, peut-être, se meurent de culpabilité. Lentement et douloureusement, j'espère.

À bord, il règne un calme sinistre. J'erre au milieu du contenu des tiroirs renversés et des papiers et livres arrachés aux étagères. Le silence est effrayant, en moi aussi. Le fantasme de l'Union européenne nous écrase. *Ils ont pensé à tout.* Un coup porté à l'engagement civil, aux droits de l'homme, pour la protection assassine de ce qu'ils déroberont encore à l'avenir. Ma cigarette rougeoie et j'avale la fumée comme si elle pouvait être mon espoir. *Merde.* On est dans un truc indéniablement énorme. Je suis tiraillée de toutes parts, tout me pousse à y tenir mon rôle. Ça n'intéresse personne, ici, de savoir à quel point on est petit, pas même moi. Chacun des flics envoyés aujourd'hui à bord, chaque emmerdement, chaque bafouement de la justice nous renforcent dans ce que nous faisons. Leur razzia affine et polit nos ambitions, les déterre du fond de nos peurs et les extirpe de la patine des mensonges de la société. Comme s'il s'agissait de sauver une centaine de personnes ici ou là. Nous voulons bien plus, nous voulons tout – la liberté inconditionnelle et la responsabilité absolue. En moi, alors encore presque inaudible, il y a la tranquille certitude que nous menons le bon combat et que nous vaincrons.

Mais le capo et le chef l'ignorent encore et nous rembarquent au poste, Salma et moi. La même pièce, mais avec plus de monde. Ça tape sur de vieux claviers, chaque lettre péniblement arrachée à des doigts raides. Et ça discute en hurlant et en gesticulant. On nous pousse vers deux chaises libres face à un bureau. Il est 22 heures. Je me roule une clope en observant ce chaos bruyant, un garde-côte me jette un regard méchant, je lui rends un coup d'œil de haine pure. Pas aussi bien que le ferait Salma, mais quand même. Si vous me piquez mon bateau comme ça, je peux au moins fumer ici. Il comprend, lève les mains en un geste d'apaisement et retourne hurler sur sa collègue.

On rédige des rapports, *statements*. Le seul stick USB de la garde côtière de Lampedusa est introuvable et personne ne sait comment envoyer tout ça à l'imprimante du deuxième étage. Un bordel complet. Je corrige beaucoup de choses, y compris quelques virgules ici et là. Le texte est aussitôt modifié, et rebelote : chercher le stick USB, excursion à l'imprimante, retour. La phrase suivante ne va pas non plus. Le petit gros me fusille du regard. Mon job ne sera jamais de faciliter le sien. *N'hésitez surtout pas à tout recommencer.*

Je fume avec zèle et tapote ma cendre dans une tasse à dauphins en me demandant qui, ici, est fan de mammifères marins. Salma tape du pied sans interruption et déteste tout le monde. En attendant je ne sais quelle traduction, je tripote une petite image sainte de la Madone Sixtine qui traîne sur la table. Avec ses couleurs criardes, elle semblerait plus à sa place avec des cartes de collection de base-ball que dans un livre de prières.

— Tu crois en Dieu ? me demande une dactylo avec un sourire d'aveuglement missionnaire censé nous réconcilier.

Je pousse un gloussement sinistre et lui tends la carte :

— Nan. Mais beaucoup de ceux qui se noient, là-bas, y croient.

Je me détourne d'elle et la laisse moisir dans son très chrétien amour du prochain.

Quand nous quittons le poste, à 3 h 30, Antonio, Jeremy et Otta sont assis pas loin de la porte dans la lumière jaunâtre d'un lampadaire. Sans un mot, ils nous enlacent puis nous poussent jusqu'à un muret voisin. Antonio sort des pâtes et de la bière de sa voiture. Salma et moi nous jetons dessus, reconnaissantes, exténuées et puantes. La nuit n'apporte aucune fraîcheur, la sueur et la bière se mêlent sur ma lèvre supérieure. Lasse, heureuse de la présence de ceux qui s'enfoncent avec moi dans le silence, je déconnecte ma tête. Ils ne posent aucune question, c'est la preuve la plus éclatante de leur grandeur.

Je me gave de pâtes. Je n'ai rien mangé depuis la crêpe, que je n'ai même pas finie. Je pense à la personne que j'étais encore il y a vingt-quatre heures et à ce qui nous est tombé dessus aujourd'hui. Comprendre ce que ça pourrait signifier est un peu trop pour l'instant, et j'arrête de nouveau de réfléchir. Encore plus que de manger, j'ai besoin de dormir, de ce sommeil qui m'a déjà été volé il y a des jours par l'exploration du perfide schéma de recherche. Et pourtant, *tadaa*, nous sommes encore debout, bien qu'un peu branlants.

On me colle une autre bière dans la main. Nous parlons à peine, quelques mots d'affectueuse reconnaissance et d'encouragement envoyés du bout des lèvres. Malgré cette excellente compagnie, nous ne savons pas vraiment comment nous nous sentons, assis dans cette ruelle déserte.

Antonio nous emmène je ne sais où. Je somnole, mon corps pèse des tonnes, seule la partie la plus reculée de mon cerveau est encore en pleine action. Salma dort, la bouche ouverte, sur les genoux de Jeremy. Antonio se gare sur un terrain de gravier et j'ignore complètement où nous sommes. Je suis étonnée de leur emboîter le pas ainsi, sans rien demander. Je ne suis même pas curieuse. Rien, en moi, ne se méfie de ces gens. C'est peut-être la seule chose que je capte encore, cette nuit.

Je les suis en trébuchant sur un sentier caillouteux. Nous arrivons dans un lotissement de bungalows, Jeremy me pousse à travers une porte et désigne un lit sur lequel Francis ronflote déjà. Reconnaissante, je me laisse tomber sur le matelas et règle mon réveil sur 7 heures. À l'instant où mes yeux basculent vers l'arrière, une grande partie de moi se demande où est Lyn.

*

* *

Les gouttes de sueur qui dégoulinent sur la face intérieure de mes bras me chatouillent. Mon corps n'est pas vraiment là, je ne lui donne que du café, des cigarettes et des litres d'eau. Je transpire tellement que je n'ai même pas besoin de pisser. La chaleur envahit le moindre recoin et chaque millimètre cube des quarante-huit heures qui suivent, tohu-bohu vide de sens. Je ne sais plus l'après-midi ce que j'ai fait le matin, je ne sais pas si j'ai envie de manger, ni quoi, je dors trop peu, mais ce qui me manque encore plus qu'un lit, c'est le reste de l'équipage, que je ne vois quasi pas. Du matin au soir, Salma et moi sommes soit au poste, soit sur le bateau. La police nationale semble en avoir fini avec nous et a disparu. Je me débats avec la garde côtière, coincée dans le reflet tremblotant d'un kaléidoscope de nervis administratifs et de leur arbitraire. Encore de la paperasse, encore des heures d'attente dans des couloirs hideux, et toujours, la sensation que l'un d'eux va tout de même finir par comprendre ce que ça implique de nous retenir ici. Qu'ils savent exactement de quelle quantité de travail nous les avons déchargés. Je ne crois pas qu'ils pensent aux gens dans les bateaux ou dans l'eau. Ils continuent sans rien dire, comme si on pouvait ignorer la réalité en se concentrant suffisamment fort sur les grades et les coups de tampon.

Au matin du troisième jour, Salma et moi retournons au bateau pour la dernière fois. Nous devons le remettre à la garde côtière. Je vais vomir. Tout en moi se révolte à l'idée de leur expliquer mon rafiot, mais nous ne voulons surtout pas qu'ils fichent en l'air notre beau bateau par ignorance. Avant ça, nous devons évidemment nous farcir leur stupeur quand ils constatent que nous sommes des femmes. *Oups, je croyais savoir ce que je faisais, mais je viens de me rendre compte que j'ai une chatte. Boum, le bateau coule.* Je ne supporte plus ce cinéma sexiste.

— Waouh, des femmes capitaine et chef mécanicien, annonce un garde-côte à son collègue, tout aussi stupéfait, avec un geste lourd de sens.

Même au bout de plusieurs jours, il n'en revient toujours pas. Puis il dresse son gros menton comme s'il lui fallait encore y réfléchir et hoche la tête avec condescendance. L'autre ose rigoler :

— Ah, des femmes !

Je me dis que Salma va le tuer, mais elle réplique juste d'une voix glaciale :

— Comme si t'avais jamais fait quoi que ce soit d'utile avec ta vilaine petite bite.

Là, ils nous fichent enfin la paix.

La carte électronique débloque, pas question que je la réinitialise pour résoudre le problème. Qu'ils se débrouillent donc pour transférer le bateau jusqu'à Trapani. Après le leur avoir officiellement remis, je monte une dernière fois à la passerelle, seule. Le gros fauteuil lance un couinement familier quand je m'y laisse tomber. Les pieds sur la console, je m'enfonce dans le dossier et joue amoureusement avec les boutons et les touches des appareils. Une vieille habitude me fait essuyer la poussière de l'écran radar et remettre la barre à zéro. Puis, ne sachant vraiment plus quoi faire, je tripote ma lèvre inférieure en prenant silencieusement congé de mon bateau. 2 200 chevaux d'amour pur.

En fin de soirée, sans avoir rien fait pour, je me retrouve au restaurant avec ma meute. Tom me met un verre de vin sous le nez. Les verres et les bouteilles cliquettent, on affiche un humour noir raffiné, et Eric raconte fièrement comment ils ont mis les bouts de papier dans les cornets de glace. J'aimerais être plus conviviale, mais j'ai beaucoup de mal à les rattraper. Dans leur univers parallèle des bungalows, ils ont eu le temps de réfléchir à ce qui est arrivé et d'en discuter. Ils ont au moins vingt pas d'avance sur moi sur le chemin de leur utopie. Comme une assoiffée, je boitille péniblement à la poursuite de ce mirage alléchant. Je prends le menu, et quand le serveur me demande avec un sourire plein de dents ce que je veux manger, je constate que je n'ai rien lu, n'ai fait que regarder dans le vide. Je commande des pâtes au hasard, sans la mozzarella.

— Tu pourrais la commander et je la mangerais, ta mozza, objecte Jonas joyeusement.

Doux Jésus... Je n'en peux plus.

— C'est hors de question.

La dernière chose dont j'ai envie, c'est du calvaire animal dans mon assiette.

— Ça coûte sûrement pas plus cher, et pour toi, ce serait toujours végane, objecte Jonas qui n'y comprend rien. Et moi, je serais content !

Je me demande une seconde si je suis capable de me lancer dans une tirade sur l'éthique et toutes les horreurs de la production animale, mais je n'arrive même pas à mener ma réflexion à son terme.

— Non.

Puis j'ajoute, presque suppliante :

— On pourrait ne pas avoir cette discussion aujourd'hui ? On pourrait juste être amis, ce soir, s'il te plaît ?

Je sais que, dans le cas contraire, mon désespoir serait complet. Jonas comprend je ne sais trop quoi et me dévisage avec un mélange de perplexité et de compassion :

— Oui, bien sûr.

Je fais glisser mon verre de vin de droite à gauche devant moi. À cet instant, je saisis ce que signifie « n'être plus que l'ombre de soi-même ».

Sur le chemin du retour, Lyn me serre les doigts, et j'aimerais que sa main puisse me porter. J'ai peur d'être trop servile dans mon silence et peur d'être *trop* en dévoilant mon moi sans filtre. *Ah ah, mon moi.* Je ne sais plus du tout qui je suis. Suis-je cette *capitana* ou n'est-ce qu'un rôle ? Devient-on un rôle quand on le vit ? Qu'est-ce que je joue, ici, et pour qui ? Je serre sa main chaude dans l'espoir de me sentir moi-même, et sombre dans le tourbillon de mes pensées et de mes doutes épuisés. Il m'attire sous un porche couvert de bougainvillées violettes et m'embrasse de ses lèvres fantastiques. Un frisson brûlant me parcourt ; je voudrais tellement que tout soit normal.

— Je voudrais être normale.

Ses yeux se jettent dans les miens. Je me laisse faire, sans défense, et savoure.

— Je me sens parfois faible à côté de toi, avoue-t-il.

Une nouvelle tourmente éclate en moi. C'est un compliment, ou la plus grosse baffe de tous les temps ? *Ma chère petite tête, ferme-la, s'il te plaît.*

*
* *

Ça fait une heure et demie que je suis assise sur le banc en bois inconfortable du hall à attendre le document final, notre certificat de décès. Les gardes-côtes vont et viennent en me saluant comme une vieille connaissance. Pour eux, au moins, les moulins de la bureaucratie moulent le grain de la normalité dans cette bouffonnerie infâme. Leur jovialité est perverse. Comme s'ils se sentaient liés à moi par les derniers jours – après tout ce qu'on a traversé *ensemble* ! *Foutez-moi la paix !* Chiara a dit que je devais signer. Et ce sera fini – notre bateau sera parti.

J'ai mal aux fesses, mon corps fatigué ne trouve plus de position confortable. Alors que je suis sur le point de m'allonger sur le carrelage froid, le capo surgit dans le couloir, impeccable comme toujours. Combien d'uniformes blancs a-t-il dans sa penderie ? Il s'imagine pouvoir passer devant moi avec un simple hochement de tête. Je lui bloque le passage avec un sourire dont nous savons tous les deux qu'il est faux.

— Ça va durer encore longtemps ?

Après tant d'heures ensemble, il ne semble plus se froisser de mon manque de respect.

— Encore une heure, répond-il, exactement comme il me l'a dit une heure plus tôt.

— Tiens donc.

J'aperçois une tache de café sur sa chemise amidonnée. *Ah ! Tout de même !*

— *Capitana*, dit-il en dressant le menton, ce n'était pas notre idée. Nous obéissons seulement aux ordres.

— OK.

Piètre récolte de mes réactions en cascade, tandis que j'échoue à interpréter l'expression de son visage. Je suis tellement à bout que j'aimerais croire qu'il ne dit pas cela uniquement pour se dédouaner, qu'il reste une étincelle d'éthique chez les gardes-côtes, que le marin en lui est convaincu que personne ne mérite de se noyer. Il tripote son képi entre ses doigts manucurés, me lance un nouveau signe de tête puis disparaît à grands pas dans un bureau. La porte se referme et je les entends aussitôt se lamenter joyeusement, je ne sais pas sur quoi. Ce que je comprends en massant mon cul endolori, c'est sa suffisance. Tant que l'agenda politique sera plus important que leurs vies, tous ces gens, là-bas, se moqueront bien de savoir si le capo a des remords ou non. La constatation est d'une platitude dévastatrice : s'il ne pensait qu'un centième de ce qu'il vient de dire, il devrait déchiqueter son uniforme virginal et en faire flotter les lambeaux au vent comme un drapeau de résistance.

Cette fois, c'est tout l'équipage qui attend devant le poste, l'ensemble au grand complet pour le dernier acte. Nous traversons d'un pas traînant le décor trompeur, lumière dorée et longues ombres tranquilles qui s'évanouissent doucement dans le crépuscule naissant. Plus nous approchons du quai, moins nous parlons. Quand nous voyons passer notre bateau le long du môle, sans nous, nos derniers mots nous abandonnent. C'est trop tard. Voilà parti notre outil, notre arme, notre chez-nous. Je croise les mains sur la nuque et sens la distance croissante déchirer les derniers filaments d'espoir ; leurs extrémités se consument dans ma colère.

Doux et tristes, ses feux de navigation nous envoient un dernier salut. L'idée qu'il est piloté par les gardes-côtes, par l'État, que ces pantins sont à notre passerelle et dans notre salle des machines, est insupportable. Peut-être qu'il se coulera tout seul, souffle la godiche romantique en moi.

Otta se force à parler :

— Ces salopards ont vraiment dû démarrer à la seconde où tu as signé leur papelard.

Ça fait étonnamment mal. Oui, c'était ma signature, notre bateau.

Un silence mortel retombe tandis qu'il s'éloigne de nous dans la canicule brumeuse du soir. Eric envoie un caillou dans l'eau d'un coup de pied. Francis et Alva sont dans les bras l'une de l'autre. Soudain, le rire de Hannes éclate dans l'atmosphère pesante de notre petit cortège funèbre :

— Ah ah, trop cool !

Perplexes, nous fixons son visage hilare.

— Ils sont partis avec nos pavillons ACAB !

Francis glousse un peu, Jeremy brandit le poing gauche, puis l'accablement reprend le dessus. Je m'accroupis et souffle tout l'air que j'ai dans les poumons, incapable de savoir comment je me sens. Je suis trop lessivée pour réfléchir, même pas certaine de savoir comment je m'appelle.

— Boss ?

Ah oui, il y avait un truc comme ça. Mais plus maintenant.

— M'appelle pas boss.

J'attrape la main qu'il me tend et le laisse me remettre debout.

— On va se trouver un nouveau bateau, boss.

Je lui balance une bourrade dans le bras :

— Ah ça, oui. Mais d'abord, on va se trouver une bouteille de gin.

Et le rideau tombe.

*

* *

Après dix heures d'un sommeil profond et sans rêve, je me réveille sur une autre planète et dans des draps trempés de sueur. Ma tête est toujours horriblement fatiguée. Mon corps a mal de tant de repos. Je fixe le plafond un moment et mets vingt minutes à laisser ma vessie suppliante me convaincre de me lever. Les jambes en coton, je tangue jusqu'à la salle de bains, juste parce que ce serait encore plus pénible de refaire un lit plein de pisse. Une envie de me doucher surgit. *Chaud, froid, chaud, froid.* Ça ne suffit pas à m'extirper de ma bulle d'incertitude. Comme une tache d'eau maladroitement aspirée par le papier, je ne suis plus constituée que de mes pourtours. Blême, sans relief, rien derrière. Un champion a lavé mes vêtements et les a posés, bien pliés, sur ma table de chevet.

Je me traîne de mon bungalow jusqu'au café et observe les lieux comme si je les voyais pour la première fois. L'équipage, assis par petits groupes aux grandes tables de bois, travaille d'arrache-pied à sauver le monde. Les uns sont devenus attachés de presse, les autres s'efforcent de trouver le meilleur moyen de quitter cette île maudite. Hannes fait des blagues idiotes et distribue du café. Incapable de quoi que ce soit, je leur suis d'autant plus reconnaissante d'avoir capté avant moi qu'un capitaine sans bateau n'a pas grand-chose à faire. Ils sont depuis longtemps là où nous voulons tous être. Dans un endroit sans hiérarchie, où chacun est le meilleur et le plus important. Je m'allume une clope. Lyn me rejoint et je lui caresse le bras tandis qu'il me raconte sa traversée du Kazakhstan en stop. La tension superficielle de mon humeur tordue est trop élevée pour qu'il puisse m'atteindre. Absente, je flotte dans l'instant. Et pourtant, je me demande si son monologue est dû à un manque d'intérêt pour moi ou s'il essaie de me ménager. Que ce soit bien ou pas, je m'en fiche éperdument.

Miguel emballe son matériel photo et épaule son trépied. La colonne se met en branle et moi je reste en plan, sans comprendre ce qui se passe, incapable de demander. Je ne suis même pas fichue de croiser les jambes dans l'autre sens alors que ça fait déjà un moment que le sang n'arrive plus dans mon pied droit. Comme un poisson hors de l'eau, je scrute ce qui m'entoure, les yeux écarquillés. Lyn me secoue :

— Allez viens, on va faire une photo.

Je me demande un instant s'il serait plus fatigant de refuser que de les accompagner, et la minute d'après, je les suis le long des falaises, hébétée. La mer s'étale devant nous dans toute sa scintillante sauvagerie. De blanches couronnes d'écume ornent avec grâce ce tapis parfait, bleu roi et turquoise noble. Je cligne des paupières, même mes yeux sont au ralenti. Nous nous regroupons sur un promontoire rocheux et j'entends les rouages de mon cerveau se remettre en mouvement. Nous sommes là où, il y a quelques années, des centaines de personnes se sont noyées, disloquées avant même d'avoir touché terre. Trois cent soixante-six personnes fracassées contre une Europe si puissante que même nous, les marginaux ultraprivilégiés, ne l'avons pas encore vaincue.

L'air libre et frais venu de la mer fait éclater ma bulle et je reprends pied sur cette terre que nous ne pouvons pas abandonner au capitalisme et au patriarcat, cette terre qui est notre raison de continuer à lutter.

Peut-être que nous sommes paranoïaques, mais même un paranoïaque peut avoir raison. Après l'escalade d'aberrations vécue sur l'île, où chaque jour a vu une nouvelle et terrifiante foutaise surgir de la pochette-surprise de l'arbitraire étatique, nous ne voulons plus courir aucun risque. Quand un flic prétend qu'aucune charge n'est retenue contre les membres de l'équipage, ça ne veut rien dire. Après tout, il y a quatre jours, ils ne nous ont pas laissés appareiller alors qu'ils avaient juré leurs grands dieux qu'ils le feraient, ces pitoyables catholiques. Nous nous organisons donc pour fuir l'île en douce.

Hannes nous emmène au port de plaisance, Salma, Jeremy, Eric et moi, dans la voiture d'Antonio. Le premier bateau doit arriver sous peu. À Malte, nos copains Ben & Co. ont dégoté de petits voiliers qui vont nous sortir de là sans contrôle de papiers. Nous attendons sur le ponton, impatients. Eric s'étire sans quitter la mer des yeux. Salma et Jeremy font les idiots jusqu'à en avoir vraiment marre de poireauter. Je mâchonne ma langue sans relâche et fume avec Hannes. Quand le voilier apparaît enfin, une heure plus tard, Boris et Mike nous font mollement signe de la main. Impossible de leur arracher plus qu'un « Salut » amorphe. Je n'ai jamais supporté ces deux fumistes. Enfin, pour être honnête, je ne connais que l'un d'eux. Ma tentative de ne pas me montrer injuste échoue lamentablement quand ils se plaignent d'avoir eu un voyage pénible. *Ah oui ? Les derniers jours ont été durs pour vous, vraiment ?*

L'intérieur du bateau est un foutoir incroyable. Emballages de nourriture, bouteilles d'eau et de bière vides s'empilent dans le petit carré. Un gros morceau de fromage colle dans l'évier, puant. Les tiroirs sont fermés au scotch, des plinthes se décollent ici et là. Dès que nous avons appareillé, je me cherche une couchette. Eric est allongé sur le canapé du carré, les pieds sur le plan de travail de la cuisine. C'est le seul endroit de cette coque de noix où il peut vraiment s'étendre. Salma, Jeremy et moi nous entassons sur le petit matelas de la proue revêtue de bois sombre. Il fait au moins 45 degrés là-dedans, et c'est impossible de ne pas se toucher. Quand on enlève le bras du dos trempé de sueur de son voisin, le bruit de succion risque de le réveiller. Mais c'est pas fini. Alors que j'ai dormi tout juste une heure, Boris me secoue :

— C'est ton tour de prendre le quart.

Bien que personne ne puisse réellement dormir par cette chaleur, je suis trop décalquée pour vraiment émerger. *Le quart ? Maintenant ?*

Je le rabroue, bafouillante et incrédule, les yeux tout juste entrouverts.

— Tu te fous de ma gueule ?

— On n'a pas dormi de la nuit, j'en peux plus, dit-il, apitoyé sur son sort.

Il me fout la gerbe. Comment peut-on être assez stupide pour ne pas dormir ? C'est une erreur de débutant complètement débile, une erreur de frimeur. La fureur me réveille pour de bon, c'est déjà ça.

— Vous êtes vraiment des abrutis.

Je lui balance ça à voix basse, pour ne pas déranger encore plus Salma et Jeremy, et m'extirpe de la couchette.

Pas un souffle d'air. À la voile, il nous faudrait attendre un mouvement des plaques tectoniques pour revoir un jour la terre ferme. Le petit moteur crachote un teuf-teuf abrutissant. Le moment le plus excitant de mon quart reste le dépassement d'un bateau de pêche qui n'aurait même pas nécessité de manœuvre. OK, aujourd'hui, j'ai le droit de le penser aussi : la mer, c'est chiant. Je reste deux heures à la barre, hébétée, en essayant de ne pas m'endormir et de me réjouir de ce calme plat assommant. Au lieu de ça, je ne pense qu'à Lyn, qui me manque. Quand je n'en peux plus, je vais réveiller Eric, qui prend héroïquement ma place, et retourne dormir à côté de Salma dans la boîte à sardines.

Quelques heures plus tard, nous sommes tous sur le pont. Salma est allongée à la proue, nous autres sommes vautrés sur les sièges revêtus de plastique du poste de barre. Alors que l'amas de fusion nucléaire stellaire n'a grimpé que d'un centimètre au firmament, les températures à l'intérieur du rafiot deviennent insoutenables. On se dilue littéralement, on rêve de se déverser dans l'eau, de dissoudre sa structure thermosensible et de vibrer en milliards de molécules dans l'air brûlant, inconscient.

Je n'ai qu'une envie, dormir, mais dès que je somnole un peu, Boris et Mike se mettent à raconter des conneries. Ils ne comprennent pas qu'ils nous tapent sur le système avec leur pot-pourri de banalités. Et nous, nous sommes tellement dans notre trip que nous ne remarquons pas l'injustice dont nous faisons preuve envers eux. Nous flottons, aveuglés par le soleil et prisonniers de notre nombril. Mike fait passer une bouteille de tequila chaude, presque vide. Je m'interdis de lui demander où est le minibar qu'on nous a tant vanté.

— Pourquoi on s'arrête ? demande Salma depuis la proue.

Boris répond, malicieux :

— Il faut que j'aille chier.

— Quoi ?

— Les toilettes sont en panne. La pompe est fichue.

Génial. On attend d'avoir ralenti. Au moins, Boris s'éloigne du bateau, et nous pouvons aller nous baigner un peu. Mike est stupéfait de nous voir, Salma et moi, nous déshabiller complètement avant de plonger tête la première. *Platch !* Jeremy nous rejoint avec un double salto et Eric descend prudemment la petite échelle arrière. Le rafraîchissement nous revigore, et quand nous reprenons la route de Malte, nous nous apprécions un peu plus.

La colline brune apparaît à l'horizon au bout de dix-huit heures. Enfin, nous y sommes. Je n'aurais jamais cru me réjouir un jour de voir La Valette. Il a suffi pour ça qu'on me vole un bateau et qu'on me fasse craindre d'être arrêtée en Italie. *Ô Malte, paradis.*

Le second bateau, beaucoup plus gros, arrive six heures plus tard avec le reste de l'équipage, tout heureux. Ils nous saluent, rayonnants et reposés. Hannes pleure de rire en entendant le récit de notre voyage. Eux, ils avaient non seulement un vrai minibar, mais aussi deux cabinets de toilette en état de marche, et pour couronner le tout, un banc de dauphins les a accompagnés.

— Les dauphins, c'est juste des requins pédés, déclare Eric, dépité, avant de se préparer un nouveau gin tonic.

Il a le droit de dire ça, il l'est lui-même.

L'air conditionné de notre villa tourne à plein régime, en pure perte. Nous sommes tous complètement exténués, même l'alcool n'y change rien. La villa n'a rien de luxueux. Des lits superposés s'entassent n'importe comment dans les petites chambres. Des caisses de médicaments sont empilées dans le couloir, et le tuyau d'écoulement de l'évier pue le moisi même quand on le nettoie. Le frigo est tellement plein que les aliments du fond gèlent alors que ceux de l'avant sont à peine quelques degrés plus frais que la température ambiante, qui ne descend pas au-dessous de 30.

Jonas roule des joints à tour de bras et les fait passer. La porte claque : Francis est parti racheter de la bière et de l'eau-de-vie. Les paquets de cigarettes et les sachets de tabac s'accumulent sur la table en verre du salon. Aujourd'hui, tout appartient à tout le monde. Nous célébrons même une bataille perdue, pour nous préparer à la suivante.

Je suis enfin de retour auprès de l'équipage en train de se décomposer en chacun de ses éléments, ces gens qui ont composé notre troupe et, qui incapables de rester en place, aiguisent leurs armes et leur intelligence en prévision du prochain coup. Je suis amoureuse, pas seulement de Lyn. Hannes étincelle en son royaume des jeux de mots pourris tandis qu'Alva, un coussin sous le t-shirt et des glaçons dans les joues, imite l'interprète. Nous sommes pliés de rire, grisés par notre profonde camaraderie qui ne nous oblige à rien, sinon à tout donner.

Vers 1 heure, Jeremy estime avoir le droit s'aller se coucher. En ricanant, nous le laissons s'endormir sur un des matelas du haut de notre dortoir étouffé de vapeurs d'alcool, puis nous transportons le tout jusqu'au salon et dansons sur des tubes débiles jusqu'à ce que le lit s'effondre en grinçant.

Dès le lendemain, on m'appelle pour me proposer un nouveau bateau, un nouvel engagement. Même truc. Je demande à Jeremy s'il peut venir et récolte une tempête d'enthousiasme. C'est d'accord. Notre prochaine mission commence dans trois semaines. *Ça roule.*

*
* *

Histoire de contourner le plus largement possible mon *crew blues* entre deux interventions, je pars à La Spezia avec Salma. J'ai l'impression d'avoir été amputée, peut-être de quelque chose qui avait poussé là sans y être à sa place. Nous buvons du café et massons nos douleurs fantômes. Je n'ai jamais été aussi épuisée de ma vie.

Hier, je me suis réveillée en sursaut au milieu de la nuit, comme si on m'avait balancé un seau d'eau glacée en pleine figure. Il a fallu un moment à cette nouvelle vision de l'histoire de Firas et Saad pour émerger de mon inconscient. *Étaient-ils mêlés à ce coup monté ?* Dans ma tête, l'histoire prend des airs de série télé. Ce sont peut-être des indics. Ou alors, on les a menacés de ne pas leur fournir des papiers s'ils refusaient de participer. Clairement, leur cas est tout sauf « normal ». Nous ont-ils menti ? Je n'ai aucune envie d'y réfléchir. Peu importe que Firas et Saad aient joué les marionnettes ou pas, je ne veux pas le savoir. Je ne ferai pas aux manipulateurs le plaisir de remettre en doute ma confiance innée. Malgré tout, je n'arrive pas à me rendormir. Salma semble être dans le même état. Nous nous efforçons de ne parler qu'incidemment de la saisie du bateau et luttons pour notre tranquillité d'esprit.

— Alors, avec Lyn ? demande-t-elle pour nous changer les idées.

Elle commande encore deux doubles espressos. Je tourne la tête à droite et à gauche pour chercher du secours, mais la moto qui passe en pétaradant ne s'arrête pas pour me donner une réponse, pas plus que le vieux bonhomme qui promène son pinscher ne me vient en aide. Alors je bafouille, curieuse de savoir ce que je vais raconter :

— Eh bien, je suis assez dingue de lui.

Je tourne autour du pot, et la mine sévère de Salma m'avertit : ça n'est pas le compte rendu détaillé que je lui dois.

— Je le veux. (Des fossettes de ravissement se creusent plus profondément dans mes joues.) Tout colle. Et lui dit qu'il me veut aussi.

Je laisse de côté le souvenir insatisfait de notre dernière nuit, rendue nettement moins intime que je l'avais espéré par les saloperies de joints de Jonas. C'est facile, car il m'a assuré juste avant au téléphone que je lui manquais. Je tisse donc dans ma tête et mon cœur une toile multicolore de souvenirs érotiques, de promesses de combat téméraires et de rêveries de bonheur naïf. Je peux bien m'accorder une prise de mégalomanie.

Selon Chiara, les Italiens ne vont pas nous arrêter de sitôt. Mais malgré ma joie d'être ici, cette ville ne m'intéresse pas. Pas besoin de m'infliger à moi-même un programme culturel, il n'y a tout simplement pas assez de choses à voir pour ça. Nos excursions quotidiennes ne nous mènent pas plus loin que la *gelateria*, le café de la petite place ou les bars à vin. Je préfère aussi admirer en photos les ruelles des Cinque Terre : en cette saison, elles sont encombrées de gros touristes en croisière. *Bella Italia, ça aussi, c'est fait.*

De retour à l'appartement de Salma, nous jouons les pétasses avec délices. Nous nous épilons les sourcils, arrachons à la cire en criant et gloussant tout ce que nous trouvons à arracher, et nous demandons sérieusement pourquoi nous sommes incapables de nous passer de ces conneries. Cette excursion de poufiasses est-il le symbole d'un joug dont même nous ne voulons pas nous affranchir ?

Comment, sinon, justifier face à nous-mêmes que nous traquions le moindre poil sur un corps de toute façon recouvert de tatouages ? Nous concluons que nous avons bien assez de questions à résoudre et que celle-ci restera en plan pour aujourd'hui. Tandis que Salma se met à se vernir les ongles de pieds en noir avec une précision chirurgicale, je nous prépare à boire. Quand je reviens dans la petite chambre avec des verres cliquetants, la clope au bec, elle me regarde, l'air grave :

— *I think we are fucked.*

— J'en suis sûre, confirmé-je en lui tendant un verre. Mais pourquoi ?

— Les hommes ne sont pas prêts pour des femmes comme nous, jambes rasées ou pas.

Elle remet le petit pinceau dans le flacon de vernis et sirote son drink.

— Même ceux qui sont féministes. Il y a beaucoup trop de salades sociologiques dans les têtes. Une femme au fort caractère, ils trouvent ça bien en théorie, mais pas dans leur vie. Peu importe le nombre de barrettes que je me collerai dans les cheveux pour détourner l'attention de moi-même. Je crois qu'ils ne captent pas à quel point la féminité est complexe.

C'est son sujet de prédilection, et je n'ai pas de réponse.

— Pas étonnant. Nous non plus, on ne le capte pas vraiment, dis-je, et mon verre est à moitié vide.

Salma agite les orteils et reprend son vernissage.

— Il baise bien, Lyn ? demande-t-elle.

Je fais la moue.

— Y a du potentiel, mais c'est bien. Oui, il y a du potentiel, dis-je pour flanquer une petite bourrade à l'univers.

Il sait ce qu'il fait, mais je pourrais et voudrais jouir plus souvent.

— Mais jusqu'ici, on ne l'a fait que sur le bateau. C'est pas là qu'on peut vraiment se lâcher.

Sans daigner commenter mes explications, elle poursuit :

— Il te comprend ? En général, je veux dire.

Bon sang, en voilà un interrogatoire implacable.

— Aucune idée. Je me tiens sacrément à carreau. Je veux pas lui flanquer la frousse tout de suite. Ah, ah !

Quand je m'entends parler comme ça, mon rire me reste en travers de la gorge. Salma, qui vient de terminer son dernier ongle, me lance d'un ton inhabituellement arrogant :

— Ça, c'est plutôt merdique, capitaine.

Elle lève ses pieds en l'air et les tend pour mieux évaluer son œuvre.

— On ne pourrait pas picoler au lieu de démonter tout de suite ma première relation après huit millions d'années d'âge glaciaire émotionnel ?

Elle brandit son verre et déclare, théâtrale :

— Vive l'illusion ! À la dissonance cognitive interpersonnelle !

— Santé !

J'ai parlé un peu trop fort, et nous pouffons comme deux ados nerveuses. Il faut qu'elle arrête de lire des magazines de psycho, c'est mauvais pour nous deux.

Je repars au bout de quatre jours. Je n'avais même pas déballé mon sac à dos, ce sac qui contient tout ce que j'ai et qui me rend libre. Je ne possède presque rien et personne ne me possède, je n'ai pas de place attitrée. Je ne fais partie de rien, me dis-je en prenant mes aises dans le train. J'ouvre mon Djian pour la première fois depuis sept semaines. Je survole le livre, incapable de m'empêcher de galoper au-dessus des lignes, et sais que je reviendrai plus tard, tout essoufflée, aux pages cornées des passages tendres. Son désir de vivre me donne des ailes. J'en veux plus. Le monde file autour de moi, ombres mouvantes, ou bien c'est moi qui file à travers lui. Je ne saurais dire si je suis en fuite ou en quête. Plus le train accélère, moins je me pose la question. Je suis heureuse dans l'égarement. Rarement, quand je regarde trop longtemps par la fenêtre, que mon regard se brouille et refuse de se laisser rattraper, alors je me dis que j'aimerais être quelqu'un d'autre. Être plus moi. Mais ça ne dure jamais ; une mouche se pose sur ma tempe, ou le contrôleur demande mon billet, et je suis de nouveau libérée. Satisfaite et pas plus éclairée. C'est rafraîchissant.

Emma m'ouvre la porte, rayonnante, et aussitôt, je suis pleinement arrivée. Elle veut tout savoir et tout me raconter en même temps. Et comme toujours, nous nous énervons à merveille, trouvons des solutions à tous les problèmes du monde dans des fantasmes de violence et des délires stupides, et les bouteilles de vin se vident sans qu'on s'en rende compte. Son chien, son veau, l'*enfant impératrice*, me donne de petits coups de sa truffe froide, en manque d'attention. J'ai l'impression de n'être jamais partie, comme chaque fois. Je tapote mes cendres dans le bac à fleurs du balcon et m'emmêle dans la plante tombante qui pendouille du plafond. Ça fait toujours un bien fou de pouvoir être idiote.

— Quoi ? Ces salopards vous ont vraiment piqué votre bateau ? s'exclame-t-elle à la fin de mon récit.

— Avec nos pavillons ACAB.

Voilà qui relativise la tragédie. Emma éclate de rire et nous ressert. Heureuse de clore ce chapitre aussi vite et de ne plus devoir être capitaine, je lui parle, ivre, de mon amour et du début de la révolution.

— On va en forêt, demain ?

— Évidemment ! Qu'est-ce que tu crois ? Que tu es là en vacances ?

Le plus beau cadeau de cette amitié, c'est qu'elle me soutient et me pousse à la fois. Emma ne me connaît pas en mer, pas comme chef. Mais elle me connaît intégralement et n'a aucun scrupule à me faire affronter mes responsabilités. Ici, je n'ai pas besoin d'être une héroïne, et c'est exactement ce qu'il me faut. À 2 heures du matin, il lui vient l'idée de renverser mon sac à dos et de fourrer dans la machine à laver ma collection de fringues trouées.

— Ça pue, tout ça, me sermonne-t-elle d'un ton maternel.

Je m'enfonce dans mon siège, amusée, me balance sur ma chaise et m'allume encore une clope.

— Voilà ! lance-t-elle pour clore son entreprise tout en tirant le bouchon de la bouteille. Et maintenant, encore un bout et lolo !

— Quoi ?

Je me marre, je crois connaître la réponse.

— Encore un bout... Hein ? Quoi ? Un bout et lolo ?

Elle parle de plus en plus fort, comme si le volume sonore allait rectifier son erreur, puis elle tape du poing sur la table :

— Non ! Encore un coup et dodo !

Nous pleurons de rire et je m'écroule avec ma chaise. *Je crois que j'ai pissé dans ma culotte.*

Je dors jusqu'à la fin de la matinée et me réveille avec une sale gueule de bois. Je me traîne sous la douche en ahanant et gémissant avant de me balader à poil dans l'appartement pendant une demi heure. Parce que je le peux, exceptionnellement, et que je ne crèche pas avec vingt personnes. Puis je me vautre sur le canapé pour regarder la télé et tripote un bouton sur ma cuisse, consciente que ça ne fera que l'aggraver. Emma ne rentrera du travail que dans l'après-midi et je compte bien savourer chaque minute d'ici là. Je vide le frigo et sème le bordel dans la cuisine, grignote un bout de ci, picore un bout de ça. Je vais aux toilettes avec mon café et laisse la porte ouverte. Seule l'enfant impératrice vient voir deux ou trois fois ce qui se passe. À part ça, il n'y a que moi. J'allume la chaîne hi-fi et l'éteins, juste parce que ce calme est sensationnel. À 14 h 30, je m'ennuie à mourir et je m'ouvre une bière.

Quand je finis par ne plus supporter de rester assise à glander, je sors errer dans la ville qui n'est plus la mienne, passant devant les façades de verre immuables et les magasins interchangeables. La petite épicerie a disparu, la cordonnerie et le magasin de jouets aussi. Partout, au lieu de vies, des éjaculats de multinationales sans âme. Sur la place du marché, au moins, des tas de gens réels crient encore et vendent des pommes… importées de Nouvelle-Zélande.

Je bifurque dans la ruelle censée m'emmener loin de tout ça et passe devant un mendiant, au coin. Un cabot magnifique roupille à côté de lui sur une couverture, devant lui sont posés trois gobelets. *Manger*, *Chien*, *Alcool.* Je souris d'un tel soupçon d'honnêteté en ces lieux, et nous nous adressons un signe de tête.

Au bout de quelques mètres, je me sens mal de ne rien lui avoir donné. Et pourtant, il me faut encore deux pas avant de faire demi-tour. Je pêche de la monnaie au fond de ma poche et la lui tends. Il décidera tout seul dans quel gobelet la mettre.

— Bonne journée, leur dis-je à tous les deux.

Le clodo me renvoie un « De même » maussade, le chien m'ignore royalement. *Et merci, hein.* Je poursuis mon chemin d'un pas traînant et m'agace sur-le-champ de ma réaction. Il n'a pas à être sympa, il ne s'est engagé à rien. Je ne le paie pas pour son amabilité, je ne le paie pour rien du tout.

Je me dirige vers le fleuve et regrette d'un coup de lui avoir donné de l'argent au lieu de l'investir dans la protection des animaux ou la lutte des classes. *Ou est-ce malgré tout ce que je viens de faire ?* Sûrement pas avec une attitude aussi violemment paternaliste, même si elle n'a existé que dans ma tête. *Merci, cerveau. Même quand je veux aider, tu me compliques la vie.* Sans mener cette réflexion à son terme, je hausse les épaules et évite ainsi de justesse de trébucher sur l'écueil de la relativisation morale.

La nuit tombe toujours très tard et nous commençons donc par faire un tour dans notre bon vieux bar. Derrière son comptoir, il y a environ un siècle, nous maudissions tous ceux qui avaient le culot de nous commander à boire. Sur de nombreux visages, les sillons n'ont fait que se creuser, mais nous connaissons la plupart des gens depuis longtemps. D'autres épaves ont été remplacées par de nouvelles épaves. À l'intérieur, l'air est étouffant, mêlé de l'odeur âcre d'ammoniaque et de désodorisant qui flotte des WC vers la fenêtre. *Voilà* le peu glorieux résultat olfactif de vos lois antitabac !* Où est passée l'époque où des chiottes pleines de pisse et de dégueulis ne me dérangeaient pas, où les odeurs de dessous de bras inconnus m'indifféraient ? La fumée épaisse rendait bien des choses plus supportables dans ce cirque social éreintant. Assises en terrasse sur des chaises pliantes bancales, nous savourons notre propre compagnie.

Paul se joint à nous, il a le droit, il est végane, au moins. Hélas, on dirait que ce soir, quelqu'un m'a collé sur le front un papelard indiquant en grosses lettres que ma vie et mon activisme sont des sujets à débattre en public. *À tous les coups l'on gagne ! Tentez votre chance !* Je me roule une cigarette et me demande ce que ça lui ferait si je tirais comme ça à boulets rouges sur ses limites personnelles et ses critères moraux. Parfois, j'ai l'impression d'être un numéro de *freak show* où chacun a le droit, par curiosité xénophobe, d'aiguillonner une fois cette drôle de bestiole avec sa baguette pour voir comment elle réagit. *Attractions, sensations !* Et c'est parti, inévitablement.

— Ceux que tu sauves, ils sont pas véganes.

Tsoin tsoin ! fait la fanfare de carnaval dans ma tête. Je confirme avec une froideur ichtyenne :

— C'est vrai. La plupart sont même sûrement sexistes et homophobes, en plus.

Puis je prends une gorgée de bière, l'air grave.

— Tu vois bien. Alors moi, je trouve ça mieux quand tu sauves des animaux, conclut-il avant de commander une nouvelle tournée.

Pourquoi c'est toujours moi qui dois me coltiner ces conneries ? Emma se malaxe la lèvre inférieure pour masquer son sourire sarcastique. Avec un sensationnalisme venimeux, elle se réjouit de ce qui va arriver et savoure sa place aux premières loges de ce Colisée.

— Moi, je trouve ça mieux quand tout le monde est sauvé, dis-je avec une indulgence jouée.

— Oui, mais tu sauves des gens qui, ensuite, mangeront des animaux.

— Tu penses que, du coup, il vaudrait mieux que je les laisse mourir ?

J'ai posé la question avec moins d'agressivité que prévu. *Hou ! la la !* Quelle part de mes convictions est ici trop dure, quelle part trop douce ? Si je suis contre toute forme d'oppression, où commence-t-elle et où s'arrête-t-elle ?

Que se passe-t-il si je me bats pour les droits de l'homme et que tous ces hommes bouffent ensuite de la viande comme des crétins ? Devrais-je finalement m'arroger le droit de juger des gens qui n'ont pas le choix ? La planète et le porcelet se fichent bien que celui qui les anéantit ait choisi ou non son mode de vie dévastateur.

— Ça dépend de ce qu'on veut…

Voilà une façon bien culottée d'essayer de s'en sortir.

— Donc, je devrais dégrader encore plus les réfugiés, me servir d'eux pour arriver à mes fins ? C'est vraiment arrogant de me coller ce dilemme sur le dos.

— Comment ça, te le coller sur le dos ?

— Tu me dis que je devrais accepter la mort de gens pour que plus d'animaux puissent vivre ?

— Ouais, nan, enfin, c'est pas ce que je voulais dire.

— Tu voulais dire quoi, alors ? intervient Emma sèchement.

Elle s'accoude à la table. Le soleil de la fin d'été, dans son dos, enflamme d'or ses cheveux en une auréole d'irréprochabilité électromagnétique. Paul, au contraire, ne veut ni écouter ni réfléchir :

— Je veux dire, on sait bien que la maltraitance animale vient des humains. Et a contrario…

Sa théorie échoue, comme tout, sur l'individu.

Je l'apostrophe :

— T'es con ou quoi ? Je suis qui, moi, pour décider de la vie ou de la mort ? Que ce soit des poules en batterie à l'agonie ou des êtres humains tout aussi désespérés dans un bateau. Ils ont aussi peu de droits qu'elles, pas plus de place pour vivre. Je ne peux pas tenir ces gens, pas plus que le type assis là en face de moi, pour responsables de ce que leur espèce fait à la planète, à elle-même et à tous les autres !

— Mais ils sont pas seulement oppressés, ils oppressent aussi ! lance-t-il pour se défendre.

Et il n'a même pas tort. J'ai envie de lui hurler dessus. *Ferme ta gueule et va regarder quelqu'un en train de se noyer, espèce de trou du cul ultra privilégié.* Mais cet argument massue me paraît trop facile. À la place, je rétorque :

— Argh ! Mais tout ça commence bien plus tôt ! Tu ne peux pas mettre ces deux souffrances en concurrence. C'est contre le système qu'il faut se battre, pas contre ses victimes !

La jambe de Paul tressaute tellement que la table en vacille. *C'est pénible !* Ça me fait bouillir, ça va me rendre dingue. Je ne comprends pas comment on peut tourner en rond si aveuglément autour de symptômes individuels. Des défenseurs des droits de l'homme qui bouffent des animaux. Des défenseurs des droits des animaux qui prononcent sur-le-champ les mêmes condamnations à mort contre les humains. L'aliénation, la définition compulsive de l'altérité qui nous libère si charitablement du devoir et de la culpabilité, fonctionne toujours selon le même principe. Les définitions du spécisme et du racisme, quand on les lit, sont étonnamment similaires. Il est tout aussi arbitraire que présomptueux de tirer un trait entre nous et les animaux qui gisent dans des armoires réfrigérées en petits morceaux stériles, dans leur emballage plastique, qu'entre nous et les réfugiés anonymes qui flottent en mer, la peau boursouflée.

Je tire le distillat de ma prophétie :

— Tant que nous ne serons pas tous des anarchistes véganes, des véganars, pour ainsi dire, ce sera la merde.

— Elle a raison ! confirme Emma.

— Pourquoi des anars ? proteste Paul avec affectation.

Emma lève les yeux au ciel, effarée par son entêtement :

— Parce que c'est la même chose pour tout, bon sang ! Pourquoi tu es végane ? demande-t-elle avant de répondre elle-même : Parce que tout le reste signifierait instrumentaliser, exploiter, tuer. Donc, c'est seulement quand les principes du véganisme s'appliqueront à toutes les injustices que ça aura un sens. Le véganisme tout seul, c'est une contradiction.

Paul, mis au pilori, se tortille sur sa chaise.

— J'ai pas besoin d'être anarchiste pour ça, râle-t-il.

— Si ! dis-je. Tout le monde doit être anarchiste. L'absence de domination, voilà ce qu'il nous faut à tous les points de vue.

Apparemment choqué par cette idée, il nous dévisage, les yeux écarquillés. Terreur effarée de ne plus dominer, et peut-être tout autant de ne plus être dominé. Sa jambe se balance plus violemment que jamais.

J'ose une dernière tentative :

— Si tu décides qu'une forme d'oppression est OK et pas l'autre, alors tu choisis l'ignorance et, dans le doute, ton avantage personnel.

— Mouais..., lance-t-il avec une complicité jouée avant de se lever.

Sans plus savoir quoi dire, il va boire un schnaps au comptoir.

— Il est tellement con, il s'imagine vraiment que l'anarchisme, ça veut dire des bagnoles qui brûlent, des coupures de courant et du vol, dis-je à Emma. Je vais péter un câble !

— Moi aussi. Notre laïus lui a pas plu du tout. C'est juste un capitaliste de merde, comme les autres... Allez viens, ma belle, on se tire.

Emma remballe ses affaires, nous posons l'argent sur la table et fichons le camp avant d'être obligées de dire au revoir.

Quand nous arrivons dans la forêt, il fait presque nuit et les vieux sapins avalent le peu de lumière restant. Ça fait toujours drôle de venir ici sans l'enfant impératrice, mais ce soir, elle nous gênerait plus qu'autre chose. Les cratères de la lune se dévoilent en un cercle quasi parfait qui lance de longues ombres. J'admire la dramaturgie et savoure le léger crissement du chemin sous mes semelles allègres. *Chapeau*, cher soir.* Emma remonte la fermeture Éclair de sa veste à capuche et nous nous mettons en route.

Je reprends notre conversation de la veille :

— Tu trouves pas ça hallucinant que le patriarcat existe encore ?

— Bien sûr que c'est délirant, mais qu'est-ce que tu veux dire exactement ?

— Eh bien, si le patriarcat, ça veut dire aussi entretenir la femme pour qu'elle éduque les enfants, le problème devrait se résoudre de lui-même.

Nous nous figeons un instant, dans l'expectative : quelque chose vient de remuer dans un buisson. Mais aucun animal ne se montre (comment le lui reprocher ?) et je poursuis :

— Les femmes restent à la maison avec les enfants depuis des générations. Elles passent la majeure partie de leur temps avec eux. Et qu'est-ce qu'elles leur apprennent ? Elles pourraient faire des féministes de leurs fils et des chevaliers de leurs filles. Pourquoi on se refuse ça à nous-mêmes ? La solution devrait justement se trouver dans le problème même de cette saloperie de répartition des rôles.

Je balance un coup de pied morose dans une pomme de pin qui s'envole vers un taillis.

— Ouais. C'est vraiment idiot de notre part de ne pas en profiter...

Alors qu'Emma est sur le point de développer ses réflexions, nous arrivons au premier affût. Nous ouvrons nos sacs à dos et en sortons scies et corde. La première fois, nous étions certaines de nous faire prendre. La peur n'a pourtant aucune importance. *It has to be done, what has to be done.*

Maintenant, nous sommes une équipe parfaitement entraînée et n'avons plus guère besoin de parler pendant l'action. C'est mieux, ça permet de tendre l'oreille au cas où quelqu'un viendrait. Aujourd'hui, nous nous éclatons sans aucune inquiétude. J'escalade l'échelle grinçante, arrime la corde en haut et la tends vers le bas pour la nouer à un arbre. Emma scie le premier poteau, je m'occupe du suivant. Bientôt, nous sommes en sueur, ravies, et le visage de mon amie prend une lueur argentée sous la lune. Même avec sa langue qui pointe entre ses lèvres, expression de sa concentration, elle a l'air complètement épanouie. J'ignore les petits insectes qui volettent sous mon nez et attaque le troisième poteau. *Undo it yourself.*

Ça fait bien trop longtemps que je n'ai pas travaillé de mes mains. J'ai déjà le bras engourdi, ma main se crispe sur la poignée de la scie. Quand l'affût s'effondre en craquant, nous nous enlaçons, sur un nuage, et nous embrassons. Nous remballons à la hâte la corde et les scies et traçons un « ALF[1] » hâtif à la bombe sur une des parois de la cabane, bien que nous trouvions ça idiot. Enfin, Emma escalade le tas de planches et se déculotte pour pisser. *Fini.* Heureuses et gloussantes comme des gamines, nous sautillons à travers bois jusqu'à l'affût suivant. Le sol est merveilleusement moelleux sous nos pieds, et j'espère qu'un cerf ou un daim nous observe, admiratif. Cette nuit-là, nous nous faisons trois affûts. Le reste du monde, on s'en occupera plus tard.

1. Sigle anglais signifiant Animal Liberation Front.

Mon séjour chez Emma, dans ce vieux monde à la fois si loin et si proche de moi, ne dure qu'une semaine. J'évite soigneusement la plupart de mes autres anciens amis. Ils me forcent à être leur juge, et cette condamnation m'appesantit l'âme. Nous avions pourtant commencé tous ensemble à détruire ce monde pour pouvoir en bâtir un nouveau. Où est passée cette volonté ? Pourquoi m'ont-ils quittée et pourquoi disent-ils tous que c'est moi qui suis partie ? *La géographie n'y peut rien. C'est vous qui ne bougez plus.* Ils parlent beaucoup de crédits, d'enfants et de collègues, et je m'exerce à l'indulgence. Sur ce front-là du moins, je suis fatiguée des conflits, ne serait-ce que pour me faciliter les choses – nous nous ressemblons donc quand même. Plus nos conversations échouent, plus je les évite.

Il ne reste donc qu'Emma, et une semaine de longues nuits pleine de tendresse et d'action durant laquelle je redécouvre sans cesse mon amour pour elle. Savoir que nos cœurs battent pour les mêmes causes me procure une rédemption presque religieuse. Comme ils sont précieux, ces moments auxquels on se partage soi-même, et tout ce qui va avec. La douleur, la conviction, la haine et l'amour. Évidemment, elle est végane, naturellement antifasciste. Aucune putain de discussion pour savoir si on doit détruire ce système, uniquement sur la manière de le faire. Mon esprit tourbillonne, libre et infiniment léger, dans nos discussions philosophiques. Chaque battement de nos cœurs enfonce un peu plus profondément des clous rouillés dans le cercueil du capitalisme, chaque respiration insuffle un peu plus de vie à la liberté. Et puis nous faisons la tournée des bars, nous dansons aux concerts, et je m'interdis de rouler des pelles à qui que ce soit. Nous rions de tous ces ignorants et faisons la fête au milieu d'eux. Ils ne peuvent rien contre nous.

Pendant une de ces soirées, la serveuse qui a plus de piercings sur le visage que de cheveux sur la tête nous tend deux bières que nous n'avons pas commandées.

— C'est de leur part, explique-t-elle avec un clin d'œil en désignant deux skaters à l'autre bout du comptoir.

Je les observe et demande à Emma avec une moue critique :

— Ça va, non ?

— Oui, je trouve aussi.

Nous levons nos verres, ils viennent vite s'asseoir près de nous, et le bavardage est d'abord plutôt sympa. Jusqu'à ce que ça recommence.

— Et tu fais quoi, comme boulot ? me demande celui qui, malgré sa casquette hors de prix, est sacrément sexy.

Oh bon sang, je déteste que ce genre de conversation devienne sérieuse, et je me limite au minimum d'informations :

— Je travaille sur des bateaux.

— Oh cool, alors t'es hôtesse, un truc comme ça ? conclut-il avec un hochement de tête entendu.

— Voilà. Un truc comme ça, dis-je tout aussi platement.

On peut au moins être sûr qu'ils ne réfléchiront pas plus loin ; ils ont la tête enfoncée bien trop profondément dans leur propre cul pour jamais en venir à considérer leur interlocuteur comme un être substantiel. Dans ces moments-là, Emma dissimule toujours un sourire méchant, cette fois-ci dans son verre de bibine. Il ne faut surtout pas que je la regarde, sinon je vais éclater de rire ; du coup, je reviens bêtement aux yeux bruns du type à casquette qui croit maintenant que je flirte avec lui. *Mission abort !* résonne dans mon cerveau, et je vais pisser. Quand je reviens, Emma tient un discours sur les *sweatshops*[1], et il est clair qu'elle en a marre. *Kumbaya !*

1. Atelier de misère, souvent de l'industrie textile, dont les employés sont exploités.

En rentrant, nous forçons comme d'habitude les distributeurs du *Bild*[1] et y glissons des merdes de chien. Une fois de retour sur le balcon d'Emma, satisfaites, nous nous ouvrons une dernière bière parce que nous l'avons bien mérité, bordel.

— La prochaine fois, on foutra vraiment le feu, promet-elle, pleine d'une joyeuse impatience, et j'en trépigne déjà.

Le réveil sonne bien trop tôt et je déteste l'idée de lui dire au revoir et d'envoyer notre amitié en congé. Je fourre mon bordel dans mon sac à dos avec un peu de remords préventifs à l'idée que, bientôt, mes chaussettes sales empuantiront de nouveau le tout. Je me demande en douce si ce serait sympa de rester et de donner rendez-vous à je ne sais qui mercredi prochain pour un café. Ou d'avoir un hobby. Je me demande aussi ce que ça fait d'avoir un mur où on peut punaiser la photo d'un souvenir chéri.

Une fois à la gare, je suis de nouveau enchantée de mon errance et ivre de liberté. *Homeless bound.* Dans le train, j'écris une lettre à Lyn, une vraie lettre d'amour avec des petits dessins, des fleurs séchées et une photo topless que j'ai faite au Photomaton quand j'ai changé de train. Et je ne me trouve même pas débile. Je lèche l'adhésif écœurant de l'enveloppe et la scelle d'un autocollant des Space Invaders – *against transphobia*. Après ma prochaine mission, je le retrouverai enfin. Peut-être que l'amour existe vraiment, soupire mon cœur. Un amour qui se révèle gracieusement quand on abat des murs ensemble et sème les germes tendres de la révolte. Puis on s'endort sous le ciel étoilé, encore haletants d'excitation, incapables de croire ce qu'on vient de trouver, qui on vient de trouver !

1. Quotidien à scandale à très fort tirage.

Pleins d'énergie pour la prochaine aventure, et avec tout le sexe qu'on veut. Dans ma tête, un million de bulles de savon resplendissent de toutes les couleurs et de toutes les facettes de l'arc-en-ciel, si précieuses et délicates que j'en ai le vertige. Je m'enjoins de ne pas déformer les souvenirs, ne pas surexposer les images magnifiques. Au lieu de ça, je m'imagine l'avenir en un mandala délirant, fait exactement des couleurs qui me vont et, dans mon ivresse, débordant de toutes les lignes.

*

* *

Le bureau de Hambourg est tapissé de *hate mails*, sorties papier de messages pleins de capitales et de points d'exclamation. Un malade se donne la peine d'envoyer une carte postale par semaine, Marc en a fait un mobile. *Trafiquants d'êtres humains*, *Ennemis de l'Allemagne*, *Déchets*, *Criminels*, *On-n'aurait-pas-permis-ça-avant*. La bêtise des fachos, pourtant si limités par ailleurs, ne connaît pas de frontière. Nous sommes quinze activistes, certains du bateau, d'autres du bureau, et bidouillons à l'aide de Post-it débiles un plan qui devrait nous éviter de perdre un autre navire. Nous n'arrivons pas vraiment à intégrer l'idée qu'il est difficile de s'organiser face à l'arbitraire, et que tout le monde n'est pas expert en tout.

— Ou alors, on va jusqu'aux Landungsbrücken[1] ! propose Heiner, qui ferait mieux de s'en tenir à l'organisation du bureau.

— Pffft, émettent mes lèvres, ma version d'un exercice anti-agressivité. Euh, tu as une idée du temps que ça prendrait ?

1. Port de Hambourg.

On a des exilés à bord, tu sais. Je ne crois pas que je leur ferais traverser le golfe de Gascogne juste pour une photo sympa. Le devoir de vigilance, tout ça…

Sur le canapé et la chaise pliante, le rebord de la table et le sol, nous étalons nos idées avant de les rejeter. Les petits tourbillons formés par les cuillères cliquetantes dans les tasses de café sont plus distrayants que certaines des suggestions émises. *Pourquoi il n'y a pas de biscuits véganes, ici ?* Je fixe le carton de lait bio avec une aversion venimeuse et l'envie croissante de lancer un débat de fond. Mais les humanistes acceptent rarement qu'on remette le système en question. En plus, Ben est de nouveau à deux doigts de la crise de nerfs. Il tombe presque dans les pommes à l'idée qu'on puisse nous confisquer encore un navire. Ni son air de chien battu ni ses inquiétudes n'ont disparu avec le bateau.

— Peut-être qu'on devrait attendre de voir comment ça évolue, propose-t-il d'une voix si éraillée qu'on dirait qu'il ne s'en sert pas assez souvent et qu'elle ose à peine sortir de sa gorge.

J'écris *NON !* au marqueur sur un Post-it que je lui colle sur le front. Ce protectionnisme bourgeois me tuera, et tuera aussi les gens sur les bateaux. Il faut qu'on y aille ! Heureusement, Felix aussi s'énerve, je n'ai pas besoin de m'y mettre :

— Ça va pas, non ? Et pendant ce temps-là, les gens se noient ?

— Il s'agit aussi du message politique, objecte Anja.

Elle est assise par terre en tailleur, le dos bien trop droit. J'ai les vertèbres qui me font mal rien qu'à la regarder.

— C'est quoi, ces courbettes prophylactiques face aux fachos ?

Je me redresse et Ben hoche tristement la tête. J'écris *OUI !* sur un papier rose que je lui flanque un peu trop énergiquement sur le front. Il est déjà plus beau comme ça.

C'est alors que Merle ressort pour la millionième fois son histoire du jour où elle est restée des heures en vigie parce que quelqu'un avait noué sa ligne de vie en bas. Nous nous rabâchons ce genre d'anecdotes pas tout à fait inconsciemment, pour empêcher l'inquiétude de prendre le dessus et pour nous rappeler que nous sommes heureux, là-bas, en mer. C'est bien le véritable sens de cette réunion. Pourtant, au bout de huit heures de Flipboard, groupes de travail, pizzas, pauses clopes et bavardages, le brillant résultat est là : on continue comme d'habitude, on regarde ce qui se passe et on réagit en fonction. Un plan vraiment génial.

Jeremy et moi achetons de la bière à l'épicerie et prenons le chemin de Stellingen, le quartier de Stef, qui a eu l'intelligence et l'incompétence sociale de ne pas venir à la réunion. Nous descendons à la station Hagenbecks Tierpark[1], avançons dans la mauvaise direction et nous retrouvons bien plus près du zoo que nous l'aurions voulu. Le désastre olfactif du bassin des lions de mer se répand dans l'air, âcre, et se mêle à la puanteur poissonneuse de la merde de flamant rose.

Le vieux portail d'entrée Art Nouveau se dresse face à nous, écrasant. Les statues des deux têtes d'éléphants et l'attitude du lion et de l'ours projettent une image de nature sauvage et de dignité qui ont été volées il y a longtemps à tous les êtres parqués derrière la clôture. Ça me dégoûte, on me dégoûte. Je donne ma bouteille à Jeremy pour me rouler une clope. Et quelque chose m'accroche le coin de

1. Parc animalier de Hambourg.

l'œil. Jeremy ne remarque qu'au bout de quelques pas que je suis restée sur place, moi-même pétrifiée. Il suit mon regard et le voit à son tour. Près des sculptures d'animaux se trouvent aussi deux bêtes humaines. Avec lance, bouclier et tomahawk, elles affichent sur leur socle une pose agressive, voire sanguinaire. Ce sont des « sauvages » qui furent un jour exhibés ici au même titre que les animaux non humains. Exposés pour un divertissement déculturé. Enfermés et privés de toute souveraineté, emballés dans des costumes pour un show stérile destiné à des spectateurs décérébrés. Venus se gorger d'esclavage en se gavant de barbe à papa, ils scrutaient ce que nous nous enseignons à nous-mêmes depuis des siècles, ce que nous présentons communément comme un savoir. Le mensonge de l'altérité, de la supériorité. Ce qui nous habilite – nous force, même, par la main de Dieu ! – à opprimer et asservir.

Jeremy secoue la tête et me rejoint.

— C'est pas croyable qu'ils n'enlèvent pas les statues humaines.

Nous restons plantés là, abasourdis, à fixer les cannibales vert-de-gris.

— Pourquoi seulement celles-là ? dis-je.

Parce que je ne peux pas accepter la différence. Parce qu'il ne peut pas y avoir de différence entre ceux que le zoo a un jour exhibés et ceux qui le sont toujours. Pourtant, je sais bien à quel endroit de leur courbe d'apprentissage la plupart des gens restent coincés, et je ferais déjà des saltos de joie si on parvenait au moins à se mettre d'accord sur le fait que tous les êtres humains sont égaux. Mais je ne peux pas m'arrêter là. Sinon, on se romprait le cou sur cette marche de la dominance systémique.

— C'est la même chose, Jeremy. En niant notre analogie avec les animaux, nous sapons simplement notre propre force. Et alors on se fait avoir par la propagande despotique et on devient complice de ses propres oppresseurs. C'est la même domination, répandue par ces mêmes maîtres qui nous crachent à nous aussi leur mépris à la gueule, dis-je, toujours incapable de détourner les yeux.

Le portail finement ouvragé est le symbole d'une société incarcérée qui essaie de se libérer en enfermant d'autres dans des enclos, des prisons et des préjugés encore plus petits. Et quand les spectateurs flânent si coquettement le long des barreaux, jettent une poignée de cacahouètes et s'amusent follement des réactions exotiques, ils oublient un instant les barrières autour d'eux et dans leur tête. Quand ils s'appuient à la clôture, leur nez humide dépassant du grillage, et épient l'intérieur de l'autre cage, ils se croient même soutenus par la barrière qui les entoure.

Jeremy hoche la tête :

— Tant que tous ne sont pas libres, personne n'est libre.

— C'est exactement ça.

Stef nous ouvre, les yeux vitreux et rieurs :

— Ne me racontez rien !

— T'en fais pas, réplique Jeremy en rigolant.

Nous entrons dans son petit appartement. En général, on se met bien trop vite à ne parler que de ça et à s'agacer soi-même des descriptions à n'en plus finir des décisions de l'association. Qui a dit quoi, où, comment, quelle tête ils ont faite, est-ce que quelqu'un a vraiment réfléchi. Nous décidons qu'aujourd'hui, on ne parlera pas de bateau. Quiconque prononcera ce mot devra avaler une cuillerée de cannelle. On parie que Stef sera le premier à craquer. Dans l'organisation depuis le tout début, mécano ici, cuistot là, il laisse les autres débattre et réussit généralement à garder son calme. Punk apocalyptique à tatouages de traviole et crête décolorée, il n'est vraiment pas fait pour les pinailleries associatives. Moi aussi, je m'amputerais de la jambe droite plutôt que d'intégrer une association. Je serais tout simplement incapable de ne pas devenir violente face à tant de susceptibilité, d'investissement émotionnel et, oui, de Post-it. Je suis toujours contente de ramener ma fraise, mais encore plus de remettre les voiles.

Nous prenons nos aises dans la cuisine et buvons des bières. Stef, en short, tongs et tablier, nous cuisine un plat éthiopien. La cannelle trône sur la table comme un avertissement.

— On a un concert la semaine prochaine, annonce Stef, tout joyeux.

Comme toujours, il fait tout pour me convaincre que sa troupe de bras cassés fait de la musique et pas du boucan. Il n'aurait pas dû me raconter qu'ils ont tiré au sort pour savoir qui jouerait de quel instrument et qui chanterait. Arschkotze[1] ne sera jamais mon groupe préféré.

— Vous serez encore là ?

— Non, je serai sur un b…

Je m'interromps juste à temps et Jeremy, moqueur, fixe des yeux le petit bocal de cannelle.

— … Je serai repartie ! conclus-je en gloussant.

Sauvée.

Stef tire une taff de son joint bien trop gros qui m'assomme déjà alors que je ne fume que passivement. Si ça ne tenait qu'à lui, nous pourrions rester pour toujours dans sa piaule de vingt-quatre mètres carrés. Il tripote le piercing de son nez et se tourne vers Jeremy :

— Et toi, tu seras où ?

1. Littéralement : « Dégueulis de cul ».

— Je peux manger de la cannelle, à la place ? demande-t-il pour essayer d'esquiver.

Stef brandit le majeur à son intention, le traite d'ignare et sort une nouvelle tournée de bière du frigo.

Il dresse les assiettes avec beaucoup de soin ; en la matière, il est intraitable. Du bout des doigts, il dispose des petites feuilles de mâche sur le bord, essuie les taches de sauce et bricole un truc artistique avec du persil. Avec un ample mouvement de bras digne d'un maître d'hôtel, il glisse les assiettes sur la table :

— Voilà* !

Jeremy se frotte les mains et je me jette sur mon repas. J'ignore si ce que je préfère, c'est le goût, ou le fait qu'on mange avec les mains, ou si l'un souligne encore l'autre. Je déchire de petits morceaux d'injera[1], savoure la texture humide et douce entre mes doigts, et mâchonne allègrement. Stef mastique sa création avec concentration, l'examine calmement, puis il hoche la tête, satisfait, et se fourre tout le reste dans la bouche d'un coup. Et à mesure que les empreintes grasses de nos doigts s'accumulent sur les verres et les bouteilles, nous nous goinfrons de notre amitié et atteignons enfin ce à quoi nous parvenons rarement. Ce soir, sans souci, nous nous détachons des obligations de notre morale afin de ne pas nous y consumer. Je danse pieds nus dans la cuisine, Jeremy commente mes mouvements ridicules comme un reporter sportif, Stef fait un sorbet aux framboises pour le dessert. Pas juste une sucrerie pour la fin, un vrai dessert. La cannelle est bien loin, tant nous sommes insouciants. Nous sommes entre nous, nous sommes *nous*, merveilleusement vains.

1. Sorte de crêpe garnie de diverses sauces.

C'est seulement des heures plus tard, quand je suis allongée dans mon sac de couchage bruissant à côté de Jeremy qui ronfle, que ma tête retourne à Lampedusa et se demande à quoi tout ça va mener. Et s'il n'y a tout de même rien de plus important pour quoi je devrais me battre. La sculpture de bronze du zoo surgit et tapote ma conscience du bout de son tomahawk. Super. Comment suis-je censée faire s'effondrer tout le système ? Il n'y a pas quelqu'un d'autre qui pourrait commencer pendant que nous finissons ça ? La réponse qui n'arrive pas me déplairait, évidemment, alors je regarde mon téléphone pour la sixième fois pour voir si Lyn m'a enfin écrit. Que dalle.

Je m'entortille encore plus dans mon duvet et essaie de convaincre ma caboche de s'endormir. Mais plus je le lui ordonne, plus je me réveille. Insomnie et obstination séniles, à mon âge. Comme je n'ai rien d'autre à faire, je balance mes jambes saucissonnées vers Jeremy et lui donne des coups de pied dans les fesses jusqu'à ce qu'il ouvre les yeux.

— Tu ronfles.

— Désolé, boss, marmonne-t-il.

Et il arrête bel et bien de ronfler, ce qui ramène mon programme de divertissement nocturne à mon cerveau. Incroyable tout ce que l'Italie a mis en œuvre contre nous. Avec la saisie du bateau, nous avons appris que quatre administrations différentes, y compris les services secrets, enquêtent sur notre cas. Et ils s'amusent à ça depuis un an, avec des gadgets aussi marrants que des micros espions sur la passerelle, des écoutes téléphoniques et des flics *undercover* sur les bateaux des ONG. *James Bond goes Dr. Mabuse* Je suis stupéfaite de voir à quel point la criminalisation du sauvetage en mer est bien orchestrée. Enfin, j'ai au moins les pieds très à l'aise, collés contre le cul chaud et musclé de Jeremy.

*
* *

Il sera bientôt temps de retourner en Méditerranée. Avant ça, comme le Nord est trop froid pour moi-même en été, je vais passer quelques jours à Barcelone. De là, je laisse Betty et Enzo me faire galoper dans les Pyrénées, m'emmener dans des baies paradisiaques et se moquer de mon espagnol catastrophique. Depuis des années, ils surgissent de temps en temps dans ma vie et moi dans la leur, nous nous voyons sur des bateaux, à des festivals et pour nous gaver de crème glacée. C'est en Antarctique que nous avons vraiment fait connaissance, où nous avons affronté des baleiniers ensemble et nous sommes tatoués mutuellement. Là-bas, dans l'océan Austral trop beau pour être vrai, l'immensité du silence est exaltante. Et au détour du prochain iceberg, au plus tard, un éclair illumine l'âme : on se promène dans un poème.

Ça remonte à un bon bout de temps, mais notre complicité n'en pâtit pas. Elle a déjà survécu à plusieurs changements d'équipage, aux années et aux milles nautiques, et en est même sortie grandie. Je me demande parfois ce que j'ai fait pour mériter tous ces gens merveilleux dans ma vie, qui m'ouvrent leurs maisons et leurs cœurs et rigolent de mes blagues minables. Cette fois-ci, je vois très peu Betty, qui travaille sans cesse. Le matin, elle papillonne dans l'appartement avec ses mèches brunes, cherche un truc qu'elle a oublié, me demande en catalan ce que c'est, rit d'elle-même, me colle un bisou rapide et disparaît jusqu'à tard le soir.

Enzo et moi sommes vautrés sur le canapé après une randonnée escarpée qui me récompense par des jambes engourdies et des joues rouges. Enzo est alpiniste. Il sautille comme une gazelle dopée tandis que je maudis à chaque pas la croûte terrestre fripée qui a donné naissance à cette infâme montagne. Je préfère m'égarer dans des forêts profondes que de haleter près d'une croix plantée sur un sommet. C'est seulement une fois que j'ai repris mon souffle et observé l'immensité que je me souviens pourquoi je me laisse chaque fois convaincre de crapahuter comme ça. Je malaxe mes pieds endoloris et Enzo tripote son téléphone. Soudain, il redresse la tête.

— Tu veux que j'appelle Ricardo ? demande-t-il entre ses dents, certain d'avoir eu l'idée du siècle.

Lors de ma dernière visite, Ricardo et moi avons baisé comme des lapins, profitant de la barrière de la langue pour nous concentrer exclusivement sur nos corps. Animal, hypnotique. Je fronce le nez et souris.

— Non, il vaut mieux pas, réponds-je enfin avec un peu d'hésitation.

En guise de consolation, je m'accorde quelques souvenirs très précis de torrides nuits d'été qui coulent sur ma peau comme du miel.

La pétarade des scooters sur les pavés traverse la fenêtre ouverte du petit immeuble occupé. La chaleur fait entrer des bribes des conversations des passants. C'est une jolie maison, pleine d'amour, de politique et d'art. Aux murs sans crépi, il y a des posters de Clara Thalmann et des vélos de course. Enzo n'oublie jamais d'arroser les fleurs de la petite terrasse. La bibliothèque de Betty déborde. Ses notices et ses traits de génie sur des théories politiques, des groupes et des gens sont répandus dans tout l'appartement. Comme ce sera toujours aussi douillet plus tard, j'attrape un pull léger de Betty, laisse Enzo à son téléphone et sors faire un tour.

Je me balade jusqu'à la petite place qui, comme tout ici, est flanquée d'une église. J'ai besoin d'être seule un moment et de boire du vin blanc. Au bout d'une minute au café, sous les platanes, une armada de moineaux sautillent déjà autour de ma table d'un air réprobateur et exigent des miettes. La serveuse ne met pas beaucoup plus longtemps à apparaître, et je suis heureuse qu'elle ne soit pas d'humeur bavarde.

Je suis parfois étonnée de tant aimer être seule. C'est pas vrai, je ne suis pas seule. Je suis avec mon cerveau. Si je ne l'écoute pas attentivement une fois de temps en temps, ça fait beaucoup trop de bruit dans ma tête. Et tout ce qui s'y trouve s'autodévore si on ne lui donne rien d'autre. L'idéal pour ça, c'est d'être seule dans la nature ou dans l'anonymat d'une grande ville, à regarder les gens, à les écouter secrètement. Au mieux là où personne ne me comprend. *Et S'IL VOUS PLAÎT ne m'adressez pas la parole, je vous en supplie.* Ma tête est plus intéressante que la conversation que nous aurions maintenant, et je n'ai pas la patience d'atteindre un niveau auquel nous pourrions sérieusement échanger des idées. Je dois donc toujours me donner l'air inaccessible. Ce n'est pas facile. Pourquoi est-on considéré comme occupé quand on tripote son portable, mais pas quand on se promène en soi-même ? Par précaution, je pose mon téléphone sur la table.

La serveuse apporte mon vin et deux bières aux gamins de la table voisine. En un seul geste, elle pose les canettes sur leur table et les décapsule avec sa bague. Je voudrais bien savoir faire un truc pareil. Les types aussi sont visiblement impressionnés, malgré tout le mal qu'ils se donnent pour avoir l'air blasés. Comme ils ne sont tout de même pas fichus de dire merci correctement, la serveuse ne leur accorde plus un regard et pousse un soupir agacé. J'adore les serveurs et la manière dont, parfois, ils nous détestent tous.

Je consulte mon téléphone beaucoup trop souvent, maintenant qu'il est posé devant moi. Lyn joue soudain à cache-cache et m'écrit à peine. J'ai peur que son enthousiasme pour moi diminue, ou, pire encore, le mien pour lui. Les mots tendres, les messages sexy et la nostalgie insouciante me manquent, et je réagis avec mauvaise humeur. Je n'ai pas envie de me sentir comme un trophée de chasse signifiant moins que la chasse elle-même. Je me demande si notre histoire est réelle. Ça semble tellement loin, je ne me souviens plus de son goût ni de son odeur. Est-ce qu'on arriverait à ne pas laisser crever les plantes sur un balcon ? Il m'arrive bien trop souvent d'être amoureuse de ce que je veux voir, ou du fait même d'être amoureuse. Et en être consciente ne m'aide pas le moins du monde. *Je suis le chasseur, tu es la proie.*

Et après ? Je ne connais pas la suite des paroles. Peut-être aussi que je suis trop pour lui et que j'ai savouré tout ça trop ouvertement. Cette idée me fait mal physiquement, ce qui me surprend. Pourtant, je suis certaine que si j'y autorisais ma tête, je ne repenserais plus jamais à lui. Je peux choisir d'être amoureuse, et je peux réprimer ce sentiment. *Ah oui, vraiment ?* Mon nouveau verre de vin arrive, et comme je me sens vasouillarde avec cette tête à la fois affamée et gavée de toutes ces pensées, je lui envoie un message de plus. Un pour jouer.

Voilà ! Maintenant, on arrête ce manège émotionnel qui donne le tournis. Je m'applique donc à observer les gens et à ne pas les comprendre. Les gamins de la table voisine, qui ne témoignent aucun respect à la serveuse la plus cool du monde, le prolo qui passe et est sûrement si pâle et si gras uniquement parce qu'il bouffe de la viande, la pétasse pomponnée à poussette qui ne s'intéresse qu'à l'épaisseur de ses cils. Je suis certaine qu'aucun d'eux ne se bat pour que ça s'arrange, ni ne le veut. C'est ce que je pense de tous, ceux qui passent près de moi comme ceux restés chez eux. Même la serveuse, maintenant, me paraît suspecte. La spirale de mes pensées m'entraîne dans une chute vertigineuse.

Un coup de vent souffle dans la rue et les arbres bruissent, perplexes. Mes feuilles de cigarettes s'envolent et un des gamins de la table voisine bondit pour me les ramasser. *Je suis vraiment une salope condescendante, parfois.* Qu'est-ce que je fous, là, bon sang ? Comment est-ce que je peux tous les condamner (et c'est exactement ce que je fais) ? Peut-être qu'en l'occurrence, je devrais la fermer, moi la grande écoterroriste qui prends l'avion pour rejoindre son bateau. Je ne sais même pas si le vin que je picole est végane. Et personne ne peut me le dire parce que tout le monde s'en fout. Je commande encore un verre. Une bouteille. *Mon Dieu, je suis répugnante*. Et ce soi-disant Dieu, de toute façon, ça fait un moment qu'il me casse les couilles. *Montre-toi enfin et mets-toi au boulot ! Fais qu'on arrête ! Fais qu'on commence !* Il doit bien y avoir un moyen de le sauver, ce monde.

Mon téléphone m'interrompt en bipant, un message de Lyn. *I got your letter and I love it. But most of all I love you.* Ma colère contre tout et tout le monde s'évanouit d'un coup. Une clope au coin de la bouche, je m'enfonce dans mon siège et envoie un clin d'œil condescendant aux deux gamins. Une nuée de moustiques tourbillonne autour du lampadaire près de l'entrée du bar, en apesanteur, transparents et doux. Une bulle de perfection. Puis ils me piquent les chevilles. Assez de vin comme ça.

Quand je rentre à l'appartement, Enzo est en train de découper des tomates et des oignons, les manches relevées sur ses bras brunis par l'été. Betty travaille à un texte pour un fanzine et cherche le stylo qui est planté dans son chignon. J'attrape un couteau et m'attaque à l'ail. Il est plus de 22 heures. Mon estomac habitué aux repas pris tôt et à heure fixe dans le quotidien bien planifié d'un bateau se plaint en grommelant du style de vie méditerranéen. Enzo, qui le sait, me fourre un bout de tofu fumé dans le bec.

— On pense adopter un chien, dit-il en ôtant ses doigts (même eux, ils sont musclés) de ma bouche.

— Hm hm, fais-je pour toute réponse, la bouche pleine, heureuse pour eux.

Je tique. Serai-je un jour suffisamment adulte pour assumer une telle responsabilité ?

*

* *

Je parcours les ponts pour me faire une vue d'ensemble. Deux, trois, dix fois. Tout ça doit entrer dans mon cerveau mal en point. J'ai besoin d'une carte interne de mon navire. Où sont les divers tuyaux de remplissage ? Où sont les extincteurs, les issues de secours, les fusibles, les bollards et les projecteurs de recherche ? Qu'y a-t-il sous ce panneau de cale et par où passent les tuyaux des cuves ? Heureusement, nous devons attendre les pièces de rechange pour l'inverseur et le nouveau magnétron ; ça me laisse le temps de faire connaissance avec mon bateau.

Pour l'instant, seule une petite partie de l'équipage est là. Quel luxe de pouvoir tomber amoureuse au calme. Ma relation avec les bateaux a quelque chose d'un mariage arrangé, mais plutôt dans le genre Bollywood, avec un début difficile et une fin où tout le monde danse sous une pluie de confettis, le cœur débordant. En même temps, je me sens encore un peu seule, l'équipage restreint laisse trop de place au monde industriel dont nous sommes ici prisonniers. J'envoie les derniers échantillons d'huile à l'analyse et constate, accablée, que je m'approprie les moyens et les armes de cet univers mécanique et artificiel pour défendre une manière de vivre qui, du même coup, m'échappe. Je me suis enfermée sur des bateaux pour entrer dans la bataille.

Enzo est venu parce qu'il trouve ça plus important que de travailler. Il est en train de souder un portique pour y accrocher des radeaux de survie supplémentaires. Je suis impatiente de repartir en mer avec lui. Heureusement que j'ai une aiguille et de l'encre dans mon sac. La dernière fois, il m'a tatoué une ancre sur l'avant-dernier orteil gauche, une marque de fiançailles avec la mer. Arschkotze passe toute la journée dans la cambuse ; en contrepartie, Stef tente de nous amadouer avec sa cuisine cinq-étoiles. Ce bateau ne diffère guère de l'autre. Je connais plusieurs membres d'équipage du New Lion Bar ou de mouillages communs. Même les mouettes, je les connais. Tout se passe bien, et Jeremy arrive dans trois jours.

— On va bientôt pouvoir basculer du courant de quai au générateur, annonce Claire.

Elle s'essuie le front du dos de la main, étalant ainsi encore plus de graisse sur son visage. L'automne n'a pas encore adouci l'air et nous suons toujours à grosses gouttes. Je suis tombée instantanément amoureuse d'elle, de sa grande gueule poétique et de son corps nerveux emballé dans une combinaison de travail rose pétant. Il semble que je fasse une fixette sur les mécaniciennes, ça va finir par se voir. Il y en a un dont je ne suis pas tombée amoureuse, c'est Arne, mon second. Il se balade toujours avec l'air d'avoir senti un pet sans être encore certain qu'il ne soit pas de lui.

— Oh non, ça fait tellement de bruit, se plaint-il.

— Petit chéri*, tu es déjà monté sur un bateau, non ?

Claire le renvoie dans ses cages avec tout le charme de son accent français ; comme moi, elle n'a pas de temps à perdre avec les âmes sensibles. Dans la tristesse du mouillage à quai, j'ai une nouvelle fois bien du mal à m'imaginer la genèse si pleine de compassion du *crew love*. Chacun travaille pour soi, seul Arne me suit partout comme un petit chien.

— J'aime pas ce bateau, râle-t-il.

Il n'a pas l'air d'aimer grand-chose. Je demande à contrecœur :

— Et pourquoi ça ?

— Je l'aime pas, c'est tout. En fait, je n'aime pas les bateaux en général.

Il semble chercher depuis longtemps qui lui a infligé ça.

— C'est bien dommage, mais tu pourrais pas garder tes jérémiades pour toi ?

Il y a une chose qui me plaît chez Arne : il est d'une telle incompétence sociale qu'il ne se rend jamais compte qu'on l'envoie bouler. Il n'a aucune antenne pour ça, c'est une espèce de don autiste d'immunité critique.

Notre petite troupe de six personnes se retrouve pour dîner. Enfin s'esquisse une proximité où on peut s'accrocher à une assiette ou une fourchette au lieu de se faire face sans armure. Comme toujours, on ne parle que du bateau et de ce qui y a trait.

— Le nouveau Zodiac n'a toujours pas de nom.

— *Charlie Mama*, suggère Claire du tac au tac, *Charlie Mama 941*.

— *Deine Mudda*[1] ! s'exclame Stef avant d'éclater de rire en imaginant un contact radio potentiel : *Charlie Papa, Charlie Papa, this is Deine Mudda !*

— Ou alors *No one is illegal* ! poursuit Enzo en gloussant. *No one is illegal, No one is illegal, this is Italian Coast Guard.*

Tout le monde se marre, Claire pleure de rire et Felix se frappe les cuisses.

— Oui, ou alors on l'appelle *L'Arche*, ah ! lance Arne en jetant un coup d'œil plein d'espoir autour de lui.

Silence embarrassé.

— Petit chéri*, c'est hors de question, réplique Claire pour résumer notre effarement.

— Putain, Arne, t'as vraiment des idées à la con, des fois, envoie Felix aimablement.

Arne hausse les épaules, l'indifférence émotionnelle faite homme. Enzo est le premier à se remettre à rire et lui balance une claque dans le dos, tout content.

Nous baptisons le Zodiac *Deine Mudda !* et Enzo demande à Arne s'il veut l'aider à préparer le pochoir pour le spray. Au lieu de briser une bouteille de champagne, nous célébrons l'événement avec des canettes de bière.

Soudain, tout le monde est là, et je me demande où sont passés les jours où je me languissais du reste de la bande, où j'étais impatiente de repartir. Je ne mange plus que debout. Je n'ai pas le temps de m'asseoir, en tout cas c'est ce dont j'essaie de me convaincre. En réalité, je n'ai pas envie d'avoir le cœur brisé chaque fois que je m'approche du buffet. On travaille avec tous ces gens géniaux, et voilà

1. Équivalent de « ta mère » en argot d'ados.

qu'ils mangent du poisson. *C'est dix copains à moi que tu as dans ton assiette, connard !* Je me noie dans le travail, tourne en rond à la place que je me suis assignée, et me demande s'il peut exister quelque part un équipage qui serait mieux pour moi. Un équipage qui aurait tout.

Jeremy dirige les exercices et les préparations sur le pont avec sa maestria habituelle. Comme nous bûchons toute la journée sans faire de pause, nous avançons bien. Tout, ici, est quand même différent et nouveau, mais ça ne fait rien.

Entre-temps, j'ai gagné la partie de « Proche-Loin » avec Lyn. Plus clairement que je ne l'aurais voulu. Hier au téléphone, il m'a dit qu'il voulait que je m'installe chez lui. Je suis plus choquée qu'heureuse. Dans quoi je me suis fourrée, où cela va-t-il m'emmener ? Au fin fond de la province, en rase cambrousse. Qu'est-ce que je vais y faire ? Je n'ai aucune envie de me fixer. Et si c'est ennuyeux ? Et si je suis ennuyeuse ? Laver les carreaux, faire les courses, payer les factures d'eau et d'électricité. Visions de tourments infernaux. Ça fait dix ans que je n'ai pas de lit à moi. Et si ça rate ? Je déteste que ça rate. Mais peut-être que chez Lyn, je trouverai aussi quelques réponses. Peut-être qu'il saura m'aménager une place qui pourra être la mienne, et que je n'aurai plus à me prendre la tête à la chercher. On s'habitue à un foyer comme ça. *Non ?* Je me force brièvement à savourer ce tableau futur et à surmonter mes inquiétudes. Et par « surmonter », je veux dire ignorer, jusqu'à ce que mon cœur se mette à battre une chamade affolée et que je sois vraiment impatiente. Plus qu'une mission. *Waow !*

*
*   *

Les quarts du matin avec Enzo sont mes préférés. J'ai imprimé l'e-mail pour que nous puissions le lire ensemble sans quitter le poste de barre. Miguel a fait des recherches et nous a envoyé ce qu'il a découvert. Plus personne ici ne s'étonne, mais nous sommes quand même ébahis du nombre de preuves de ce que nous soupçonnions depuis longtemps.

— Putain..., grommelle Enzo en suivant du doigt les longues colonnes de chiffres, ça fait beaucoup.

C'est une liste des appels de détresse qui n'ont pas été transmis officiellement. Une liste qui dissimule entre ses lignes des centaines de vies humaines qu'on n'est plus censés rechercher, qui doivent disparaître des statistiques et de notre conscience.

— Il faut qu'on améliore encore notre surveillance. Qu'on les trouve tous nous-mêmes. Plus personne ne nous dira rien.

Enzo est de mon avis et commence aussitôt à inscrire encore plus de noms au planning de quart. C'est tout ce que nous pouvons faire pour le moment, des gribouillis au crayon sur un bout de papier.

Le soleil ne se lèvera pas avant un moment et nous fumons une clope sur le pont passerelle. Une étincelle traverse la voûte céleste nocturne, qui s'enflamme peu à peu. D'innombrables étoiles filantes foncent en silence dans la nuit. Une avalanche de fragments de joyaux magiques que l'univers garde d'habitude secrets, sachant que ça en ferait trop pour notre petit cerveau. J'appelle la salle des machines pour prévenir Claire, et nous voilà tous les trois dans le vent de la course. Silencieux, pensifs, et à chaque instant un peu plus proches de ce qui, je l'espère, nous délivrera – un sauvetage, le *crew love* et notre utopie.

Aux premiers rayons de soleil, Enzo parcourt le bateau pour réveiller les pros des jumelles dont c'est le tour de quart. Jeremy surgit de lui-même, et c'est parti pour la grande surveillance. Comme je sens un nœud se former dans mon nerf optique, je demande à Arne de se mettre au radar et de ne pas déprimer tout le monde. Je fais ma ronde sur le pont et laisse le vent m'ébouriffer les cheveux. Et je suis presque vexée quand il s'exclame, au bout d'à peine une demi-heure :

— J'ai quelque chose ! Un écho assez clair.

C'est vrai, et on met les gaz dans cette direction. Jeremy grimpe au mât avec ses jumelles.

— On dirait un bateau, boss, lance-t-il par radio.

Nous nous préparons, *Deine Mudda !* est suspendu, prêt à l'action, au-dessus du bastingage, et Stef met de l'eau à chauffer pour faire du thé sucré, une chanson aux lèvres.

Je demande à Jeremy, impatiente :

— Tu distingues quelque chose de plus précis ?

— C'est un bateau orange. J'en vois pas plus pour le moment.

Nous avançons droit dessus et, dix minutes plus tard, il précise :

— Il n'y a personne à bord. Je répète, le bateau est vide.

Merde. Nous envoyons le Zodiac avec Enzo, Claire et Felix. J'espère qu'ils ne verront pas trop de cadavres. Le Zodiac bondit sur les vagues et s'éloigne à toute allure. En arrivant près du bateau, ils ralentissent et tournent en rond à la recherche de survivants. Enfin, Felix appelle :

— Personne à l'eau ! Et je ne crois pas non plus que quelqu'un soit mort ici. C'est un radeau de survie, pas un bateau.

Nous le voyons désormais de nos propres yeux, depuis le pont, et poussons un soupir de soulagement. L'engin est tout rond, un gros truc qui doit pouvoir accueillir quarante personnes, sans moyen de propulsion. Personne n'est venu de Libye à bord de ça. Je lui demande s'il voit des inscriptions sur le radeau, mais à part le fait que la garantie est écoulée depuis cinq ans, il n'y a pas une seule information. Ça nous suffit. Seul un bateau d'ONG serait obligé de travailler avec du vieux matériel de ce genre, et si quelque chose était allé de travers, on en aurait entendu parler. Ils ont probablement dû l'abandonner là après un sauvetage, leurs ponts étant surchargés, ou l'ont perdu pendant un exercice.

Je demande à Felix :

— Vous regardez si on peut l'amener à bord et le replier ?

Le radeau flotte maintenant tout près de nous, et les membres d'équipage encore à bord, heureux de la distraction, se regroupent sur le pont pour observer la manœuvre. Enzo positionne le Zodiac tout contre le radeau pour que Claire et Felix puissent y grimper. Les bras tendus, ils avancent en vacillant sur le fond mouvant et tentent de déterminer s'il est encore utilisable. Felix perd l'équilibre, essaie de se retenir à Claire qui chancelle et le repousse. Ils se retrouvent tous les deux sur le dos, hilares, puis ils se relèvent en pataugeant et regardent autour d'eux. Les voilà dans un ring de boxe idéal ; ils s'adressent un signe de tête, prêts à en découdre. La foule des spectateurs jubile sur le pont, Enzo décrit encore quelques tours rapides autour du radeau pour le faire tanguer, et le match de catch commence. On ne tirera rien de plus du radeau.

Enfin, nous le marquons de grosses lettres, signalons sa position à Rome et prenons des notes dans le journal de bord. En ouvrant l'épais bouquin, je tombe sur un feuillet avec un poème sur *Le Féminisme en salle des machines*. Enfin je crois, c'est en français. Je suis fan, et à en juger par le sourire de Jeremy, il l'est aussi.

Depuis la moitié de la nuit déjà, un gros navire croise à trente milles plus au nord en faisant des allées et venues. Pas d'identification SIA, c'est certainement l'armée. Ils préfèrent intervenir anonymement, c'est plus pratique en cas de procédure judiciaire. C'est effrayant le nombre d'entre eux qui naviguent ici, surgissant d'un coup pour redisparaître aussi vite. Ce qu'ils font ici toute la journée, et de quoi nous sommes censés avoir une telle peur ? Mystère. Si j'étais copine avec Kim Jong-un, je lui soufflerais à l'oreille que le meilleur moyen d'envahir l'Europe, c'est de le faire à bord de canots pneumatiques pourris. *Achètes-en dix sur Alibaba, colle tes pantins armés dessus et vas-y. Personne ne t'approchera, promis, et si quelqu'un vous voit quand même, il ne le répétera pas. Infaillible.*

Arne, stimulé par sa découverte du radeau de survie, tripote le radar avec concentration. Et une fois de plus, il trouve quelque chose, un petit écho sept milles plus au sud.

— Génial !

Toute contente, je lève la main pour un *high five*. La sienne vient la frapper comme une tranche de pain ramollie ; son mouvement est si faiblard que je sens ses doigts glisser le long de ma paume.

— Bah, c'est peut-être encore juste un radeau, dit-il en faisant la moue pour tempérer mon exaltation.

— Mais nooon, ne joue donc pas les *Negative Nancy*. Quoi que ce soit, c'est cool que tu l'aies trouvé.

Il a presque l'air fier. Nous mettons le cap au sud et j'accélère, puis j'appelle Rome pour les mettre au courant. Je branche le haut-parleur pour que tout le monde entende. L'officier de service semble avoir des ordres précis, il est glacial.

— *Don't go to the target, madam.*

Jeremy a l'air sur le point de bondir à travers le combiné pour étrangler l'officier avec le câble du téléphone.

— *Excuse me? Of course I AM going to the target. This might be a boat in distress, sir.*

— *We will inform Libyan Coast Guard. Stay away, it's not safe.*

Eh ben, ne les appelle pas, alors, connard.

— *Not safe for whom?*

Je lui pose la question alors que je sais très bien qu'il se fiche complètement de ceux qu'il renvoie dans les camps.

— *Don't go to the target. Rome is not in charge of this rescue.*

— *It is my obligation to assist a boat in distress, sir.*

Je lui explique son métier en sentant mes narines trembler.

— *Don't go to the target, madam,* répète-t-il d'un ton autoritaire.

— *Have a good watch, sir.*

Je lui raccroche au nez. Je n'aurais jamais cru ça possible : l'expression du visage d'Arne s'est encore durcie. Stef et Felix sont bouche bée. La déclaration très claire de Rome fait osciller l'ambiance entre mépris et désespoir. Jeremy serre les lèvres, tendu à l'extrême. Je claque de la langue :

— *OK, let's go!*

Il soupire de soulagement et efface l'absurdité d'un éclat de rire :

— Ils vont nous foutre en tôle pour de bon, avec ça.

— Ah ah.

— Mais je ne veux pas aller en prison, moi, lance Arne depuis le radar.

— Enfin, Arne, c'est une blague ! Aucun de nous n'ira en tôle. À moins qu'on ne les aide *pas*, dis-je sans laisser mes doutes passer dans ma voix.

Il en prend note sobrement et continue son travail :

— Le navire de guerre a changé de cap. Ils avancent à vingt-cinq nœuds vers le sud, en parallèle de nous.

— Alors Rome les a appelés..., en déduit Jeremy.

— Non, ils ne se parlent pas. Ils ont juste vu que nous avons changé de cap.

Je sais ça, mais je ne sais pas ce qu'ils veulent.

Avec leurs vingt-cinq nœuds, ils sont presque cinq fois plus rapides que nous. Sur le radar, nous voyons le petit écho s'immobiliser et le navire de guerre foncer droit dessus, jusqu'à ce qu'ils ne forment plus qu'une seule petite tache de pixels verts. Nous sommes tous plantés là à fixer l'écran des yeux, comme les téléspectateurs lors de l'arrivée sur la Lune.

— Ce serait cool qu'ils s'occupent du sauvetage, lance Enzo, approbateur.

Je trouve aussi, mais je veux quand même savoir ce qui se passe là-bas, et nous envoyons le Zodiac.

Le vent hurle dans la radio et je comprends à peine Felix :

— *Cccrrriicchh*... le boudin du bateau... Je sais pas *cccrrriicchh cccrrriicchh* s'il y a des gens dans l'eau. Je ne vois pas de Zodiac militaire...

J'attrape des jumelles et attends que nous soyons assez proches pour voir ce qui se passe. Et surtout ce qui ne se passe pas. En même temps, j'appelle le navire de guerre sur le canal 16. Il m'ignore.

Nous arrivons enfin en vue du bateau. Enzo, Claire et Felix distribuent des gilets de sauvetage à tout le monde. Il y a bien quatre-vingts personnes à bord du bateau de onze mètres de long. Ils expliquent à Enzo que le boudin vient juste de crever et que personne n'est encore tombé à l'eau. Le navire militaire n'ignore pas que moi, mais aussi les passagers en perdition : pendant tout ce temps, il reste immobile à côté de la coque de noix pleine d'eau. Quand nous passons à l'action, les soldats mettent tout de même leur Zodiac à l'eau, mais au lieu de secourir les gens, ils tournent autour du canot troué et de notre hors-bord.

Je marmonne dans ma barbe imaginaire :

— Ils sont complètement tarés.

Puis la voix bouleversée de Felix me parvient par radio :

— Ils nous braquent leurs mitrailleuses dessus ! C'est la panique !

Je sens mes iris se contracter et mes pupilles s'aiguiser. La coque de plastique de la radio craque, tant ma main se crispe dessus.

— *European warship, European warship. TELL YOUR RHIB CREW TO STOP POINTING GUNS AT MY CREW! STOP POINTING GUNS AT MY CREW!*

Je suis hors de moi.

— *Don't worry. My crew is only protecting itself*, me lance pour toute réponse une voix blasée depuis la *radio room* climatisée du navire de guerre.

Don't worry? Be fucking happy? Si je le pouvais, je leur déclarerais la guerre sur-le-champ. Mais ils ne comprendraient pas.

Après nous avoir présenté pendant un moment tous ces pénis semi-automatiques, le Zodiac militaire arrête ses rondes sans raison apparente, éteint son moteur et reste à observer notre équipage en train de secourir les naufragés. Mes appels radio ne reçoivent plus de réponse, et j'interprète ça comme un non à ma question de savoir si nous pouvons amener les réfugiés à leur bord. Après tout, leurs interventions sont aussi financées par l'argent des contribuables – c'est bien pour ça que je ne paie pas d'impôts.

Une heure plus tard, tous les invités sont à bord, sains et saufs. Un embouteillage s'est formé pendant l'embarquement parce qu'ils ont tous commencé par se jeter à genoux sur le pont pour embrasser le sol. Le navire de guerre disparaît vers le nord pour y continuer à ne rien faire. À la passerelle, la playlist de Stef passe pour la troisième fois d'affilée *Deutschpunk* et des tubes des années 1980. C'est la bande-son de cette vie, que nous le voulions ou non. Sur les ponts règne l'agitation habituelle et nous souhaitons la bienvenue à nos invités, qui sont d'excellente humeur. Claire traîne dehors un sac de fringues qui se vide en quelques secondes. Rayonnants de joie, ils retirent leurs t-shirts trempés et se cherchent de nouveaux vêtements. Stef provoque une vague d'allégresse en apportant les premières théières. Jeremy sourit de toutes ses dents, il est déjà le meilleur ami de tout le monde. Comme toujours. C'est un immense cinéma qui se joue sur ces planches, ces planches devenues le monde pour nous et pour ceux qui, aujourd'hui, n'ont pas sombré au fond de la mer. Pas trace des Libyens jusqu'ici ; j'imagine qu'ils n'ont pas répondu au téléphone, une fois de plus. J'appelle Rome. L'officier n'est pas ravi que je lui demande de m'attribuer un port sûr. *Vous pouvez réfléchir à l'endroit où on accostera, on y sera dans un jour et demi, tralala.* Ils ne me pourriront pas le moral aujourd'hui.

— *Alright brothers…*

Ainsi commence le speech de Jeremy à nos invités exclusivement masculins. La nuit dernière, les vagues sur la plage étaient trop hautes, ils ont dû nager jusqu'au bateau.

Les femmes et les enfants en étaient-ils incapables ou n'en ont-ils pas eu le droit ? Ils ne nous le disent pas.

L'équipage pont leur explique ce qui va suivre et la manière dont les choses doivent se dérouler à bord. Julia, notre médecin, les observe du bastingage. Elle a presque l'air déçue de n'avoir pas à mettre en pratique ses compétences acquises en zone de guerre. La plupart des jeunes hommes écoutent attentivement et hochent la tête, très compréhensifs ; ils ne veulent être une charge pour personne. Ça pousse un peu à l'arrière, et un grand Nigérian avec un sourire parfait et une aura d'autorité inébranlable pousse une gueulante : qu'ils se calment et écoutent ce que dit Jeremy. Ça marche pendant cinq minutes, puis la bousculade reprend. Les esprits épuisés sont de bons transmetteurs de chaleur et s'échauffent vite, surtout avec une telle charge de testostérone.

— Ah, les hommes.

C'est ma propre voix offusquée qui vient de résumer ce comportement stupide et immuable, les roulements de mécaniques querelleurs qui semblent indissociables du chromosome Y.

L'un se plaint bruyamment, l'autre le repousse, et on en vient aux mains. Jeremy se transforme en grand frère et leur gueule dessus un bon coup. Il sait comment fonctionne le *crowd control* et sait aussi ce qui arrive quand ça part en vrille. La gravité de la situation l'oblige à adopter un ton brutal qui ne lui va pas, même s'il l'emploie avec dextérité.

— *You will not fight on board this ship! SIT DOWN AND SHUT THE FUCK UP!*

La foule tressaille, marmonne des mots d'excuse et s'assied. Seuls quelques-uns, au fond, restent debout les bras croisés et marmonnent, vexés. Le Nigérian se tourne vers eux avec son sourire éclatant :

— *Sit down, brothers.*

— *You don't tell me what to do!* aboie un autre avec arrogance.

— *I'm telling you what to do!* beugle Jeremy pour remettre le crétin outrecuidant à sa place.

Le calme revient. Tout satisfait qu'il soit de ce résultat, Jeremy se sent mal dans sa peau de colon blanc.

— Voilà pourquoi je préfère les animaux, dis-je à Julia d'un ton rogue avant de me détourner.

Ça me dégoûte qu'on soit tel qu'on est. Personne n'aime les gens. Pas moi, en tout cas.

— Qu'est-ce que ça veut dire ? demande-t-elle, pincée.

Elle se tourne vers moi, les bras croisés et l'air réprobateur. Voilà de l'eau à mon moulin d'incompréhension.

— Ça veut dire que je ne suis pas particulièrement fan d'Homo Sapiens.

Perplexe et vexée que je ne revendique aucun amour de l'humanité, elle me tourne le dos et continue à écouter Jeremy, les lèvres serrées. Je ne saisis pas d'où vient son étonnement boudeur. C'est pourtant marqué sur ma tronche que je ne me sens pas à l'aise avec cette racaille. Je ne les comprends pas, c'est tout, et eux non plus ne me comprennent pas. Pourquoi prétendre le contraire ? Ce n'est pas pour ça que je veux du mal aux humains. *Qu'est-ce que je fais là, hein ?* Refusant de me laisser juger, je décide de monter boire un café à la vigie et de penser à Lyn.

Nous avons le vent en poupe et avançons bien, même sans vraiment savoir où nous allons. Nos invités dorment beaucoup, puis leurs prières chrétiennes et musulmanes alternent, et nous nous en sortons très bien sans poursuites. Je fais ma ronde habituelle et m'arrête près d'un petit groupe qui joue aux dominos en rigolant bruyamment.

Ils m'invitent à les rejoindre, et je me réjouis de voir que tout n'est pas encore perdu. Tout en jouant, je m'aperçois peu à peu que Mbaye ne rit pas. Il ne regarde personne, seul au milieu des quatre autres, et se cramponne à ses dominos. Je lui pose une main sur le genou en espérant ne pas en faire trop.

— Ça va, tu te sens bien ?

Il soupire et me regarde soudain droit dans les yeux :

— Nous ne sommes pas tous là.

— Quoi ? Qu'est-ce que tu veux dire ? Vous avez dit qu'on était arrivés à temps ?

L'effroi m'envahit.

— Mon cousin est tombé à l'eau pendant la nuit, longtemps avant votre arrivée. Il y a eu une petite bousculade pour les places assises, et il est tombé.

Dans ses yeux, il n'y a pas de larmes, mais quelque chose de bien plus triste.

— On n'a pas pu faire faire demi-tour au bateau.

— Pourquoi tu n'as rien dit ?

— Je croyais que c'était pas important, dit Mbaye en lançant négligemment un domino par terre.

— Pas important ?

Son impassibilité est accablante.

— Il y en a tellement qui meurent parmi nous. Tous les jours, on voit quelqu'un mourir. Je croyais qu'un de plus, ça ne compterait pas.

— Oh.

Je ne trouve rien de plus à dire ni à ressentir. Je pose un domino.

De retour à la passerelle, j'essaie de nouveau de joindre Rome, et cette fois, on me répond. Ce sera Messine. C'est par pure chicanerie qu'ils ne nous attribuent pas de port plus proche, j'en suis certaine. Nous allons perdre au moins deux jours, mais nous en gagnons un avec nos invités. Stef se dépasse et crée un festin de pois chiches, haricots et lentilles. À part le couscous, que plus personne ne peut voir en peinture, c'est tout ce que nous avons en quantité suffisante pour une centaine de personnes. La majeure partie de l'équipage mange avec les invités, tout le monde parle de l'Italie avec animation, et la playlist de Stef passe maintenant en boucle sur le pont aussi.

*

* *

Le lendemain matin, nous entrons dans le détroit de Messine. Les flots qui s'y déversent avec violence roulent en dessous de nous dans les courants si souvent chantés, et contre lesquels nous luttons avec trois malheureux nœuds. Nos invités ont ainsi tout le temps d'observer les abords de leur nouveau monde et de se demander ce qu'il va leur apporter. L'Etna est véritablement timide, mystérieusement enveloppé dans un manteau de nuages. Les villes côtières de Calabre murmurent la légende d'une liberté affairée. Moi aussi, tandis que je manœuvre à travers le canal très fréquenté, j'ai tout le temps de me prendre la tête sur notre entrée en Italie. L'équipage au complet est sur le qui-vive. Ces salopards ne peuvent plus nous surprendre, c'est déjà ça.

Sur le quai, seuls trois gardes-côtes errent avec lassitude au milieu des tentes de la Croix-Rouge. Pas de journalistes. J'essaie de ne pas laisser ce poids immense s'envoler tout de suite de mes épaules. Felix me demande toutes les deux minutes comment je vais, Claire m'a glissé un petit poème intitulé *Caresser le fascisme avec une pelle (frapper fort au visage et l'enterrer)**. Nous accostons et le capo local me salue avec une poignée de main exubérante. Il nous présente le médecin de service, en combinaison de protection intégrale, qui a l'air souriant derrière son masque. Et le capo repart. Le *dottore* et ses sbires, eux aussi en combinaison de peintre, me suivent sur le bateau. Je les emmène voir Julia qui les informe qu'à part l'inévitable gale, de vieilles blessures et un œil suppurant, nous n'avons pas de problèmes médicaux particuliers à bord.

— *You should wear a mask*, me dit-il.

D'abord, je déteste qu'on me dise ce que j'ai à faire, et ensuite, je me désinfecte très rarement les mains, même quand nous avons des invités à bord. Nous passons des journées entières ensemble sur les mêmes quelques mètres carrés d'acier, et s'il prend l'envie à un virus ou à une souche bactérienne de s'installer chez moi, ils trouveront sûrement le moyen de le faire.

— *Sure*, dis-je sans mettre de masque.

L'ordre dans lequel s'effectuera le débarquement est vite établi, tout est étonnamment simple. Jeremy indique leur tour aux invités sans cesser de tourner la tête vers le quai. Lui aussi s'attend à ce que les flics débarquent. Mais rien ne se passe. Nous nous regroupons à la coupée pour prendre congé de nos amis.

— *You should all wear a mask!* s'exclame le médecin, saisi de sensibilité paternelle en assistant, effaré et désespéré, à toutes nos poignées de main et accolades.

Le beau Nigérian dont le sourire me manquera m'embrasse sur la joue. Voilà qui achève le *dottore*. Il me colle un masque flambant neuf dans la main :

— *Please!*

Au bout d'à peine deux heures, tous nos invités ont débarqué et attendent dans les tentes le bus qui les conduira à la prochaine étape de leur odyssée. La paperasse est terminée et notre bateau est toujours là. Quand un docker détache la première de nos amarres, je commence vraiment à croire que nous allons pouvoir repartir. Je sautille fébrilement d'un pied sur l'autre. Felix, derrière moi, m'attrape par les épaules et me secoue.

— *Yes*, *yes*, *yes*, ça va le faire !

Même le visage d'Arne affiche quelque chose qui ressemble à de l'assurance. Avec le propulseur d'étrave, je vire à tribord pour éloigner le bateau du quai. Pas de garde-côte, pas de police. Je vais éclater. Je lance un long et grave coup de corne de brume, pour nous et pour nos anciens invités, qui jubilent et agitent les mains. Nous voilà tous un peu réconciliés avec le monde, et si nous devions couler aujourd'hui avec le soleil, ce serait OK.

La Sicile et la tension sont derrière nous et rapetissent à vue d'œil. Presque tous les membres d'équipage dorment dans leur couchette, leur joli cœur battant béatement dans leur poitrine. Claire a fait un gâteau pendant son quart du soir et nous l'apporte, à Enzo et à moi, à la passerelle. Avec Jeremy, qui n'arrive pas à dormir, nous sommes les seuls encore éveillés. Dans un silence complice, nous restons debout à la passerelle à manger du gâteau au chocolat tout en inspirant la tiédeur de la nuit. Je mets la bande-son de *Drive* et nous nous y plongeons entièrement. Chaque vers, chaque tour de vis nous sculpte dans le temps. Les basses du synthétiseur sont les coups de la machine à écrire zélée de notre être sur laquelle frappe le beatnik. Comme nos pieds qui marquent le tempo et nos mains qui dansent dans l'air, prudentes mais en toute conscience, nous savons tous sans le dire que nous sommes embarqués là-dedans ensemble. Que c'est notre combat, et que nous pouvons le gagner. Nos têtes hochent en rythme. D'Artagnan serait vert de jalousie. Nous avons atteint le niveau supérieur. *Un pour tous, tous pour un.* C'est plus beau que toutes les relations que j'aie jamais eues.

Il nous faudra encore un bon moment avant d'être de retour en zone de recherche, nous pouvons profiter de la journée tranquillement. Jeremy et moi allons nous cacher sur le pont avant et imbibons d'eau du papier journal. Nous formons des balles avec les pages trempées et les fixons avec de la bande collante.

— Y en a assez, boss ? demande-t-il en jonglant avec son dernier modèle.

Je compte rapidement.

— On en a combien ? Quinze, vingt ? Ça ira, je pense.

— Alarme ? fait-il, rayonnant.

— Et comment…

En retournant à la passerelle, je vois Julia allongée au soleil sur le pont arrière, Felix et Arne qui jouent au backgammon. C'est bientôt fini, tout ça, me dis-je avec un malin plaisir.

La sonnerie d'alarme hurle sur tout le bateau. Un long, sept courts, encore et encore. Ça fait mal aux oreilles. En un clin d'œil, tout l'équipage se retrouve sur le pont pour un *general muster*, un peu agacé de cet exercice pendant leur journée libre. Un triomphe secret tord les lèvres de Jeremy, qui a du mal à regarder sans se marrer leurs visages tendus. Quand il n'en peut plus, il hurle : « BALLE AUX PRISONNIERS ! » et distribue fièrement les ballons trempés.

— Vous êtes vraiment cons, constate Stef, ébahi, en se marrant de notre magouille.

Julia attrape deux balles et se met en position, hilare. Tout le monde l'imite. En quelques secondes, deux équipes se sont formées, armées jusqu'aux dents de papier mouillé et prêtes à en découdre.

— *One, two, three, fight!* lance Jeremy.

Vingt balles s'envolent en même temps. Chez nous, il n'y a pas de gagnants ; quand on est touché, on change d'équipe et on continue. Enzo et Arne luttent pour récupérer deux balles puis unissent spontanément leurs forces contre Claire. Julia lance avec adresse une balle après l'autre à la tête de Jeremy, qui se demande d'où vient tout ça. Puis quelqu'un s'écrie soudain :

— *Get the captain!*

D'autres répètent :

— *Get the fucking captain!*

Touchée de partout et morte de rire, sans plus savoir dans quelle équipe je suis, je balance des balles de tous les côtés. Arne se retrouve dans la ligne de mire et couine de joie ; il tente d'éviter les projectiles tout en m'expliquant les règles du jeu. Aujourd'hui, nous avons inventé la liberté du fou.

*

* *

Cette fois-ci, c'est moi qui découvre l'écho sur le radar. L'Inmarsat reste insolemment muet. Nous nous dirigeons vers l'éventuel bateau et préparons le Zodiac et les ponts comme si nous n'avions jamais rien fait d'autre de notre vie, ou comme si c'était anodin.

— Il y en a encore pour longtemps ? demande Claire.

Elle fourre son carnet plein de schémas, de chiffres de diesel et de poésie dans la poche poitrine de sa combinaison.

— Presque une heure. Vers l'est.

Je n'arrête pas de tripatouiller mon radar. Souvent, ils envoient plusieurs bateaux à la fois, et je ne veux pas en rater un seul, je refuse de penser à ceux qui passeraient juste à côté de nous. Au lieu de ça, je vois notre pire cauchemar. Le nouvel écho se détache de l'image floue de la côte et fonce droit vers nous à dix-neuf nœuds. *Merde*. Ça ne peut être que la garde côtière libyenne. Mon ventre se noue. Ils vont trop vite, je regarde avec effroi l'affichage de notre vitesse de rotation : 900. Juste à côté, un petit autocollant qui me dit *850 max !!!* En gras et souligné, pas une blague. C'est sans espoir, nous n'y serons jamais à temps.

— Fuck, fuck, fuck.

— Il t'en faut plus ? propose Claire d'un ton résolu.

Je n'y crois pas. Une sainte, un miracle se tient devant moi. Il me faut un instant pour comprendre la chance qu'elle nous offre.

— Oui, dis-je, hésitante.

L'étiquette a quand même trois points d'exclamation. Puis j'éclate :

— Oui ! OUI ! FONCE !

— OK.

Claire attrape Enzo et l'embarque en salle des machines. Je n'ai plus de contrôle sur les moteurs depuis la passerelle, Claire vient de s'en emparer. Je n'arrête pas de loucher sur l'affichage. *950. 1 000 !* Un nœud de plus. Je les imagine, tous les deux, suant devant les machines hurlantes. Ils doivent faire très attention à ce que rien ne pète et à ce que les températures ne montent pas trop haut. Les claquements, cognements et gémissements des vieux cylindres et pistons sont les battements de cœur affolés de notre bateau. À la main, ils mettent encore plus les gaz, toujours prêts à stopper la machinerie délabrée qui mugit. 1 050. Ils la cognent, se la cognent, et la bête docile se laisse faire.

Les Libyens se rapprochent. Felix les voit déjà aux jumelles. Je calcule. Si Claire réussit à garder l'inverseur en état de marche, nous arriverons au bateau à peu près en même temps qu'eux. C'est pas bon. J'en ai ras le bol de ces courses abstruses. Un sprint vers des êtres humains qui veulent juste ne pas mourir, ni en mer ni dans un camp.

— Jeremy, on envoie *Deine Mudda !*. Demande qui veut y aller.

Il hausse les sourcils, étonné, et Arne se tourne vers nous d'un air ébahi. Le bateau est encore loin, et c'est clairement contraire à nos directives de faire partir le Zodiac seul sur une telle distance. Notamment à cause de l'imprévisibilité des Libyens. Qui est précisément la raison pour laquelle nous devons le faire.

— *So, we are going all in?*

— Yep.

— Je suis volontaire, murmure Arne avec une gravité qui lui noue la gorge.

Notre responsabilité et la terreur mortelle des autres ne nous laissent pas le choix.

— Ça marche, boss, approuve Jeremy.

Il frappe dans ses mains et organise les équipes. *Tous pour tous.*

Nous voyons à présent le bateau à l'œil nu, le navire libyen qui l'a presque atteint, et *Deine Mudda !* qui fonce vers cette scène d'horreur. Nous sommes toujours trop lents. C'est à vomir. Le silence écrasant qui règne à bord est insoutenable. Nous nous préparons au pire, oubliant que nous sommes déjà en plein dedans depuis un moment.

Les Libyens se placent devant le canot pneumatique pour le cacher à notre vue. Cinq minutes plus tard, le

Zodiac arrive sur place et Felix s'efforce de parler de manière compréhensible malgré sa détresse :

— Il y a des gens dans l'eau partout ! Au moins vingt personnes !

Alors que nous nous battons pour chaque mètre, chaque seconde, le décor se décale et dévoile la fin de l'humanité. Les Libyens ont abordé le canot pneumatique par le bord, le traînent près d'eux et déchirent le boudin avec leur manœuvre grossière. Des silhouettes sont recroquevillées sur le pont avant du navire libyen ; on les bat avec des haussières et les presse comme du bétail. Il reste au moins quarante personnes dans le bateau en train de couler. Les miliciens libyens en uniforme leur hurlent dessus depuis le pont. Les naufragés s'agrippent au canot, regardent autour d'eux et sautent à l'eau alors qu'ils ne savent pas nager. Ils préfèrent se noyer que de retourner en Libye sur le navire de la milice. Un officier libyen hurle sur le canal 16 :

— *GO AWAY! GO AWAY!*

Il y a des gens dans l'eau partout autour de nous. Certains essaient de nager vers nous, d'autres agitent les bras, désespérés. Arne conduit le Zodiac d'une personne à l'autre, Felix et Julia les tirent de l'eau aussi vite que possible, et ils repartent vers le suivant. Il y en a tant. Nous sommes maintenant assez proches d'eux pour quasiment sentir la panique. Le pire, ce sont les cris de ceux qui sont encore sur le bateau et doivent choisir, dans un désespoir infini, entre une vie sous la torture et la noyade en mer. Leurs hurlements paniqués survolent les quelques mètres d'eau qui nous séparent et s'incrustent, se gravent, se brûlent dans notre conscience. On sait au premier cri qu'on ne l'oubliera jamais.

Jeremy attrape le premier membre d'équipage qui passe et ils jettent à l'eau la petite annexe. Avec tout ce que nous avons, et tout ce que nous n'avons pas, nous refusons d'abandonner une seule personne. Je me rapproche encore pour que le Zodiac puisse amener les gens plus vite sur le pont et faire de la place pour les autres.

— Quelqu'un peut aller voir depuis l'aileron si je n'écrase personne ?

Je glousse hystériquement en m'entendant dire ça. Quelle putain de merde.

Deine Mudda ! et notre petite chaloupe vont et viennent sans relâche. Nous avons arrêté de communiquer par radio, nous ne faisons plus qu'agir, fonctionner. De plus en plus de gens tombent et sautent à l'eau quand les Libyens essaient de les hisser du bateau jusqu'à leur pont. Ils ne tentent rien pour ceux qui sont en train de se noyer, leur chaloupe reste dans son armature d'acier, immobile.

— *GO AWAY!* hurle je ne sais qui par radio.

— *Libyan Coast Guard, I request that ALL migrants come to my ship!*

— *GO AWAY!*

Il faut que je m'approche encore plus, et je me penche par-dessus la balustrade pour m'assurer que personne n'est à l'eau devant mon bateau. Pas devant moi, mais sur le côté, à seulement une trentaine de mètres, il y a un homme. Alors que je suis sur le point d'appeler le Zodiac, je le vois se boucher le nez et couler. Comme ça. Peu importe notre vitesse, nous n'y arriverons jamais. Beaucoup disparaissent dans les vagues. Ça claque, ils barbotent, crient et nous font signe, puis on ne voit plus qu'un bras, qu'une main, qui disparaît pour toujours de la surface de la terre.

Un pouillot véloce s'égare sur la passerelle, se cogne contre les vitres, désemparé, et volette dans tous les sens en tremblant. Pendant un instant, je ne vois rien d'autre que ce petit oiseau. Si minuscule qu'il soit, il abat des distances infinies à petits coups d'ailes hâtifs. Le monde lui appartient, il ne se pose même pas la question. Ici, mon cœur bat aussi vite que le sien, dans ce combat innocent. Il heurte encore une fois la vitre puis s'envole vers la liberté, par la porte, sans dire au revoir. Cet oiseau vient de me sauver, ou au moins de sauver ma raison.

Sur le pont libyen, les gens sont frappés en permanence et désormais bien trop terrifiés pour crier encore. Que pensent-ils en voyant notre bateau juste à côté d'eux, à une proximité inaccessible ? Le canot pneumatique est méconnaissable, vide et détruit. Depuis le mât, nous cherchons les derniers survivants, de moins en moins nombreux. Une fumée noire sort de la cheminée des soi-disant garde-côtes, ils prennent de la vitesse et foncent. Un homme essaie de descendre par une haussière le long de la paroi latérale du bateau et se fige en voyant le sillage. Les Libyens accélèrent sans se soucier de lui.

— *LIBYAN COAST GUARD! STOP! STOP! THERE IS A MAN HANGING ON THE SIDE OF YOUR SHIP!*

Pas de réaction. Je me lance à leur poursuite.

— *LIBYAN COAST GUARD! YOU ARE KILLING THIS MAN!*

Ils vont déjà à quinze nœuds… Dix-neuf. Je ne peux pas arrêter de les suivre, je ne peux pas abandonner l'espoir que nous pourrons malgré tout prendre avec nous tous ces gens encore à leur bord. Que l'homme suspendu à l'haussière vivra. Mais ça n'a pas de sens.

— *If you follow us, we will open fire!* me menace un officier. *WE WILL OPEN FIRE!*

Je continue à les poursuivre. Je me fous de ce qu'ils veulent. Ils foncent vers Tripoli à pleins gaz. La distance entre les deux bateaux ne cesse de croître. Et avec elle, la distance nous séparant de l'espoir. Je me frotte les yeux et finis par faire demi-tour. Nous sommes témoins de l'enlèvement d'une quarantaine de personnes, et témoins de ce que cela signifie. Ça n'intéresse personne. *Deine Mudda !* et l'annexe ne trouvent plus que des cadavres. C'est l'horreur.

Jeremy arrive à la passerelle, blême. Il ne saurait dire combien de personnes il a vues mourir sous ses yeux. Qui le pourrait, aujourd'hui. L'équipage est hagard. Par petits effleurements prudents, nous nous soutenons, nous tâtonnons à la recherche d'un sens. Je ne sais pas combien de temps on tiendra le coup. Un silence de mort règne sur le pont.

J'ose demander :

— On en a combien à bord ?

— Environ soixante, estime Jeremy.

Je hoche la tête sans rien ajouter. Ça veut dire qu'au moins trente personnes se sont noyées. Quelle saloperie de journée de merde.

J'ai vraiment besoin d'une cigarette. Je vais la fumer sur l'aileron avec Felix. Quelques instants plus tôt, c'était le balcon duquel j'assistais au drame. Felix regarde fixement la mer, et je vois de grosses larmes amères dégouliner le long de ses joues. Je le prends dans mes bras sans un mot et il sanglote à fendre l'âme, la morve lui coule du nez.

— Le petit est mort, dit-il d'une voix tremblante.

— Quel petit ?

Il me raconte qu'ils ont tiré de l'eau un petit garçon qui ne respirait plus. Julia et lui ont essayé de le réanimer pendant une demi-heure avant que Julia constate sa mort. Felix se mouche puis se redresse vaillamment :

— Pardon, il fallait que ça sorte.

— Évidemment qu'il fallait que ça sorte !

Je rejette ses excuses et me demande ce que je vais faire avec le cadavre d'un enfant à bord. Je voudrais tellement pouvoir soulager Felix de sa douleur.

Je vais à l'infirmerie pour parler à Julia. Il y a des gens assis partout, le regard vide, les genoux serrés entre les bras, le cœur déserté, engloutis par le cauchemar de leur vie. Julia remboîte une épaule. Cinq autres personnes attendent de subir le même traitement. C'est peut-être arrivé sur le bateau, ou quand nous les avons hissés à bord. Les voix sont retenues, la plupart ne parlent pas, prisonniers de leurs pensées. J'ose à peine dire bonjour, ils ont l'air trop fragiles. La mère du petit garçon, sous le choc, exige une couverture supplémentaire, exige que tout ça, ce ne soit pas vrai. La femme près d'elle pleure et hurle, désespérée.

— Elle a vu sa fille de six ans se noyer, m'explique Julia.

Et elle n'a même pas le corps. Sa petite fille a coulé toute seule sous les masses d'eau éternelles.

— Il faut mettre le cadavre au frais, ajoute Julia.

— Je m'en occupe.

Elle hoche la tête avec une force et un professionnalisme incommensurables.

J'appelle Rome, où personne ne se sent responsable. J'explose :

— *I have 60 traumatized guests on board, 20 equally traumatized crew and a fucking dead child! I request a shuttle immediately!*

Le cadavre d'enfant semble éveiller quelque chose comme de l'émotion chez l'officier, et après m'avoir présenté ses condoléances, il promet de me rappeler. Pourquoi il faut être mort pour obtenir son attention, ça, il ne le dit pas.

Claire me fait un clin d'œil sans joie et s'assied sur la table à cartes.

— C'était grandiose, ce que vous avez fait en salle des machines, lui dis-je pour la remercier.

— C'est mon travail. On fait juste ce qu'on a à faire, répond-elle avant de me prendre la main.

Arne entre, l'épaule basse et la mine hagarde, pour venir prendre son quart.

— Commence par te reposer un peu.

Il tourne la tête de droite à gauche, désemparé, sans savoir que faire de ce qu'il a vu, que faire de lui-même.

— Ou alors, on fait le quart ensemble, proposé-je pour qu'il ne se sente pas mis à l'écart.

Il hoche la tête et déglutit.

— Viens là, petit chéri*, dit Claire.

Elle le prend dans ses bras, où il se laisse tomber, à bout de force.

Nous voilà donc là tous ensemble, à ressentir la même chose sans rien nous dire. Une fois de plus, l'être humain vient de cracher dans la soupe originelle. Nous nous serrons les mains, et les coudes, en silence.

Stef et moi vidons le grand congélateur de la soute. Je crois que nous pensons tous les deux au jour où nous l'avons rempli en rigolant, dans une autre vie. La violence de la douleur qui règne à bord est déchirante. C'est insupportable de ne rien pouvoir faire pour eux. Jeremy discute avec un jeune Congolais à qui il manque une oreille. Un geôlier du camp libyen a pété un plomb et la lui a arrachée des dents, comme ça. Ils ont tiré dans la jambe d'un de ses frères et dans la tête de l'autre. Pendant que nous, à quelques milles de là, nous discutions pendant des heures pour savoir si, oui ou non, nous devions protéger nos petits pieds européens dans des chaussures à coques d'acier.

Je fais ma ronde et trouve un homme seul sur le pont avant. Assis au milieu des lourdes chaînes, il balance inlassablement le haut du corps d'avant en arrière. Je pose doucement une main sur son épaule. Il lève vers moi ses yeux pleins de désespoir à l'état pur.

— Ma sœur. J'ai perdu ma sœur. Ma sœur. Ma sœur.

J'ai la nausée. Il ne sait pas si elle s'est noyée ou si elle a été enlevée. Et il ne sait pas non plus ce qui serait le pire. Tout ce qu'il sait, c'est qu'il a survécu, et ça le tue.

Je me dispute sans arrêt avec Rome, où on a le culot de ne me dire absolument rien. Tout ce que je veux, c'est emmener ces gens à terre le plus vite possible. Qu'ils arrivent, au moins physiquement, et ne soient plus forcés de voir la mer qui les submerge de la honte des survivants.

— *I request a shuttle to a* Charlie Papa *or to a European warship!*

— *Madam, you have to understand. I have no information for you at this point.*

Va crever aux chiottes ! Et que ta famille te trouve !

— *I have a two years old boy in the fucking freezer! Send me a fucking ship!… Sir.*

— *I will call you back, madam.*

Le vent est maintenant de force 5. Tant que nous n'avons pas de destination précise, je peux au moins adapter notre cap à la météo. Nos invités attendent sur les ponts humides, sous des parasols chauffants. J'ai tout le temps peur que la mère sorte de son état de choc, demande à voir son fils et soit obligée d'aller regarder dans un congélateur.

Tandis que la tempête naissante fait voler des embruns, j'essaie fébrilement de sculpter une miette de sens à cette situation. Les coups de burin résonnent dans ma tête tandis que l'écume fouette follement le dessus des vagues grises. Je tâche de me convaincre qu'il est complètement ridicule de pleurer les quelques victimes de ce sauvetage catastrophique alors que des milliers d'autres gisent déjà par le fond, oubliées, sans larmes, sans nom, sans numéro. Je commence à me dire que, depuis le temps, ils doivent constituer la plus grosse biomasse de Méditerranée.

Stef fait des burgers, et comme dessert, il y a de la glace à moitié fondue que personne ne trouve bonne. Nous savons pourquoi nous devons en manger tellement, nous savons qui a pris sa place. Nous attendons toujours une réponse de Rome. Julia répertorie les traces des tortures subies par nos invités : épaisses cicatrices de coups de fouet, de plastique fondu et de coupures profondes. L'équipage tient le coup, parle beaucoup et s'autorise de brefs moments de fragilité. Pas moi, je ne peux pas me le permettre, il faut bien que quelqu'un assure les arrières. En façade, je suis satisfaite. C'est seulement quand je jette un coup d'œil à l'intérieur de moi-même que j'ai peur, parfois, de m'être laissée en dehors du rempart que j'ai construit autour de moi.

Il leur faut plus de deux jours pour nous envoyer enfin un bateau. L'Italie refuse de nous laisser accoster dans un port. La météo s'est calmée et nos invités observent avec anxiété *Deine Mudda !* qui danse infatigablement sur les vagues et va les amener jusqu'au *Charlie Papa*. Nous sommes tous sur le pont pour leur dire au revoir. Jeremy refuse de laisser à qui que ce soit le privilège de faire le *shuttle*. Arne a pris la barre un moment et je me retrouve plantée au milieu de tous ces gens, perdue à moi-même, sans savoir s'il faut les enlacer ou pas.

— *Captain !* lance un jeune homme d'un ton joyeux.

Il me tend la main. Je la prends et suis soulagée d'en voir au moins un, ici, qui n'ait pas l'air complètement détruit. Plein d'une impatience joyeuse, mais nerveuse, il me raconte sa fuite qui, avec un peu de chance, va maintenant prendre fin. Il me dit n'avoir perdu personne en mer, que c'est pour ça qu'il est plus en forme que les autres. Ses amis et sa famille sont morts avant. *Ah.* Massacrés par Boko Haram au Nigeria, morts de soif durant la traversée du Sahara, battus ou violés à mort par les geôliers des camps. Et encore un, et encore un. Il énumère des noms. Je ne m'en souviendrai pas, lui ne les oubliera jamais. Nous devons partir d'ici, tous les deux. Nous nous prenons dans les bras l'un de l'autre, nous serrons encore une fois la main.

— *Good luck in Italy, my friend*, lui dis-je, les yeux humides.

Il me sourit, serre ma main encore plus fort et répond :

— *Captain, thank you for being strong.*

Je suis au bord des larmes. Il croit vraiment que je lui ai sauvé la vie. Il vaut mieux que je retourne contrôler les ponts et la réalité. Je ne connais pas son nom et ne le lui demande pas. Je laisse volontairement passer cet instant, sans cérémonie ; après tout, on ne regarde pas non plus le soleil en face.

*

* *

Des hirondelles rustiques tournoient autour du bateau tandis que nous prenons la route du retour. Encore et encore, elles foncent vers le pont puis dévient à la dernière seconde. Ça me chiffonne d'avoir placé dans leur trajectoire ce monstre d'acier qui hurle, vibre, avale et crache. Résignée, je contemple leurs vols planés capricieux, leur manière de tirer derrière elles d'invisibles fils d'authenticité et d'étayer ainsi le monde. J'envoie Enzo se coucher. Je veux ce moment entier pour moi toute seule – ma passerelle, mon bateau, mon introspection et mon café.

Au matin, l'agitation réapparaît et me retrouve, c'est très bien ainsi. Claire apporte de la salade de fruits pour tout le monde, Enzo et Stef se disputent sur le choix de la musique à passer. Jeremy laisse Arne lui expliquer le fonctionnement du radar. Il le connaît par cœur, mais il est content de parler avec lui. Comme des enfants qui, à Noël, attendent de pouvoir se jeter sur leurs cadeaux, nous nous réjouissons ensemble de retrouver bientôt la terre ferme.

Le téléphone sonne, cette fois, c'est notre avocate. Le parquet de Trapani a ouvert une enquête contre dix membres d'équipage.

— … pour complicité d'immigration illégale.

Il me semble entendre un sourire dans sa voix, et j'en conclus que nous pouvons nous permettre de rigoler de ce numéro de cirque des Italiens. Ils n'ont vraiment honte de rien.

— Ah, ah, génial ! Du trafic d'êtres humains.

— La presse le savait avant tout le monde, comme d'habitude. Dans le journal, il y a tout et n'importe quoi, avec les vrais noms et dates de naissance.

— Tu plaisantes ! m'exclamé-je, amusée de leur culot.

— Non, c'est vrai. Mais maintenant, nous le savons aussi de source officielle.

Je branche le haut-parleur. Puisque c'est déjà dans le journal, plus besoin de me prendre la tête avec une quelconque protection des données.

— Il y a les noms de qui ?

— Le tien, lance-t-elle.

Enzo, Stef, Claire et Jeremy pointent de concert l'index vers moi, comme s'ils avaient répété. Je brandis le majeur à leur intention et essaie de ne pas rire pour entendre ce que dit Chiara.

— Salma, Hannes…

Jeremy écoute avec attention et me regarde, interloqué, quand l'énumération se termine.

— Et Jeremy ?

— Non, pas Jeremy.

Il a l'air carrément vexé et je lui tire la langue, moqueuse. Nous sommes sur la route de Malte et les singeries des ronds-de-cuir italiens nous sont bien égales. Même Arne se marre.

L'équipage pont est prêt, Arne et moi sommes à la passerelle et Claire à la salle des machines sous contrôle, comme d'habitude. Le mouillage qu'on nous a attribué se trouve dans un bras du port industriel. C'est seulement en faisant pivoter le bateau dans le bassin portuaire que je vois d'énormes ravitailleurs offshore amarrés des deux côtés du canal. Personne ne nous en a rien dit, évidemment. J'arrête tout et demande à Jeremy, à la proue :

— On passe, là ?

Il met la main en visière pour mieux voir.

— Mais oui, boss.

Sans vraiment le croire, je lui demande de suspendre quelques pare-battages de plus sur les côtés. Puis je reprends ma route au ralenti, *embrayer*, *débrayer*, *embrayer*… Mon premier capitaine m'a dit un jour qu'on ne devrait jamais avancer plus vite que la vitesse à laquelle on veut foncer dans un quai… *débrayer*. Arne n'y tient plus.

— C'est pas bon. Ça passera jamais.

— Ne sois donc pas si négatif, rétorqué-je en gloussant avant de rappeler Jeremy : Tu es vraiment sûr qu'on passe ?

— Oui ! répète-t-il en me souriant depuis le pont.

Je garde donc le cap sur l'entrée du port. Ça paraît vraiment très, très étroit.

— Ça passera pas, marmonne Arne.

Tu me saoules, mon gars !

— Jeremy, tu es sûr et certain ?

Il observe le décor encore plus attentivement, baisse les bras, désemparé, et répond :

— Ouais, enfin, je peux pas le dire avec une certitude absolue…

Ras le bol.

— Il faudra que ça passe, dis-je. J'y vais.

Arne me regarde, incrédule, mais il la ferme. Jeremy se réjouit de ce défi ; de toute façon, il est en mode de délire exténué. Comme un fan de sport encourageant son équipe fétiche, il ne cesse de brandir le poing et exécute une petite danse à la proue. Je secoue la tête. Moi aussi, je suis trop excitée pour prendre une décision raisonnable. Qui nous a donc offert ce jouet génial ?… *Embrayer, débrayer…*

Nous nous glissons tout en souplesse à travers ce chas d'aiguille. Rien ne grince, ne craque ni ne cogne. Même les pare-battages sont superflus. Les bateaux à quai, à droite et à gauche, sont si proches qu'on pourrait y embarquer d'un pas. Les membres d'équipage bedonnants nous regardent faire avec des hochements de tête appréciateurs puis se détournent, gênés, en constatant qu'une femme est à la barre. Une manœuvre d'amarrage digne d'un manuel, *in your face.*

On se fout complètement qu'il soit une heure de l'après-midi. Une fois le bateau amarré et relié au courant de quai, nous nous bourrons la gueule sans complexe à la bière en canettes tiède. Assis sur la jetée, nous nous surpassons en réflexions idiotes et blagues atroces. Felix nous apprend le Texas Swing Dance et je me retrouve à tournoyer dans les airs la tête en bas, pendue à son cou par les pieds. Le Ciel soit loué, je suis bourrée. Nous buvons le whisky de Claire à la bouteille et célébrons notre vie jusqu'au soir.

À 23 heures, je suis trop décalquée pour encore écouter les blagues. Je me roule une clope, m'appuie sur Jeremy, assis à côté de moi, et me lève péniblement. J'allume ma cigarette en vacillant et traîne jusqu'à l'autre bout du quai. J'ai besoin d'un moment à moi, me dis-je en m'asseyant sur un tas de vieux bouts de métal. Alors que je regarde les lumières qui se reflètent à la surface de l'eau, des torrents de larmes me dégoulinent soudain sur les joues, sans avertissement, avant même que la douleur se soit emparée de ma conscience. Un désespoir fulgurant et inconsolable que seuls connaissent les adolescents et les gens bourrés. Un son que je n'avais encore jamais entendu venir de moi surgit de ma gorge : je gémis. Ce que j'entends aggrave encore ce que je ressens, et je pousse un misérable cri. Je sens les filaments de bave qui tremblotent dans ma bouche, et à part ça, rien que la douleur. Je me demande pourquoi je chiale. La tristesse est indéfinissable, elle vient de partout. La vérité honteuse, c'est que je pleure sur moi-même et sur personne d'autre. Ils se sont pitoyablement noyés sous mes yeux, et pourtant, je ne pleure que sur moi. Pas pourtant – à cause de ça. Si je m'autorisais à les laisser m'atteindre, je ne pourrais plus être là pour eux.

Je ne suis pas assez forte pour ça. Est-ce froid ? Déprimant ? Peu importe. Je suis un outil, je dois fonctionner.

Une main se pose sur mon épaule. Julia est à l'autre bout du bras.

— Hé, dit-elle à sa douce manière de guérisseuse.

Je me calme instantanément et les coins de mes lèvres remontent avec témérité. Je suis toujours le capitaine :

— Hé.

Et je répète ce qu'a dit Felix :

— Pardon, il fallait que ça sorte.

— Tu n'avais pas encore pleuré ? demande-t-elle, choquée.

Je me contente de hausser les épaules, et j'ai horriblement peur d'être petite. Même si j'ai assez hurlé pour l'obtenir, cette responsabilité, elle me met à présent à l'écart. Elle est impossible à partager. Je veux que Julia s'en aille. Même Jeremy ne pourrait pas m'aider. La simple idée d'être en cet instant avec quelqu'un de proche est insupportable. Ce serait comme de caresser un écorché vif. J'ajoute une rangée de pierres à mon mur. *C'est mieux comme ça.*

Le lendemain, nous nettoyons le bateau avant de le remettre à l'équipage suivant. Dans toute cette bousculade, je souris de ma crise de la veille. Ce que j'ai ressenti est-il oublié ou refoulé ? Ça ne doit pas faire de différence pour moi. Je suis juste contente que ça avance. Une fois de plus, je suis incapable de retenir les noms de la plupart des nouveaux, mais ils nous font du bien. Ils nous arrachent nos obligations des mains, rayonnants de joie, et nous sommes trop heureux de les laisser faire. Le soir, une dernière beuverie, un dernier sursaut de *crew love*, une dernière descente de la coupée sur la civière de l'infirmerie en hurlant de joie. Puis le grand jour du départ saute du calendrier pour atterrir dans la réalité. C'est une griserie de reste de cuite et de promesses de rester en contact. Au petit déjeuner, nous ne savons déjà plus quoi nous dire et osons timidement de premières tentatives pour nous extirper de notre bulle. Nous nous faisons nos adieux, montons dans le bus et prétendons savoir ce qu'il va advenir de nous.

Claire est la dernière à partir, puis je m'enfonce dans le *crew blues*. C'est comme se faire larguer, ou quitter quelqu'un, ou les deux, mais en pire. Seul Jeremy, comme d'habitude, reste cramponné au bateau, et Stef aide le nouveau cuistot à s'y retrouver sur le marché aux légumes. En échange, le pauvre gars va devoir se farcir Arschkotze dans la voiture.

Aujourd'hui, j'ai la villa de l'équipage pour moi seule. Sur la terrasse, à l'ombre du figuier de Barbarie, des moineaux exécutent leur danse nuptiale. Le temps passe un peu moins vite que d'habitude et je lui en suis reconnaissante. Seuls les moineaux l'ignorent et continuent leurs mignons cris d'amour. Je me balance dans le hamac, ma chère meute a disparu. Je ne prends plus congé que d'un sentiment.

*

* *

Il souffle un vent froid sur le quai de la gare et je resserre mon écharpe autour de mon cou. C'est la dernière correspondance, je passe d'un tortillard à un bus qui ne part que dans une demi-heure. Le bistro est fermé et la boulangerie n'a qu'une machine Nestlé, alors je patiente sans café. J'attends Lyn.

En route pour la province. De toute façon, je n'aime pas les villes, ça m'ira donc très bien, anticipé-je tout en lorgnant mon sac à dos avec des scrupules chiffonnés. Je tends l'oreille une dernière fois et ne trébuche sur aucune résistance intérieure. *Putain, je suis tellement impatiente !* Même si je me suis levée à 6 heures pour me raser les jambes, je suis en pleine forme. Me voilà avec ma petite culotte fraîchement lavée et mes visions de notre cellule pour deux, version anar de Beauvoir et Sartre, dans le bus qui cahote sur la départementale. Des personnes âgées bien coiffées montent et descendent. La distance entre les villages idylliques ne cesse de grandir, un interminable patchwork de champs et de corneilles se déroule jusqu'à la ligne d'horizon labourée.

Lyn vient me chercher à l'arrêt de bus, qui ne consiste qu'en un poteau avec un panneau planté au bout d'un chemin de terre. Enfin, de nouveau, ces lèvres, de nouveau, lui et moi. Main dans la main, nous courons à la maison. *À la maison.* La bruine grisâtre ne nous laisse guère d'autre choix que de passer les trois jours suivants au lit. À nous rouler des pelles sans fin, à prédire l'avenir, et à nous trouver bien – mutuellement et ensemble. On baise tant que j'ai du mal à marcher. Nous sommes plus beaux que Dieu.

Le vent souffle avec violence à la cime des arbres, rendant la cuisine encore plus chaleureuse. Seuls nos reflets dans la vitre ont l'air installés encore plus douillettement que nous. Lyn touille les pâtes et je me débats avec le tire-bouchon.

— Qu'est-ce que tu veux faire, au fait ? demande-t-il sans détourner le regard de la casserole bouillonnante.

— Comment ça, faire ?

— Ben, pendant que tu es ici.

Je lui tends son verre à moutarde rempli de vin, réfléchis un moment et réponds :

— Apprendre l'espagnol, écrire, mettre des projets sur pied, n'être responsable de rien… ce genre de trucs, quoi. Je serai de nouveau en mer avant longtemps.

— Aha.

Il hoche brièvement la tête et verse les nouilles dans la passoire. Et je m'imagine jugée dans son silence. *Par moi-même, certainement.*

Soudain, le quotidien est là. Lyn part au travail le matin, je cherche mon rythme, et nous nous essayons à la normalité. Au bout de quinze jours, j'ose sortir une partie de mes affaires de mon sac à dos pour les mettre dans l'armoire et laisser ma brosse à dents à côté de la sienne dans le gobelet. Les bras croisés, j'observe mon œuvre sans savoir ce que j'en pense. Ou ce qu'il en pense. Ou ce que je pense de lui. Il manque l'intimité que procurait le travail en commun sur le bateau. Cet échafaudage bienheureux auquel on pouvait arrimer les contacts humains.

Quand Lyn rentre du travail, nous allons nous promener, ou bien je lis et lui regarde je ne sais quoi sur Internet. Une fois, je me surprends à faire un gâteau. *Ha ! Je vais finir par apprendre la technique des nœuds de serviettes.* Nous bidouillons chacun dans notre coin, pratiquons l'introversion commune. Un de nous au moins se retrouve du coup assez esseulé. Le calme m'incite à me demander en permanence si, ici, je ne suis que tolérée. Ou si c'est moi qui ne fais que tolérer la situation. Lyn a l'air de trouver ça très bien et paraît satisfait. Parce qu'il est certain de notre amour, dit-il. Moi, je veux continuer à monter des licornes qui chient des arcs-en-ciel et à baiser trois fois par jour. Avec un peu d'amertume, je dis adieu à mon état amoureux délirant pour croître dans le sérieux où nous pourrons nous retrouver sans fard. Peut-être que, plus tard, nous parlerons de théorie politique, irons piquer des bombes aérosols ou organiserons un voyage à Exárcheia. En attendant, nous nous répétons que nous nous aimons jusqu'à ce que ça finisse par être vrai, j'espère. De temps en temps, quand il me donne en passant de petits baisers du bout de ses lèvres pincées et durcies, les licornes me manquent. Comme un merlan forcé pour la première fois de galoper à la poursuite de ses obligations sociales délirantes sans comprendre ce qu'il fabrique, ni pourquoi, je ne sais pas quoi faire de moi-même.

*

* *

Au départ, je voulais juste aller au supermarché, mais ça fait trois quarts d'heure que je suis dans le bus, à tourner en rond en fixant les prés enneigés. Tant que je suis dans ma tête, tout va bien. C'est seulement quand j'en sors que je risque de mourir de banalité ; ça me déchire le cœur en mille fragments. Le bus traverse encore un village pittoresque. Je regarde les clôtures blanches et les haies bien taillées des jardins, je vois toutes ces vies qui, dans leur bonheur, semblent désespérément insignifiantes. *Petit, tout petit*, un horizon fait maison distant d'un mètre, ou quelle que soit la longueur standard d'un bras.

Puis j'arrive au terminus. Je n'ai même pas vu où on est. Je descends et fume une clope avec le chauffeur. Il n'est pas du coin, lui non plus. Son nom est Mian, il est kurde.

— Ça te plaît, ici ? demandé-je en observant l'arrêt de bus et les passants.

Quelque chose en moi envie leurs emplois fixes, leurs appartements, leurs relations, et les envie de flâner ainsi sur le pavé au lieu d'errer dans leurs réflexions tortueuses. Et pourtant, j'ai une peur panique de devenir comme eux.

— Pas trop, avoue-t-il en tapotant ses manches pour en faire tomber la neige. Et toi ?

— Nan. Ouais… Je sais pas.

Il tire sur sa cigarette mentholée.

— Des gens bizarres, ici. Très froids. Pas comme chez moi.

— Hmm, approuvé-je, pensive.

Je regarde un coureur qui fait son jogging sans avoir pourtant prévu de bouger un jour. D'autres gens passent près de nous en ronronnant comme des drones, les yeux rivés à leur téléphone. Toujours l'écouteur dans l'oreille, toujours prêts pour un compliment du chef. Un essaim qui bourdonne sans penser. J'évite une cycliste et pose consciencieusement le pied dans une merde de chien toute molle. La déficience collante de l'humanité me trouble le ressenti. Mian réprime un rire et je lui souris. Ce n'est pas l'humanité qui m'intéresse, constaté-je en cet instant. Il n'a pas besoin qu'on le sauve, ce conglomérat foireux de sociétés. Nous devons nous battre pour la liberté, pour l'individu, pour chacun d'eux. Mais pas pour l'humanité.

— Pourquoi ils sont comme ça ? Rien qu'un défilé de contrats de portables et de rendez-vous pour se faire décolorer le trou du cul.

Je laisse libre cours à mes pensées et il sourit de ma vulgarité. Je poursuis, pour moi, mais heureuse qu'il m'écoute :

— On s'en fout. C'est pas la question. Cette pseudo-utopie de petite ville ne changera pas. Ce qu'il faut qu'on change, c'est le monde, pas moins.

— Ah oui ? demande-t-il, curieux.

— Oui. Pour toi, pour moi, pour quelqu'un d'autre.

— C'est beau, je trouve, dit-il, sincèrement touché.

Et mon cœur s'allège un peu.

Nous allons boire une bière, puis Mian me ramène à la maison dans sa Volvo.

Le ciel est déchiré, de somptueux rayons de soleil transpercent les voiles de nuages. La cafetière italienne gargouille sur la cuisinière et je me gratte le nez avec la gomme de mon crayon de papier. Comme tous les matins, je potasse un chapitre d'espagnol en prenant mon petit déjeuner. Je bourre mes journées de petits rituels. Affairement cérémonial pour ne pas faire de surplace, car tout partirait en lambeaux. Je vais m'asseoir au bureau et m'attaque aux traductions des manifestes et articles que Betty veut envoyer à un fanzine allemand. Ensuite, je me masturbe sous la douche, comme tous les jours. Je gagne même un peu d'argent en écrivant une dissertation pour le frère d'Alva. Et avant que le soleil d'hiver se fasse la malle en douce, dans l'après-midi, je me balade dans la forêt, où les soudains battements d'ailes des pigeons grassouillets me font sursauter. Le soir, je vais fouiller les poubelles du petit supermarché du village.

De temps en temps, des amis passent nous voir, nous jouons aux cartes, faisons la cuisine, parlons de Daphne Caruana Galizia et de moisissure. Bien que ce rythme poussif me rende parfois encore un peu nauséeuse, la jachère du paradis champêtre me conquiert. J'y trouve assez de place pour faire le ménage dans mon cerveau. Mon esprit moucheté de milliers d'exigences – envers moi, envers lui, envers les autres, envers tout – commence à s'habituer à la monotonie et à apprécier son tempo prévisible ; il se précipite dans un oubli miséricordieux en emportant avec lui dans l'abîme mes aspirations émotionnelles et intellectuelles.

Peu à peu, l'oisiveté me laisse percevoir les doux accords de sa tendresse – quand Lyn me joue avec empressement son dernier morceau à la guitare, qu'il m'ensorcelle avec un paquet de pâte feuilletée volé ou annonce comme si de rien n'était qu'il veut venir avec moi en Papouasie. Il est heureux que je puisse le laisser faire, et apparemment, moins j'en exige, plus j'en obtiens. Tant que je ne me crispe pas sur les valeurs absolues, la relation fonctionne. Le lundi, nous allons ensemble glaner dans les poubelles : les containers des supermarchés sont pleins à ras bord des rebuts de fin de semaine du capitalisme, et nous remplissons notre sac à dos le cœur battant. À la maison, nous étalons notre récolte sur la table de la cuisine en nous émerveillant de notre bonheur, tout fiers. Pour mon anniversaire, il me fait la surprise d'une effraction dans le sauna du voisin, parti en vacances. Quand je glapis à mon troisième orgasme, je ne veux plus jamais être ailleurs, être sans lui.

*

* *

Kristina lit d'un air inquiet la liste d'ingrédients de la boîte de chocolats qu'elle nous a apportée.

— Je ne sais pas si tu as le droit de manger ça.

— J'ai le droit de tout manger, c'est juste que je ne veux pas.

J'explique pour la millième fois la libération par le renoncement. Elle relève la tête, perplexe, et repose le paquet. La question est réglée pour le moment. Lyn et elle parlent du bon vieux temps, se racontent des anecdotes qu'ils connaissent déjà, et je reste là à feindre l'intérêt avec un sourire poli.

Kristina est une vieille amie à lui, elle a fait tout le chemin depuis la ville et s'est invitée pour le week-end. Ça n'accroche pas entre nous. À cause de moi. Je n'arrive à ignorer ni son blazer rose pétant ni mes préjugés. Je suis incapable de faire du *small talk*, ça ne fonctionne pas. Toutes ces phrases creuses, tous ces blablas vides de sens me tuent. Je sais pourtant que sans ces pépiages introductifs, nous n'arriverons jamais à une véritable conversation. Elle est gentille et sans aucun doute intéressante (sans ça, il ne serait pas ami avec elle), mais j'attends toujours de découvrir cet aspect en elle. Manifestement, Lyn est fou d'elle, du coup je me demande si c'est moi qui suis fade et pas elle. En tripotant les grosses perles de bois de son collier, elle lui avoue d'un ton conspirateur qu'elle aussi ne mange de viande que très rarement, bio, évidemment. *Merde.* J'avale une grosse gorgée de vin en espérant réussir à me contenir.

— Les animaux vivent dans des conditions tellement atroces, dit-elle.

Elle secoue la tête avec une compassion si éclatante qu'on est tenté de se demander si sa propre pitié lui paraît plus douloureuse que la souffrance des animaux. C'est trop pour moi.

— Alors pourquoi tu les manges ?

J'ai posé la question plus brutalement que prévu. Lyn se pétrifie. Je suis en bonne voie pour pourrir la soirée. Kristina laisse filer et me sourit :

— C'est vraiment rarement. La semaine dernière dans l'avion, par exemple, il n'y avait rien d'autre. Ou quand on fait la cuisine avec des copains, j'en mange aussi.

— Tu n'as pas écrit quelque chose sur le végétarisme, récemment ?

Lyn pose la question avant que j'aie le temps de contre-attaquer, s'efforçant de m'intégrer pacifiquement, et je suis touchée qu'il s'en souvienne. Il n'a pas lu mon texte.

— Oui, à peu près. « Le véganisme comme perspective politique dans la critique du capitalisme. »

— Ah, c'est intéressant, juge Kristina avant de préciser, comme s'attendant à des applaudissements : Enfin, moi, c'est par amour des animaux. Je ne suis pas politique là-dessus.

Dommage que Lyn ne dise rien, cette fois-ci, alors qu'il devrait bien savoir ce qu'il en est. Je m'efforce d'adopter un ton aimable pour ne pas tout foutre en l'air :

— Mais c'est pourtant exactement de là que vient la souffrance animale. Elle est si étroitement liée au capitalisme et à la grande industrie de l'exploitation animale que c'est bien un problème politique. Pas seulement éthique. C'est comme en Méditerranée. C'est un problème politique, pas humanitaire. Quand on regarde bien, on ne peut pas séparer l'un de l'autre.

Kristina se penche en avant pour mieux m'entendre et me regarde en plissant les yeux de concentration.

— Hmmm, dit-elle, sans doute pour approuver, puis elle pose sa main sur son cœur : Mais quand même, moi, c'est plus à cause des animaux.

— Mais justement ! m'exclamé-je sans cacher mon agacement face à sa compréhension poussive. C'est justement pour ça qu'on est contre le capitalisme, qu'on ne mange pas d'animaux, et qu'on parraine des vaches rescapées.

Au lieu de répondre, elle se tourne vers Lyn, dans l'expectative, en tripotant son collier de plus belle. Il pince les lèvres, maussade. Et comme je veux savoir pourquoi, je le regarde maintenant avec tout autant d'attention. Il est énervé.

— C'est ni un parrainage à la con ni un amour idéalisé des animaux qui y changeront quoi que ce soit. Cet agenda de classe moyenne des droits individuels des animaux n'a absolument rien à voir avec ce problème complexe !

Je suis effarée. Kristina, au contraire, renchérit, fascinée par elle-même :

— Si tout le monde arrêtait de manger de la viande, on aurait vingt-cinq pour cent de surface cultivable en plus pour produire de la nourriture pour les humains. Ça pourrait nourrir des millions de personnes !

— Vous êtes malades, tous les deux ?

J'explose, oui, dix décibels plus véhéments que je le voulais, mais le regard méprisant de Lyn me transperce quand même la poitrine, brûlant. Je me tourne donc d'abord vers Kristina qui est abasourdie par mon éruption, et je la comprends.

— Tu crois vraiment que ça permettrait ne serait-ce qu'à une seule personne de moins souffrir de la faim ? Au sein d'un système capitaliste, ça ne changerait rien du tout à la répartition des ressources !

Sa réponse n'a aucune influence sur mon agitation et je m'adresse maintenant à Lyn, courroucée. Il n'ose même plus me regarder en face.

— Il n'y a rien de mal aux droits individuels des animaux !

— Moi non plus, je ne veux pas qu'on torture des vaches, mais je préférerais que ces vaches ne soient pas là du tout, objecte-t-il, obstiné, et c'est mon tour d'être énervée.

— J'ai dit qu'il devrait y avoir autant de vaches ? Pas du tout. Mais on est obligés de faire avec ce putain de statu quo. Je ne peux pas tout faire disparaître, à part quelques aurochs, d'un coup de baguette magique. Tu crois que c'est par erreur qu'il y en a tellement ? Non, c'est parce qu'on les mange et qu'on les boit et qu'on les achète.

Peut-être que moi, la végane en chef, je finirai par devoir bouffer les derniers troupeaux reproducteurs afin que la planète ne soit pas violée plus longtemps par les millions de vaches sauvées. Je ne sais pas, moi non plus, où on pourrait les mettre. Mais on n'en est même pas encore là. Cette réflexion est aussi débile que la putain d'île déserte sur laquelle on propose en permanence d'envoyer les véganes avec un cochon. Même si je garde ce détail pour moi, je suis loin d'avoir terminé :

— Être végane n'est pas la solution à tous les problèmes. Mais ne pas l'être signifie contribuer à ces problèmes. Qu'est-ce qu'on peut dire à un poulet qui a plus de place dans le four que ce qu'il en a eu pour vivre ?

Kristina hoche la tête, approbatrice ; je doute malgré tout qu'elle ait compris quoi que ce soit, les doigts plongés dans sa boîte de chocolats. Lyn croise les bras et me regarde comme si tout ça était une attaque personnelle contre lui. Je suis furieuse :

— Et puis je ne suis pas un trou du cul privilégié de la classe moyenne qui ne capte rien à la complexité de la chose, dis-je en reprenant ses termes. C'est pas parce que j'ose aussi m'inquiéter de la souffrance d'un individu, en plus de toutes les autres merdes, que je suis naïve. Je ne te donnerai pas mon absolution pour être un bouffeur de viande juste parce que le discours te dérange trop ou parce qu'il existe encore d'autres problèmes !

— Je ne t'ai pas traitée de naïve. Ne me fais pas dire ce que je n'ai pas dit.

Il a parlé d'un ton ouvertement condescendant, mais au moins, il est calme. Kristina s'enfonce de plus en plus dans sa chaise. Je veux seulement qu'il comprenne qu'il ne s'agit pas de lui.

— Je ne veux pas te faire dire ce que tu n'as pas dit, je veux juste te faire balancer des cailloux, dis-je, suppliante, tout en m'étonnant de mon ton servile.

À l'expression de son visage, je devine ce qui se passe en lui. Comme l'image rémanente du soleil sur la cornée éblouie, son opinion, qu'il ne connaît pas encore lui-même, fait un bond de côté chaque fois qu'il essaie de la fixer.

Au soulagement général, le minuteur sonne, et je vais sortir le gratin du four. Je caresse la nuque de Lyn au passage. Au moins, on a discuté.

L'art du *small talk* de Kristina qui m'a tellement énervée au début finit par sauver le dîner. Comme si rien ne s'était passé, elle papote de ceci et de cela et parvient à afficher un enthousiasme incroyable sur le moindre sujet. Une fois la seconde bouteille de vin achevée, la soirée est devenue vraiment acceptable. Kristina va aux toilettes et je balance les assiettes dans l'évier. Lyn m'enlace par-derrière, je me colle contre lui. Il m'embrasse dans les cheveux et murmure :

— Tu es heureuse ?

Je me retourne en souriant et l'embrasse en guise de réponse. Quelle question stupide. *Oui, bien sûr. Évidemment que non.* Comment qui que ce soit de sensé peut-il répondre à ça ?

*

* *

Salma m'appelle. Malgré ma haine du téléphone, je décroche, toute joyeuse.

— *Direttore di macchina !*

— *Capitana !* répond-elle avant d'en venir directement au fait : Je voulais te donner des nouvelles de l'enquête.

— Oh.

Aussitôt, ça me ronge : je ne me suis pas le moins du monde occupée de toutes ces conneries et ai tout refoulé en me reposant, je le crains, sur Salma.

— J'ai parlé à d'autres avocats et on dirait que c'est bien la merde, finalement.

— Ah, fais-je, pas très surprise.

— Ils pensent que nous allons vraiment être poursuivis, reprend-elle en soupirant. Et que c'est clairement un procès aux motivations non pas pénales, mais politiques, ce qui veut dire qu'on doit se préparer à un paquet d'emmerdements.

— Quels salopards !

— Ça va prendre plusieurs années. Et coûter plein de pognon.

— *Fuck !*

— Si on n'a pas de bol, ils risquent même d'ajouter une poursuite pour acte criminel en bande organisée, et ça, ça vaut vingt ans de tôle.

— Ils délirent ?

— Ouais, confirme-t-elle sobrement. Ah, j'allais oublier. Ils disent aussi qu'on ne devrait plus partir en mission pendant que l'enquête contre nous est en cours.

Il me faut un moment pour digérer la chose. Enfin, je demande, vexée :

— Mais pourquoi ?

— On pourrait atterrir en préventive en Italie si on sauve encore quelqu'un…

— Pardon ? Mais on vit dans quel monde, là ?

Je suis réellement atterrée.

— *Can not have nice things*, conclut Salma, abattue.

— *Can not have nice things.*

Je répète cette phrase comme si elle pouvait me permettre de mieux comprendre.

L'oreille brûlante, j'essuie l'empreinte de sueur de l'écran de mon téléphone. Après avoir raccroché, je reste un moment immobile à prendre conscience par fragments de l'ampleur de ce délire, de sa dimension politique et de ses conséquences personnelles pour nous. L'Europe est de nouveau fascistoïde. *Putain, l'Union européenne, lauréate du prix Nobel de la paix.* Mes pensées en reviennent toujours au même point. Nous ne pouvons plus aller en mer. Ces salopards nous ont paralysés.

Je fume une clope puis je vais voir Lyn qui regarde des vidéos YouTube sur son portable, allongé sur le lit. Je m'assieds près de lui et lui raconte ce qu'il se passe.

— Oh merde, dit-il sans lâcher son téléphone.

— Oh merde ?

Il pose l'appareil sur le lit et me regarde, l'air sévère :

— C'était clair que ça viendrait. On le savait.

— Oui, et alors ? Je n'ai pas le droit d'être bouleversée quand ça finit par arriver ?

Mais il louche de nouveau sur sa vidéo. Sans doute est-il trop occupé par le Grand Tout, à fomenter d'autres plans révolutionnaires qu'il aura peut-être un jour la bonté de m'expliquer. J'aimerais tant ne pas me mentir aussi éhontément. J'aimerais tant qu'il ne me déverse pas ces seaux de doutes sur la tête avant de me planter là, toute seule. Puis mon esprit revient à cette seule et unique pensée : *Je ne peux plus partir en mer.* Une autre s'y ajoute : *Si je ne pars plus en mer, ce n'est plus une pause que je fais ici. Fuck*, et maintenant, quoi ? D'abord fumer une clope. J'abandonne Lyn à son portable et moi à mes prises de tête. Je ne sais pas ce qui va se passer, et encore moins comment.

Les jours s'écoulent et se transforment peu à peu en semaines. J'ai fait pas mal de progrès en espagnol, et Lyn ne me regarde plus dans les yeux quand nous couchons ensemble. Ce que nous faisons, c'est du ramonage indifférencié, et à la fin, je me branle avec sa bite. Je descends, sa main attrape machinalement le rouleau de papier toilette posé sur la table de nuit, il s'essuie. Je ne sais pas pourquoi la lumière est éteinte, une fois de plus. Et pourquoi est-ce qu'on n'a encore jamais baisé dans la cuisine ?

Pleine de bonnes résolutions, je sors mon livre d'espagnol, m'apprête à le feuilleter, gribouille encore un peu le texte d'un article, sans inspiration, et me retrouve deux minutes plus tard à fixer de nouveau le mur. Contempler le papier peint ingrain, c'est comme chercher des images dans les nuages, version maniaco-dépressive. Malgré tous mes efforts pour me cacher dans et derrière mes livres, pour éviter les faits en allant me promener pendant des heures, je n'échappe pas à cette constatation : c'est insipide. Si ça continue comme ça, si la stupide discussion sur le menu du dîner reste la conversation la plus fascinante de la journée, je vais hurler.

Puis je me demande à nouveau si j'attache trop d'importance à cette douleur et à ce désir, si je me convaincs moi-même que tout va bien ou que tout va mal. Dans un sens ou dans l'autre, j'en ai marre de pédaler. Et finalement, je ne fais plus qu'attendre. Attendre quoi, je ne le sais pas vraiment moi-même. C'est comme l'arnaque avec les guépards dans les documentaires animaliers. Tout tourne autour d'une obsession : la vitesse à laquelle ils courent. Puis, systématiquement, ils gâchent tout. *Oh, le beau guépard ! Oh, c'est parti !* Et paf, ils le montrent au putain de ralenti ! C'est officiel. On n'obtient pas ce qu'on veut, et parfois pas même ce à quoi on s'attend.

*

* *

Aujourd'hui, on a aperçu un renard dans le champ, et on fabule sur les animaux qu'on verra en Papouasie. On a raté le bus, du coup, mais peu importe, le goupil en valait la peine. Il fait trop froid pour attendre, alors on va à pied jusqu'au prochain village. La route de campagne serpente tranquillement dans la grisaille, il se met à pleuvoir. Le col relevé, nous accélérons le pas et laissons nos rêveries derrière nous. Une voiture nous dépasse, l'eau boueuse d'une flaque éclabousse de partout. Je me marre, Lyn râle. Des gouttes de pluie ou de morve chatouillent mon nez engourdi, et je suis bien décidée à rester de bonne humeur.

— Ou est-ce que tu préférerais aller ailleurs ? demandé-je, le visage presque entièrement dissimulé par mon écharpe, mon col et mon bonnet.

Le diable sait si je parle du prochain bled ou de la Papouasie.

— Non, grogne-t-il.

— OK.

Je halète, penaude, et m'essuie le nez dans ma manche.

Il me devance d'un demi-pas et je n'arrive pas à savoir si ça vient de moi ou de lui. Nous avançons d'un pas lourd à travers le rideau humide de plus en plus épais, et je rêve qu'un autre renard apparaisse. Le ronronnement sourd d'un bus surgit et nous nous écartons de la route, dans le champ boueux pour lui faire de la place. Alors que je cherche encore des yeux la prochaine flaque, le bus s'arrête à notre hauteur. La porte s'ouvre avec des sifflements hydrauliques et Mian, au volant, me fait signe.

— Montez ! nous invite-t-il avec effusion.

— Merci, Mian ! dis-je en sautant à bord.

J'entraîne avec moi un Lyn ébahi et explique :

— Mian est un ami.

Au café, Lyn me tient la main. Nos vestes trempées sont suspendues près du radiateur et la pluie frappe sans interruption à la grande baie vitrée comme pour demander pourquoi nous l'avons laissée dehors. Lyn rapproche sa chaise de la mienne et s'excuse de sa mauvaise humeur. Je lui raconte un voyage sur le toit d'un bus surchargé à Sumbawa. Puis il reparle du Kazakhstan, et je meurs d'impatience d'avoir des souvenirs communs avec lui.

— On peut déjà se débrouiller pour aller à Kimbe Bay, faire de la plongée. On pourrait essayer d'y aller en bateau-stop depuis Jayapura.

Je serre sa main dans les miennes et il me sourit.

— Tu es la personne la plus fifibrindacieresque que je connaisse, dit-il, flatteur, avant de se commander un café. Au lait.

Je n'arrive pas à dormir. Il est 3 h 20, et je m'énerve de ne pas avoir abordé le sujet directement. Mais on se serait disputés. *Je voulais juste qu'on passe un bon moment.* La couette refuse de s'enrouler autour de mon gros orteil et je deviens grognon. Je ne comprends pas comment il fait pour dormir comme si tout allait bien. Je le dévisage dans l'obscurité. *Hé ! Réveille-toi, bon sang !*

J'attends avec impatience que le réveil sonne, bondis à la cuisine et prépare le café pour que nous puissions enfin parler. Je vais m'asseoir près de lui sur le lit, lui mets la tasse dans la main et repousse une mèche de son front. Il pose sa main sur ma cuisse, pas assez haut, hélas.

— Merci.

Je me lance, mimant la joie de vivre avec le talent d'une comédienne… en proie au trac :

— Salut, grand anarchiste. Bon. Je n'arrive pas à croire… C'est complètement dingue de croire qu'une société qui provoque et soutient la souffrance animale puisse devenir une société qui ne soutienne pas aussi la souffrance humaine.

Je prends une gorgée de mon café beaucoup trop chaud et attends sa réaction avec nervosité. Lyn soupire, agacé, repose sa tasse et se lève.

— Qu'est-ce qu'il y a ?

— Il est un peu tôt pour une discussion stupide sur les droits des animaux, grogne-t-il.

— C'est pas une raison pour te mettre en rogne, fais-je, perplexe.

— J'ai aucune envie de parler de ça, là. Je te dis pas non plus ce que tu as à faire.

— Je ne te dis pas ce que tu as à faire, je te demande de réfléchir.

Et comme il s'entoure une fois de plus d'un silence insultant, je lui balance un autre truc à la tête, offert par la maison.

— À chaque fois, tu te mets sur la défensive et c'est moi l'emmerdeuse.

Il me jette un coup d'œil dont je ne peux pas ignorer le mépris scintillant.

— Je n'ai pas envie de parler maintenant, dit-il pour conclure une conversation qui n'a pas eu lieu.

Puis il attrape son portable sur la table de nuit et me plante là avec deux tasses de café amer.

Bamm ! Mon mur émotionnel se dresse d'un coup. Il faut que j'arrête de l'aimer. *Ça finit là.* Mon angoisse de la perte s'effondre en râlant. Désabusée, je tâtonne dans mon crâne, qui ne m'aide pas beaucoup. Puis j'ose m'approcher de mon cœur. Il bat sans se douter de rien. Il a déjà tout oublié, comme un poisson rouge.

— *See you later, darling!* lance-t-il du couloir, puis la porte se referme.

Darling?

Je ne sais pas à quel moment exactement je prends la décision, ou si c'est la décision qui me prend. Ça arrive automatiquement, comme si je n'étais que la passagère de mon propre corps. Je regarde mes mains fourrer mon bazar dans mon sac à dos. Puis mes pieds qui me font passer la porte. Il ne manque plus que la voix de David Attenborough pour expliquer mon mode de vie à la spectatrice que je suis.

*

* *

Les gouttes de pluie se cramponnent à la vitre du train. À travers leurs rayures bombées, je fixe les champs nus et les villes qui défilent. Cette fois-ci, je ne vais pas assez vite. La réalité me rattrape par-derrière, rampe sur ma nuque et s'y agrippe brutalement. Je m'enfonce encore dans mon manteau et tire mon bonnet plus bas sur mes yeux. Je n'ai aucun plan, pas même un concept. Toute la terre qui vient de se dérober sous mes pieds me manque terriblement, je tombe en une chute sans fin. Aucun filet de secours en vue. Suis-je aigrie. *Y a pas même de point d'interrogation au bout !*

Ça vibre dans ma poche, c'est Lyn qui appelle, et les larmes me montent aux yeux. Je rejette l'appel, je rejette tout. C'est pas avec lui qu'on sauvera le monde. Ça bipe, il m'envoie un message : « *Baby, where are you? I'm sorry. Please come home. I love you.* » Et encore un juste après : « *I want to talk to you. Hear all your thoughts and tell you mine.* » Pourquoi maintenant ? C'est la seule chose dont je le supplie depuis des mois.

— Va te faire foutre.

J'ai marmonné ça sans une once de colère. Comme un vautour décharné, je décris des cercles au-dessus du cadavre creux de l'illusion dont je ne voulais même pas quand je l'avais. Mon refus d'admirer l'immense paysage me dégoûte tout autant. Drôle d'oiseau que je suis, j'ai conscience de ne pas seulement arnaquer le monde magnifique en dessous de moi, mais aussi moi-même. J'éteins mon portable.

Le train roule toujours, mes pensées halètent à sa poursuite. Ce qui me pèse tant sur l'âme n'est pas un chagrin d'amour, mais un chagrin de vie. J'aimerais bien m'autoriser une véritable dépression, je pourrais tout lui mettre sur le dos. Au lieu de ça, je suis bêtement triste à mourir, et je pleure amèrement dans mon écharpe.

L'ascenseur de l'hôtel est infiniment lent et la musique qui y passe me rend dingue. Je surprends mon reflet dans le miroir et me vois, inutile, mal-aimée et abandonnée. *Par qui ? Par moi ?* Tout me prend la tête, tout est dans le cirage. Une crampe impossible à masser dans mon être m'ôte ma légèreté et me condamne à de vaines ruminations. Et puis il y a toujours le petit garçon dans le congélateur. Je ne sais pas comment sortir de ce labyrinthe de pensées. Chaque tournant ne fait qu'apporter des doutes supplémentaires. Ça fait cinq jours que je sillonne le pays sans but et sans espoir, sans vouloir arriver nulle part ni sonner chez personne. Il faut que ça arrête de faire mal, bordel de Dieu. J'observe mon moi futur avec envie et mon moi présent avec un apitoiement tenace.

Quelque chose me pousse, m'oblige à agir, à me rendre utile, à sauver le monde et à rigoler sans arrêt à gorge déployée. Dans mon carnet tout déchiré, je m'essaie à une liste de projets qui aient du sens. Mes tripes se nouent quand, sous le titre « Mythe de Sisyphe 2.0 », je n'arrive à tracer sur le papier graisseux qu'un tas de gribouillis. Paralysée par ma propre immobilité, je referme le calepin. Putain de cercle vicieux.

Donc, quand je tente de me jeter dans la liberté des existentialistes, je n'y trouve au lieu d'un vertige exaltant que la peur de m'être précipitée dans l'abîme il y a longtemps déjà, et de ne plus rien faire d'autre que d'agiter les jambes dans le vide, impuissante. Le seul frottement est tout au fond de moi, et ça patine.

Je referme la porte derrière moi et me laisse glisser par terre, le dos au battant. Je suis allée jusqu'à Lisbonne, sans savoir pourquoi, et suis entrée dans le premier hôtel venu. Un de ces machins anonymes avec des murs trop blancs et une lumière criarde, des rideaux des années quatre-vingt et un personnel en costume mal coupé. Ça sent les draps frais et le désodorisant. Comme si j'étais un élément de ma propre expérience, je moisis et prolifère dans cette boîte de Petri de stérilité. Sans aucune notion du temps, je reste assise là une éternité puis, honteuse de moi-même, je me traîne jusqu'au fauteuil devant la télé. Je m'allume une clope sous l'autocollant « chambre non-fumeurs » après avoir démonté le détecteur de fumée du plafond. Je sors de mon sac à dos une des quatre bouteilles de vin achetées dans un élan de prévoyance, puis je remonte dans mon manège de ruminations jusqu'à en avoir la nausée.

Le vin me fait roter, et soudain, je me dis que les autres non plus ne changent pas le monde ni ne vivent le grand amour tous les jours. Et ils sont pourtant heureux. Est-ce que je joue ma vie sur un ampli – *this one goes to eleven* – qui fait paraître la normalité faiblarde ? Une junkie des sensations extrêmes, insensible à la bravoure d'une promenade au soleil. La cire coule tristement de mes ailes qui fondent à la chaleur de l'astre.

Comment puis-je progresser dans cette cellule d'isolement de mes pensées ? J'enfonce le bouchon de la deuxième bouteille dans le col et remplis de nouveau le verre à dents. Plus je me convaincs que tout va s'arranger, plus je me trouve ridicule. *C'est la merde partout, c'est pourtant évident*, ânonne ma voix intérieure. J'écrase ma cigarette sur la table de verre et essaie avec encore plus de vin.

Il faut que j'appelle Emma, la supplie de me sortir d'ici. J'extirpe mon portable de mon sac sans trouver la force de l'allumer. Je suis terrifiée par les appels et les messages manqués. Et par l'idée qu'ils n'existent pas. De même que la Terre serait précipitée vers le Soleil si elle tournait autour de lui plus lentement qu'à 107 461 km/h, je m'étiole dans mon mouvement d'inertie et perds mon orbite. Tant que je ne détruis pas le système, des callosités aux mains et des perles de sueur au front en guise de bijoux, tant que je ne suis pas autorisée à désirer et à me rebeller avec un dévouement inconditionnel, rien ne bouge en moi. Il y a l'accomplissement éblouissant dans l'existence absolue, et sinon, rien. Rien qu'un espace non comblé et la constatation de l'impuissance qui nous dévore comme un magma collant de peurs brûlantes. Je n'arrive même pas à rire de cette mélancolie mélodramatique.

Je pense beaucoup trop à Lyn. Tout ce supposé amour m'avait fait oublier qu'il y a une planète et tant de mondes à sauver. Maintenant, je veux les deux – l'émancipation exaltée d'un cœur aimant et la combativité indomptable d'un intellect empathique. *First fix is for free.* Le sevrage à froid coûte tout.

Le soupçon de ne pas pouvoir me tirer toute seule de ces sables mouvants élégiaques me plonge dans l'épouvante. Qui attrapera ma main et me rapportera le monde ? M'offrira un bouquet de cocktails Molotov et me fera rêver de lendemains qui chantent ? Le *perpetuum mobile* de mes problèmes avance sans cesse. Je me sens quitter l'orbite, dériver seule dans l'espace en direction de la boule de feu qui dévore tout. À part m'apitoyer sur mon sort, boire du vin rouge et fumer comme un pompier, je ne vois pas de cure appropriée. Je m'enfonce dans les coussins marron du fauteuil et regarde mon univers s'effondrer, 2,1 grammes dans le sang et une ride de colère sur le front.

*
* *

Il me faut une semaine et beaucoup d'alcool pour réussir enfin à ramper jusqu'à Emma. Bravant la mort, j'ai finalement allumé mon portable pour l'appeler. J'ai supprimé les messages de Lyn sans les ouvrir, je lis les anciens bien trop souvent. Je les fais défiler un millier de fois, et un millier de fois, je ne comprends pas quand nous sommes passés de Bonnie et Clyde à une banalité confinée. Emma m'ôte le téléphone des mains et le pose tout en haut de l'étagère ; je ne peux l'atteindre qu'en grimpant sur une chaise.

— Ça suffit, maintenant. S'il avait des couilles, il serait ici aujourd'hui et se battrait pour te récupérer. Et après, il irait foutre le feu partout avec toi.

— Ouais, grogné-je, tourmentée.

Elle a raison. Il faut que j'arrête de regarder dans le rétroviseur – *objects are closer than they appear*. Mais elle non plus ne peut pas me dire ce que je suis censée faire sans bateau. Au contraire, elle semble certaine que je vais finir par trouver quelque chose moi-même. L'enfant impératrice me tourne autour, mais même répondre à ses demandes de caresses est au-dessus de mes forces. Il n'y a plus rien en moi que je pourrais donner. Tout me dépasse. Le pire, ce sont les attentes des autres, qui veulent que je sois heureuse. Le fil défait que je me suis enroulé autour du doigt s'enfonce dans ma chair. Indifférente, je regarde une partie du bout de mon doigt devenir rouge tandis que l'autre pâlit. Le fil se brise d'un coup sec et je continue à tripoter l'ourlet de mon pull. Afin de ne pas rester assise là à comater, et inquiète que même Emma perde tout respect envers moi, je frotte la tache de vin rouge sur mon jean et porte la main à ma tresse que je n'ai pas défaite depuis trois jours.

— Oh merde, j'ai une tronche de SDF, constaté-je en baissant les bras.

— Chérie, tu es SDF, me rappelle-t-elle.

Le lendemain, je me force à aller prendre l'air et m'engage sur le chemin boueux qui mène au ruisseau. De gros saules pleureurs bordent les méandres du cours d'eau tels les gardiens silencieux d'un oracle. Les merles se livrent à un fervent concours de chant, un pic épeiche marque le rythme énergiquement sur un tronc d'arbre mort, et je prends conscience de tout ce que je ne suis pas. La foi n'est rien sans le doute, l'être n'est rien sans la lutte éreintante pour le mouvement et pour la raison.

Je fais des ricochets, passe mes doigts dans l'herbe humide. La vitesse de rotation de la Terre sur son axe est nulle aux pôles et de 1 650 km/h à l'équateur. À voir comme je suis brinquebalée, on dirait que mon pôle à moi n'a toujours pas été découvert. *Quo vadis, Amundsen ?* Malgré les tentatives d'expédition, il ne peut y avoir aucun doute quant au combat, puisque je suis le combat. Je crapahute le long de la berge jusqu'à ce que les ronces se cramponnent à ma jambe de pantalon, et la fauvette à tête noire du buisson d'à côté reste calme. Le petit oiseau tourne la tête à droite et à gauche à une telle vitesse qu'on le croirait sous la lumière d'un stroboscope. Il m'a à l'œil. Je ne peux pas me décoincer, et c'est tant mieux. Le soupçon incessant de ne toujours pas faire assez ni être assez est à la fois la flamme et l'allumeur de mes efforts. Ma raison d'être. Et le sauvage petit chanteur, avec son regard critique, vient de rallumer tout ça d'un coup.

Je retourne sur le sentier de terre battue et, *quel choc*, je ne sais toujours pas ce que ça signifie pour moi. Je suis pleine d'élan, et pourtant, je n'ai que des réponses qui ne correspondent pas à mes questions.

L'eau chaude coule sur ma nuque courbée et l'air froid passe sous cette saloperie de rideau de douche qui n'arrête pas de se coller à moi. Je déteste les douches. C'est vraiment trop con d'être debout là comme ça à se mouiller de si triste manière. Je me savonne et baisse les yeux sur mon corps. *Quel gâchis !* Il faut qu'Emma le sache aussi, et je crie dans le couloir :

— Cette paire de nichons d'enfer a intérêt à se refaire tripoter bientôt !

— T'en fais pas, on va arranger ça ! répond-elle, morte de rire.

La mousse me chatouille le visage, et je crois ses paroles.

Emma s'occupe de moi avec dévouement. J'ignore complètement comment elle supporte mes jérémiades et mes larmoiements de folle. Elle me serre dans ses bras quand je pleure, compose les plus belles tirades haineuses contre Lyn, cette couille molle, et contre le procureur italien, et me botte le cul quand je recommence à tourner en rond.

Un soir, alors que je suis un peu moins apathique et en viens toute seule à l'idée de manger, je me lamente sur ma propre vision de moi-même :

— Il y a même pas eu de goutte d'eau qui aurait fait déborder le vase. Ça fait je ne sais combien de temps que je picole ce brouet dégueulasse, et me voilà étalée dans mon propre vomi. C'est comme ça.

Elle sourit et hoche la tête posément. Pour éviter de se perdre en clichés et platitudes, elle ne répond pas et pose une autre part de pizza sur mon assiette :

— Je crois que, ce soir, on ferait mieux de sortir.

Le vendredi soir, il y a trop de monde dans les rues pour réussir quoi que ce soit, nous laissons donc les aérosols à la maison. Nous mettons juste quelques autocollants sur les lampadaires et les armoires électriques qui parsèment notre trajet d'un bistro à l'autre. Je suis déjà bien entamée, mais Emma me traîne jusqu'au bar suivant, où nous ne connaissons plus personne. C'est un modèle irréprochable de bar punk, avec murs rouge foncé et motif léopard derrière le comptoir. Nous commandons au bar puis trouvons une place à une table haute déjà occupée.

— Je peux ? demande Emma.

En fait, elle veut dire « Je m'installe », et repousse les verres de sorte à faire de la place pour les nôtres. Le petit groupe se repositionne poliment pour nous et la conversation s'engage. Les deux types nous informent qu'ils sont en train de boire le fric de leur dernier boulot, sitôt gagné, déjà avalé – ils sont monteurs de stands sur un salon. Ils sont super marrants, plantés là à prendre la vie du bon côté. La gamine goth-punk dit être étudiante, et tripote timidement son collier de chien. Le plus grand des deux types va chercher une tournée de schnaps pour tout le monde. Et tandis que nous avalons le breuvage infernal, ils nous demandent ce que nous faisons. Emma dit tout de suite que je suis capitaine et raconte ce qui se passe en Méditerranée. Les deux gars lèvent leurs verres, visiblement impressionnés.

— C'est génial que vous fassiez ça.

La goth-punk tombe de son nuage :

— C'est vrai, tu es capitaine ? C'est vraiment trop cool !

On dirait que les pâtés de mascara qui surchargent ses cils au-dessus de ses yeux écarquillés vont en tomber d'enthousiasme.

— Moi, j'en serais pas capable, ajoute-t-elle pour conclure, et ça me coupe l'envie.

— Tout le monde n'est pas obligé de partir en mer. On peut soutenir leur travail d'ici, suggère Emma.

Je demande, agressive :

— Et vous, qu'est-ce que vous faites ? Pas au boulot ou à la fac, je veux dire, pour une bonne cause ?

Les réponses prévisibles clapotent jusqu'à nous. *Non, pas le temps. Malheureusement. Dommage. J'aimerais bien, mais…*

— Hm, fit Emma.

— Hm, dis-je, peu désireuse de les décharger de leur culpabilité.

— Nan, mais je trouve ça vraiment génial, ce que tu fais, insiste encore le plus petit avant de se tourner vers Emma : Et toi, tu fais quoi ?

— Je fous le bordel, répond-elle sèchement.

Il tourne les talons sur-le-champ pour aller chercher une nouvelle tournée de schnaps. La gamine goth-punk me remercie et semble croire avoir ainsi fait sa part. *Mon Dieu, c'est d'un ennui.* Moi aussi, j'aimerais bien de nouveau admirer quelqu'un. *Vas-y, impressionne-moi !* J'ai pas envie de les remercier tout le temps pour des fleurs avec lesquelles ils se félicitent aussi eux-mêmes. Au lieu d'une petite carte, le bouquet est accompagné d'un blanc-seing. Comme s'ils pouvaient substituer la reconnaissance à leur responsabilité. Ce que je voudrais, c'est leur coller ce bouquet de berce du Caucase dans la figure jusqu'à ce qu'ils aient des cloques.

Je continue à les asticoter, peu importe que ce soit perdu d'avance.

— Vous trouvez pas que vous aussi, vous devriez vous battre pour ou contre quelque chose ? Si vous croyez ne rien devoir faire, vous êtes qu'une bande de gauchistes de luxe ignorants !

Vexés, ils rapprochent leurs verres et échangent des coups d'œil incrédules. Incrédules de se faire critiquer alors qu'ils viennent de dire des trucs si gentils.

— Allez, ferme-la, lance Emma en rigolant pour tenter de me calmer, ça sert à rien, avec eux.

— Nan, c'est EUX qui devraient arrêter de la fermer !

On se marre toutes les deux, eux non.

Il y a de nouveau de la place au comptoir, et nous déménageons. On a à peine cinq minutes à nous, mais c'était l'idée. Le type à côté d'Emma nous adresse la parole. Il drague vaillamment, sans encore trop savoir laquelle de nous deux, et raconte des histoires passablement marrantes sur la dernière soirée *karaoké-till-death*. Alors que je suis sur le point de classer ce blabla innocent dans la catégorie acceptable, ça recommence :

— Et vous, vous faites quoi ?

Et merde. Un coup d'œil d'avertissement à Emma, qui se mord les lèvres.

— Je suis artiste, dis-je, subitement inspirée.

Le type s'enflamme :

— Ah, artiste. C'est super !

C'est embarrassant de voir ces deux mensonges ainsi réunis. *Quel lèche-cul.* Emma me pince la cuisse.

— Et tu fais quoi comme art ? demande-t-il en affichant une mine intellectuelle.

— C'est vrai, ça, tu fais quoi comme art ? renchérit Emma, pince-sans-rire.

Je croise les jambes, lève mon verre avec élégance et nous renseigne tous :

— Je fais de l'art du deuil. Quand un animal de compagnie meurt, je peux avec mon art lui offrir la vie éternelle.

Il hoche la tête avec beaucoup trop d'empressement, et pourtant, je sais encore moins que lui ce que je suis en train de déblatérer.

— C'est passionnant. Tu peins les animaux ?

— Non. (Je souris avec mépris.) Je les bourre de pétards et je les fais exploser devant une toile.

— Ah, commente-t-il, décontenancé, en rajustant sa veste. Il faut que j'aille aux toilettes.

Emma est morte de rire. Je souris, flattée et embarrassée, et elle lève son verre :

— Je crois que ça suffit pour aujourd'hui. On sauvera le monde après le petit déj.

— Café, clope, combat, déclamé-je avant de trinquer.

Quand je la rejoins au lit, elle me jette un coup d'œil critique :

— Tu veux récupérer ton téléphone ?

— Non, dis-je en remontant la couette. Oui… Non.

Elle se tourne vers moi, la tête appuyée sur la main :

— Tu sais que c'est une couille molle qui t'a laissée crever la gueule ouverte, et que ses sautes d'humeur t'ont bouffé toute ton énergie.

— Je crois que je le sais depuis bien trop longtemps.

Je soupire et repense au petit matin devant le poste de la garde côtière, avec Jeremy et Antonio. Sans lui. À ce moment-là déjà, il a semé en moi une minuscule graine de doute, si petite que je n'aurais pas pu la trouver seule même si je l'avais cherchée. Et pourtant, elle a porté bien plus de fruits que l'espoir.

— Tu sais ce que tu as, poupée ? C'est pas des peines de cœur, c'est des douleurs de croissance.

Je me lamente, incapable d'enterrer l'illusion dans le marais obscur de mes pertes :

— Ça aurait pu être tellement parfait. Si seulement il m'arrivait à la cheville. Si seulement je pouvais me satisfaire de moins.

J'y crois pendant une seconde. Puis je me marre. C'est vraiment ridicule. Emma m'envoie un oreiller à la figure et nous nous chamaillons en gloussant jusqu'à finir par nous endormir côte à côte, les joues rouges. L'enfant impératrice mâchonne les coussins avec persévérance.

Je me réveille au milieu de la nuit, me tortille dans tous les sens puis finis par me lever pour ne pas réveiller Emma. Sans allumer, je m'assieds à la table de la cuisine et fais glisser un doigt sur le bois. Toute bête, comme donnée en spectacle, je regarde la lune. Son putain de romantisme, elle peut bien se le coller où elle voudra. *Dieu tout-puissant, qu'est-ce que j'ai projeté sur ce pauvre gars, avec mon esprit contaminé par les hormones ?* Ainsi arrive le jour où il faut tabasser l'espoir sans aucun scrupule, taper dessus jusqu'à faire gicler ses entrailles et frapper encore s'il se tortille et tressaille. Même s'il y a de la vie, il n'y a pas d'espoir. Il faut l'assassiner. Et c'est ce que je fais maintenant.

*

* *

Il y a du monde au concert de solidarité pour les combattantes kurdes en Syrie. J'espère qu'ils ont tous compris de quoi il retourne et ne rêvent pas d'une meute de Lara Croft chez les Séleucides. Emma et moi distribuons des tracts, le groupe de première partie commence à maltraiter ses guitares. Les premiers rangs se lancent dans un pogo déchaîné à en faire trembler les murs du centre autonome. Dieu merci, ils sont renforcés par les couches de posters qui s'y sont accumulées au cours des années comme des cercles de croissance. Nous nous réfugions au fond de la salle pour pouvoir discuter au calme, et Emma se dévisse le cou à la recherche d'un type avec qui elle pourrait me renvoyer à la maison. *Tu perds ton temps.*

Klaus et Zecke ne sont pas du tout mon genre, mais ils se joignent quand même à nous. Zecke n'arrête pas de renifler, enrhumé, et s'inquiète qu'on croie qu'il ait pris de la coke.

— Je touche pas à ça ! déclare-t-il promptement en tripotant les clous de sa veste.

— On s'en fout, objecte Klaus.

Il sirote sa bière, bat le rythme du pied et regarde le groupe.

— On s'en fout pas du tout, proteste Zecke. Pas quand on sait d'où vient cette merde.

— Bravo, Zecke, c'est bien, mon gars ! dis-je avant de trinquer avec lui, toute contente.

— Enfin, on peut bien rigoler un peu de temps en temps, reprend Klaus, qui trouve ça exagéré.

Emma tord la bouche en une moue d'incompréhension :

— Tu délires ou quoi ? On peut pas soutenir les guerres de cartels et la destruction de la forêt vierge.

— Mais ce truc est partout, qu'on le veuille ou non. La scène punk a besoin de temps pour comprendre et accepter ce qui se passe, s'efforce d'expliquer Klaus.

Je rétorque en riant de colère :

— C'est qui, « la scène » ? C'est toi !

Nous gardons le silence un instant, écoutons les Larsen couiner et un bref discours sur les combattantes kurdes. Puis la musique reprend, et moi aussi :

— Si j'entends dire encore une fois que quelqu'un a besoin de temps… C'est exactement ça, le problème : le problème, c'est toi et ta position. (Je hurle presque, pas seulement pour couvrir la musique.) Comment est-ce que ça pourrait être le moins du monde acceptable juste parce que quelqu'un a encore besoin d'y réfléchir ? C'est quoi, cette hérésie de croire qu'il est question de toi ?

Klaus boit sa bière, dépité. *Comment tu as fait pour arriver sur ce piédestal ?* demandé-je à l'humanité. Puis j'explique :

— La réalité, c'est pas tes méditations, c'est ce que vivent les défavorisés.

Emma rouspète :

— Pourquoi est-ce que d'autres devraient souffrir une seule seconde à cause de ta quête de toi-même, jusqu'à ton illumination ? Dans quel monde est-ce que c'est juste ?

Et la rhétorique supprime les points d'interrogation.

Klaus ne dit plus rien, tout penaud. J'en remets une couche :

— Oui, je sais. Dans le tien. Ça veut dire que tu es présomptueux, du coup.

— Trois contre un, c'est pas cool, marmonne-t-il dans son verre.

— C'est vrai. Tu comprends mieux ? demande Emma avec un air critique avant de le prendre dans ses bras.

Zecke et moi aussi sommes désolés d'être tombés sur Klaus comme ça à bras raccourcis, et nous sirotons nos bières, embarrassés. J'aimerais pouvoir en exiger davantage des gens. C'est même pas méchant de ma part, c'est plutôt un acompte de lauriers. *Ça va durer encore combien de temps, ô Humanité, couronnement de la Création ?* Il est temps de briser ces vils rouages et de les fondre pour en faire les fers de lance de la révolution.

— Et tes nichons, ils en sont où ? lance Emma depuis la cabine d'à côté avant de tirer la chasse.

— Hein ? Qu'est-ce qu'ils ont, mes nichons ?

Les fesses en l'air au-dessus de la cuvette dégueulasse, je pisse en en foutant partout.

— Je croyais qu'ils devaient se faire tripoter d'urgence.

— Ah oui, c'est vrai. Et comment ! dis-je en la rejoignant devant le lavabo avant de l'éclabousser.

— Alors il faut qu'on trouve quelqu'un. Y en a un qui te plaît, ici ? C'est quoi, ton genre ? demande-t-elle avant de s'ébouriffer savamment les cheveux dans une interprétation de coiffure.

Je n'ai pas besoin de réfléchir :

— Oh, c'est facile. Je suis attirée par tous les abrutis, les handicapés émotionnels et les trous du cul. J'ai le cerveau qui a bien fait les choses. Tant qu'il n'y a rien de bousillé, ça ne m'intéresse pas. Et je me fous à peu près de la tête qu'il a.

— Je crois que c'est toi, l'abrutie bousillée !

En ouvrant la porte pour m'entraîner dans la foule hurlante, Emma rit de moi, si bruyante et si merveilleusement parfaite que mon cœur manque un battement. *Bordel de merde, pourquoi je ne suis pas lesbienne ?*

*

* *

Le gros tas de la place 74 n'arrête pas de se plaindre que son café n'est pas assez chaud. La dame forcée de pousser le chariot à boissons au milieu de tous les pieds et les sacs n'est pas le moins du monde impressionnée, et il continue donc à râler pour tout le wagon, au cas où ça intéresserait quelqu'un. Je roule des yeux et plains la petite mémé assise à côté de lui. Elle hoche la tête avec enthousiasme, juste pour l'empêcher de détailler l'ampleur de l'outrage subi et pouvoir se rendormir. Je fais défiler les infos sur mon téléphone tout en essayant de glisser les pieds dans la poche du siège devant moi. En vain.

Sur Internet, un journaliste surexcité est tout heureux d'annoncer qu'une célébrité a donné de l'argent pour les victimes du tremblement de terre. *10 000 euros pour le Népal ! Un petit geste pour le multimillionnaire, une grande aide pour les victimes.* Il délire. Ça veut dire quoi, un petit geste ? Est-ce qu'un chirurgien qui colle un petit pansement sur une fracture ouverte peut se congratuler pour ça ? *Personne n'a besoin de votre charité qui s'encense elle-même.* Si j'y réfléchis bien, je suis tout à fait prête à transformer ma frustration et ma ridicule tristesse nombrilique en grenades à main de la solidarité. C'est la guerre. Et ainsi, nonchalante et sans manières, la colère revient en moi. Comme une vieille connaissance, elle s'installe à mes côtés et me sourit. Une douce fureur me dévore délicieusement. J'éteins mon portable, le glisse tout au fond de mon sac et ouvre mon Camus, heureuse.

Le train me rapproche de La Spezia, de Salma et de notre bataille. Le monde sera sauvé, qu'il le veuille ou non. Et je suis de la partie. Même en Italie, je peux apprendre l'espagnol – *pour de bon, cette fois !* Et baiser. Plus encore qu'apprendre l'espagnol, j'espère. Je cligne des yeux face aux premiers rayons du soleil qui vainquent tendrement l'aurore et vois le schéma de mon avenir s'esquisser sur la toile de fond de la réalité.

L'agente de bord repasse dans l'autre sens avec son chariot et subit une fois de plus les lamentations du crétin de la place 74. Non seulement il lui donne du « mademoiselle », mais il se croit en plus autorisé à la congédier d'un geste de la main impérieux. La mémé à côté de lui proteste, il piaffe. L'agente remonte l'allée, et derrière son masque de maquillage, je vois ses yeux étinceler de misanthropie. Je trouve ça charmant. J'attends qu'elle soit passée pour aller aux toilettes. Sur le chemin, je trébuche et m'effondre pile sur l'abruti.

— Mais c'est pas vrai ! Vous avez déchiré mon journal ! gueule-t-il en me repoussant.

— Oh mon Dieu, j'en suis infiniment désolée !

Tout aussi infiniment que le mal qu'il aura à détacher de son pull hors de prix le chewing-gum que je viens d'y coller. Je me repousse les cheveux derrière l'oreille, lui souris et repars. Le train fonce sur les rails à 289 km/h. Les 107 172 qui restent, c'est ma tête qui s'en charge.

*

* *

— Où est-ce qu'on va dégoter un demi-million ? dis-je.

Je continue à trouver étrange de parler de telles sommes. Jeremy lève les bras, désemparé. Lui non plus ne sait pas comment on pourra financer le procès.

Hannes établit les priorités :

— Je peux avoir un café, d'abord ? demande-t-il avant de s'allumer une clope.

— On va y arriver, dit Salma pour le rassurer.

J'espère qu'elle s'adresse aussi à moi.

Nichés tous les quatre dans son petit appartement, nous essayons de mettre de l'ordre dans ce déferlement de politique d'extrême droite. Sans aucun Post-it. Entre cartons à pizza, cendriers débordants et humour noir hystérique, nous tentons d'abord de voir tout ce qu'il y a à faire. Préparation du procès, campagne de presse, concept de dons, et en plus de tout ça, établir un *master plan* pour mobiliser le reste de l'humanité. *Easy*. Tels des chiens de Pavlov, nous sommes faciles à provoquer, avec nos noms dans ce dossier. Jeremy est de la partie parce qu'il sait que ça le concerne autant que nous, qu'il figure sur la liste ou pas. Notre meute ainsi rassemblée retrousse les babines, hargneuse.

Salma relate son dernier rendez-vous avec les avocats en servant le café. Jeremy veut préparer des prospectus et assemble les infos les plus importantes :

— Donc, vingt ans et une amende de… combien, déjà ?

— 15 000 par personne sauvée, précise Salma en se laissant retomber sur sa chaise, le visage de marbre.

Hannes a un sourire diabolique.

— J'ai déjà fait le compte. Ça nous mènerait à 210 millions.

Je m'étrangle avec mon café et glousse :

— Ah, ah ! Pour chacun de nous ?

— La plus belle demande de surendettement DE TOUS LES TEMPS ! s'exclame Hannes en levant les mains, téméraire et hilare.

L'après-midi, nous contactons par Skype nos avocats puis les autres membres de la liste, qui n'ont pas pu nous rejoindre. Nous sommes euphoriques, il se passe tellement de choses. Arne veut se charger de notre page web, Claire organise des réunions d'information et nous envoie des poèmes et du schnaps, Miguel écrit à s'en faire saigner les doigts. Tout ça conflue aujourd'hui dans notre poste de commande clandestin et décati. La table est couverte de miettes de chips et d'emballages de chocolat, Hannes tapote tranquillement sa cendre dans un carton à pizza à côté des parts restant de la veille. Le fouillis de câbles s'enroule autour de canettes de bière déjà ouvertes. Avec quatre téléphones et trois ordinateurs portables, nous faisons connaître notre cause et organisons un réseau, tandis que Hannes envoie des mèmes de chats pour faire marrer tout le monde. Quand nous voulons, exceptionnellement, discuter sans être sur écoute, nous déménageons tout le bazar électronique dans le couloir. Puis nous nous entre-regardons bêtement pendant une seconde et nous demandons avec une touche de fierté comment tout ça a pu en arriver là. Et on continue jusqu'au coucher du soleil, puis après.

Salma distribue les boîtes en carton graisseuses de bouffe chinoise et Hannes frotte ses baguettes l'une contre l'autre. Je demande, amusée :

— Qu'est-ce que tu fabriques ?

— C'est comme ça qu'on fait.

— Pour enlever les échardes du bois, expliqué-je en rigolant.

Hannes fait la moue et rumine l'information.

— Elles sont en plastique !

Je me marre, et il prend un air faussement consterné en piochant dans ses nouilles, qui n'arrêtent pas de glisser de ses baguettes.

— Pouh, je peux avoir une fourchette ?

— Non, répond Salma froidement tout en se levant quand même pour aller lui en chercher une.

— C'est du *mobbing*, déclare Hannes.

— T'as qu'à porter plainte contre moi, rétorque-t-elle, désinvolte, en lui brandissant sa fourchette sous le nez d'un air menaçant.

— Je te jure… du *mobbing* ! dit-il en se marrant, les mains en l'air.

— Va falloir que tu t'y fasses. On va devoir passer beaucoup de temps ensemble, dans les années à venir.

Salma parle des trois à cinq années du procès spectacle de criminalisation de la solidarité.

— S'ils me collent dans la même cellule que toi, je porte plainte contre eux.

À cette idée cauchemardesque, Hannes tape du poing sur la table.

— Hé ! lance Jeremy en leur balançant des graines de tournesol à la tête. Je ne crois pas qu'on puisse se payer plus d'un procès.

Le visage au-dessus de mon carton fumant, je dévore mes légumes au wok en savourant la compagnie de mes ennemis d'État chéris. Le combat n'est ni fini ni perdu, il s'est déplacé : de la passerelle à la salle de tribunal, de l'eau à la rue. Maintenant, il va falloir qu'il entre dans les crânes. Nous savons tous qu'il s'agit de bien plus que de nos petits culs blancs. Il s'agit de ceux qui sont abandonnés à la mort en toute connaissance de cause, contre une Europe dirigée par des fascistes. *Merci encore pour ce mandat politique, bande d'abrutis.*

— Il faut vraiment qu'ils soient cons pour nous avoir choisis, nous !

— Aux armes ! lance Hannes en ricanant.

— J'en viens presque à espérer qu'on sera poursuivis, dis-je, menteuse, avant d'affirmer avec aplomb : On les aura !

Et les nouilles me dégoulinent sur le menton.

— Je viendrai te voir en tôle tous les jours, boss.

— J'ai dit « poursuivis », pas « condamnés » ! dis-je en le bousculant.

— Ah, les détails…, proteste-t-il, rieur.

— Crétin !

Je pique un champignon noir dans sa boîte et nous nous livrons un combat d'escrime à coups de baguettes.

À l'aide d'un carton à pizza, je fais glisser les ordures dans la poubelle. Salma roule un joint, nous attendons Jeremy et Hannes partis racheter de la bière.

Elle lèche la bande collante de la feuille et demande, moqueuse :

— Vous flirtez ?

— Qui ça ? demandé-je, perplexe.

— Oh, fais pas l'idiote ! Jeremy et toi.

— Quoi ? Non !

Sa mine stoïque me fait capituler, elle laisse beaucoup trop de place à une réponse.

— Ou peut-être que si ?

Nous gloussons. Une arrière-pensée conspiratrice lui coule de la bouche :

— *Maybe you can have one nice thing.*

— *Yeah, maybe he has a nice thing*, dis-je en ricanant.

Je regarde les volutes de fumée rouler en une léthargie gris-bleu à travers l'air et le rire de Salma.

Les gars reviennent de leur campagne victorieuse. Jeremy pose solennellement quatre bouteilles de bière sur la table et met le reste au frigo. Je profite de l'occasion pour lui mater le cul. Salma me flanque un discret coup de coude dans les côtes et lève les sourcils. Ça fait beaucoup d'excitation pour son visage et pour ma libido.

— Oh ! Il me faut aussi une chemise en carton vide pour le tribunal ! s'exclame Hannes.

Il s'assied brusquement, évitant de justesse de renverser la bière.

— Quoi ?

— Oui, tu sais, une qu'on se met devant la figure, explique-t-il avec empressement.

— Mais pourquoi ? demande Salma.

— Imagine qu'ils passent les enregistrements de leurs micros espions. Avec les conneries qu'on raconte toute la journée à la passerelle, comment veux-tu qu'on s'effondre pas de rire ? Ce serait pas cool que le juge voie ça.

Nous applaudissons en jubilant et nous roulons par terre de folie et de joie. Nous passons encore quelques heures à jouer les oracles, balancer des blagues idiotes et nous repaître de notre amitié. Puis, quand il me semble ne pas pouvoir rire plus sans être envoyée à l'asile, je prends congé de chacun d'eux avec un baiser et vais me coucher. *Crew love is true love.*

Jeremy se donne toutes les peines du monde à entrer sans bruit dans la chambre et échoue lamentablement. La porte se referme avec fracas, et quand il essaie de m'enjamber pour rejoindre son coin, la lampe sur pied manque de s'effondrer.

Je me tourne vers lui.

— T'as pas intérêt à ronfler.

— Je suis pas encore fatigué, de toute façon. Quand je commencerai à ronfler, tu dormiras déjà profondément, espèce de mauviette, lance-t-il avec son charme de prolo.

Inexplicablement, il se retrouve soudain sous ma couette, ma main sur sa joue. Nos regards s'accrochent étrangement l'un à l'autre.

— Mais juste pour le fun, hein ? dis-je à voix basse, soucieuse de ne pas casser l'ambiance.

— Oui oui, boss, répond-il en souriant, et je me remets à rigoler.

— Si tu continues à m'appeler boss maintenant…

Je n'ai pas le temps de finir ma phrase, j'ai déjà sa langue dans la bouche, et nous nous jetons avidement l'un sur l'autre.

Le soleil transperce les rideaux. Son bras repose sur mon ventre, chaud et lourd. Jeremy ronfle et je fume une clope. La mauviette, c'est lui : il s'est endormi avant moi. Il aurait quand même pu me dire plus tôt qu'il était un bon coup. Je le caresse derrière l'oreille. Mon pote Jeremy. Je suis de si bonne humeur qu'il ne reste pas de place pour des ruminations rétrospectives sur notre dérapage ou la question de savoir ce que nous sommes l'un pour l'autre. Je me glisse de sous son bras, me lève et l'abandonne là avec son cul musclé.

Hannes et Salma sont toujours au lit, ou plutôt sur le canapé, et je sors de l'appartement sans un bruit pour aller acheter de la focaccia. La ville est encore à moitié endormie, et dans l'air frais matinal, on s'évite poliment. J'espère que le boucan dans mon crâne ne dérange personne. Le cerveau frétillant, je regarde tout avec une telle attention que les yeux vont bientôt me sortir de la tête. Le gamin sur un vélo bien trop grand, qui ne peut pédaler que debout ; les mauvaises herbes qui poussent courageusement entre les pavés ; la lumière clignotante du kiosque qu'on a oublié d'éteindre ; l'homme bossu avec un sac de cuir, planté, rêveur, devant la vitrine du fleuriste. Je sautille à travers les histoires que je vois en eux, même si je connais déjà la fin. Tout ça est magnifique aujourd'hui, tout ça doit être magnifique, sinon les morts n'auraient aucun sens.

Je me penche pour ramasser un sac en plastique que le déplacement d'air des voitures fait voleter au-dessus de la chaussée, et je glisse dans un moment à la Michael Furey[1] très personnel. Les morts, avec leurs cadavres en décomposition, sont plus proches de nous que nous ne pouvons le supporter. En disparaissant, ils déterminent la vie et l'approuvent, rien de moins.

Je ramasse un papier de bonbon et le laisse tomber dans mon joli nouveau sac. Nous sommes tous voués à mourir. C'est pour ça que je ne peux pas m'arrêter. Voilà le soleil où je menace de me précipiter, le plasma flamboyant où on risque de se consumer. *Heidewitzka, Frau Kapitän*[2]. Je m'arrêterai quand je ne serai plus qu'un souvenir silencieux, un rappel pourrissant de tout ce tumulte, et ce sera suffisant. D'ici là, il faut que je tire le maximum de la moindre seconde, le jette en l'air pour le laisser retomber en pluie sur moi, le passe au microscope, le lèche, le sente, le tâte, le brûle sur ma rétine. Voilà les vibrations, les gron-

1. Référence à la nouvelle « Les Morts » du recueil *Les Gens de Dublin* (James Joyce, plusieurs traductions existantes). En apprenant la mort à dix-sept ans de Michael Furey, le premier jeune homme dont sa femme fut amoureuse, le personnage principal réfléchit à l'importance des innombrables morts présents dans la vie de chacun des vivants ; la certitude absolue de la mort lui semble alors être une affirmation profonde de la vie.

2. Plus ou moins traduisible par « Plus vite, madame capitaine » ; référence à une chanson populaire des années 1930, *Heidewitzka, Herr Kapitän*.

dements, les bourdonnements de l'inévitable catastrophe ; c'est elle seule qui permet à la mélodie de retentir. Tout est trop et pas assez à la fois. Il faut tout embarquer. Une seule putain de vie, comment réussir à tout y caser ? Il est trop tard pour devenir religieux, bordel de merde. *C'est ici que ça se passe.* Mon cœur et ma tête doivent être remplis, ou mieux encore, déborder, pour que je ne sombre pas dans leur écœurante lie d'impermanence. Et pourtant, la finitude livre le parquet de danse, rien d'autre. J'ai besoin de sens aiguisés, et surtout d'encore plus de sens. *Grandissez, putain de synapses, bougez-vous enfin les fesses !* Il faut que je comprenne l'univers, que j'inspecte chaque atome en personne, je veux savoir ce que pense le pigeon à la patte cassée. De quoi est composé le sol sous mes pieds ? Et comment sauver le monde ? Il doit être libéré, et nous avec. Et revoilà la mélodie. Il ne peut pas y avoir d'autre issue. Aujourd'hui, c'est le choix des dames, mon choix. *Dansons avec les morts !*

La tête vrombissante, j'arrive devant la boulangerie, jette ma collection d'ordures dans la poubelle près de l'entrée et ouvre la porte. Un trajet d'à peine dix minutes, et je suis revenue à moi.

*

* *

L'aiguille plonge dans ma peau. Je sens la pointe traverser les couches, encore et encore. Jeremy est parti commander des doubles des clés de l'appartement, parce que Salma insiste pour que nous en ayons chacun une et puissions aller et venir comme bon nous semble. Hannes bricole dans la cuisine, il fait un gâteau selon une recette de Claire.

— Vous aimez ça, les grumeaux dans la pâte ? lance-t-il de loin, plein d'espoir.

— J'adore, répond Salma de son ton froid habituel.

Puis elle me regarde d'un air éloquent :

— La guerre est perdue d'avance, avec lui.

— Je t'ai entendue, geint-il.

Salma rigole et j'objecte :

— Avec lui, tout est gagné d'avance.

Elle le sait depuis longtemps. J'ajoute méchamment :

— Essaie donc de touiller avec les baguettes !

— Arrêtez de me distraire ! Et voilà, j'ai foutu de la cendre dans la pâte, lance-t-il, désespéré et mort de rire.

Quelque chose tombe bruyamment par terre.

Salma et moi nous concentrons sur l'art corporel. Elle a fixé l'aiguille à un stylo-bille, en guise de poignée, et la plonge doucement dans l'encre. La piqûre revient et me prend aux tripes en passant par ma peau. À chaque point, les mots deviennent plus lisibles. *Amour et Révolution.*

Je suis allongée sur son canapé, nous n'avons pas besoin de parler. Je tords la nuque et, la tête en bas, je regarde la ville par la fenêtre. Ça m'envahit et ça me submerge comme un raz-de-marée, ça déferle jusqu'au dernier recoin de ma conscience : le monde est ma maison. Je ne peux être heureuse qu'à un tas d'endroits. La Terre est si épiquement immense, si fantastiquement petite. Quand la vitesse ébouriffante me fait mugir le sang aux oreilles, alors j'y suis. Quand ça tournoie, que ça bouge et ça tourne, c'est que tout va bien. Quand je me réveille sans savoir où je suis et sens donc que c'est là que je suis censée être, tout va bien. Poussée et ballottée, je cherche ma place, juste pour constater que cette ronde frénétique est exactement l'endroit où je veux être. Ma place, c'est sur la route, *on the road.* Je ne veux pas ce qu'ont les autres. L'herbe est plus verte chez moi.

Et sûrement pas tondue. Une jungle qui déborde de vie, de mort et de tout ce qu'il y a entre les deux. Et le voyage haletant à travers cette jungle ne peut pas avoir de fin, n'a pas de fin par définition, par réalité.

Salma tend ma peau entre ses doigts et l'aiguille pique et immortalise cela en moi, sur ma jambe qui continuera à me porter. Pour toujours. *Let's make love and revolution, baby.*

Composé par Nord Compo à Villeneuve-d'Ascq

Imprimé en France par CPI
en novembre 2020
N° d'impression : 160192

Fleuve Éditions
12, avenue d'Italie
75627 Paris Cedex 13

R15532/01